DES LENDEMAINS DE FÊTES

Parolier, homme de télévision, Pascal Sevran est également essayiste et romancier (*Le Music-Hall français de Mayol à Julien Clerc*, *Vichy Dancing*, *Mitterrand, les autres jours*, *Un garçon de France*, *Tous les bonheurs sont provisoires*). Il obtient le prix Roger-Nimier en 1979 pour *Le Passé supplémentaire*. Il a entamé en 1999 un journal intime avec *La Vie sans lui*, poursuivi depuis par *Des lendemains de fêtes*, *On dirait qu'il va neiger* et *Lentement place de l'église*.

Paru dans Le Livre de Poche :

PASCAL SEVRAN

Des lendemains de fêtes

Journal II

ALBIN MICHEL

Morterolles, 23 décembre 1999

Je finirai ma vie probablement ici, entouré de quelques femmes, veuves de préférence, et de jeunes gens espiègles qui viendront de Paris ou d'ailleurs pour me distraire un peu. Je leur donnerai des conseils qu'ils écouteront gravement et qu'ils oublieront aussitôt.

Je n'ai aucune illusion là-dessus, la jeunesse n'a pas du tout l'intention de se tenir tranquille, les filles veulent aller au bal, les garçons partir à moto on ne sait où et revenir n'importe quand. Ensemble ils vont même au cinéma.

On me dit que tout cela est normal à leur âge. Ce n'est pas mon avis. Ce sont les vieux, vers quarante ans, qui ont besoin d'amusements divers, de voyages impossibles, la jeunesse n'a qu'à bien se tenir. Je veux dire se coucher tôt, lire beaucoup, manger peu et faire l'amour quand ça lui chante, comme elle veut avec qui elle veut, mais sans en faire un drame ni un conte de fées, et puis travailler, travailler quinze heures par jour au moins. Après, il sera trop tard.

On vantera mon humour, mais personne ne me prendra au sérieux. On aura tort. J'ai toujours su que la jeunesse était un privilège provisoire, qu'il ne fallait pas en abuser au risque de mourir d'ennui.

J'écris « ces horreurs » avec l'espoir de scandaliser les adultes qui, face à la jeunesse, donnent d'eux-mêmes un spectacle pitoyable de soumission. Ils ne sont pas respectables. Ils ne seront pas respectés. Les garçons qui viendront me visiter seront avertis que je ne ferai pas la danse du ventre pour leur plaire et, s'ils viennent quand même, je leur proposerai des plaisirs démodés, du thé sans sucre, un débat franco-allemand sur Arte à propos du Pacte germano-soviétique, des aphorismes de Cioran. Pour le reste nous verrons bien. Si l'un d'eux par hasard a du goût pour les messieurs un peu sceptiques mais gentils, il pourra passer la nuit à la maison. Peut-être même que je frapperai à la porte de sa chambre. S'il m'ouvre, nous trouverons alors le moyen de nous distraire un quart d'heure avant de dormir. Un quart d'heure sera suffisant.

Morterolles, 24 décembre

Prudy me jure qu'elle sait faire les paquets-cadeaux, elle a acheté pour cela des papiers brillants multicolores. Je crains le pire. Déjà je l'entends, depuis la cuisine où elle s'est installée, se battre avec des ciseaux qui ne coupent rien, du scotch qui ne colle pas et, pour tout arranger, elle vient de se casser un ongle. De toute façon, elle s'en sortira mieux que moi qui ne sais pas planter un clou.

Noël, le sapin, les courses dans les magasins de Limoges, les préparatifs de la fête, c'était la joie de Stéphane, son privilège. Il avait une grâce innée pour les choses de la vie et de l'amour. Il était l'amour et la vie mêmes. Je le revois en équilibre sur un escabeau, le cou entortillé de guirlandes électriques, les bras tendus pour atteindre la plus haute branche du sapin. Du bout de ses longs doigts si beaux, il aurait décroché la lune si je la lui avais demandée.

Je n'avais besoin de rien quand il était là. Stéphane était mon vœu le plus cher.

Nous avons « réveillonné » au Moulin chez Françoise, ses cheveux sont roux désormais, cette couleur d'automne assortie aux rideaux du salon lui va à ravir. Je la trouve pimpante et piquante comme une Shirley MacLaine d'autrefois. Françoise parle doucement même quand elle a bu du champagne et sa voix me calme plus sûrement que les piqûres d'acupuncture qu'elle ne tardera pas à me proposer. Cette femme a une étrange attirance pour les médecines « douces », celles qui réussissent très bien à ceux qui ne sont pas malades, mais il y a tant de bons sentiments dans sa passion pour les plantes miraculeuses, les huiles essentielles et les fleurs d'oranger que je la regarde, attendri et vaguement ému. Elle s'en va deux jours par mois du côté de Montpellier en stage, pour suivre les cours d'un vieux Chinois à mille francs de l'heure. Pour un peu de science infuse, c'est donné. Elle nous explique avec enthousiasme qu'elle va « parfaire ses connaissances », ses yeux s'illuminent quand elle dit cela : « parfaire mes connaissances ». Oui, Françoise veut guérir le monde entier, et moi.

— Demandez à Jacques, me dit-elle, j'ai essayé sur lui de nouveaux points d'« acu » très positifs, très sensitifs...

Jacques, c'est son mari, je l'appelle l'Amiral parce qu'il est commissaire sur un bateau qui fait l'aller-retour Calais-Douvres cinq fois par jour. L'Amiral, qui se laisse soigner sans broncher vu qu'il se porte comme un charme, croit lui aussi avec sa femme que l'« aromatologie », la « morphopsychologie » et les chinoiseries de Montpellier sauveront l'humanité. Et s'ils avaient raison ? L'Amiral n'est pas bavard, il bouge un peu la tête en souriant quand Françoise l'embarque dans ses rêves.

9

Je les aime bien tous les deux si accueillants à mon cœur lourd.

Ce sont des gens du Nord sans violence, qui attendent le retour des saumons dans la Gartempe, cette rivière qui enchanta Giraudoux et rappelle des souvenirs d'enfance à Régine Deforges et Madeleine Chapsal. Dîner au Moulin est ma plus charmante distraction depuis un an. Françoise n'a pas du tout perdu la raison, non, elle brûle de comprendre nos âmes et nos corps. Je l'écoute sans m'impatienter.

Nous n'avons même pas entendu les douze coups de minuit qui ont pourtant dû sonner au clocher de l'imposante église qui domine le Moulin. Nous étions bien.

Morterolles, 26 décembre

« Le président Ben Ali met le français hors la loi en Tunisie. » Ce qui signifie que seul l'arabe sera désormais autorisé dans l'administration et les services publics et cela étonne, on se demande bien pourquoi, le journaliste de *Libération*. On peut sans doute reprocher beaucoup de choses à ce chef d'Etat « qui a assez d'humour pour se faire élire avec quatre-vingt-dix-neuf pour cent des suffrages », mais c'est quand même un comble d'ironiser sur une décision qui semble aller de soi. Je ne vois vraiment pas ce qu'il y a de scandaleux dans l'« invitation » faite aux postières de Tunis de bien vouloir s'exprimer en arabe. En quelle langue parlent donc les postières de Stockholm ? Je crois savoir que les pompiers de Paris parlent encore le français. C'est incroyable mais c'est ainsi !

Eltsine titube et tente de lire un discours auquel

visiblement il ne comprend rien. Il bafouille puis s'arrête comme frappé de stupeur, il tourne et retourne dans tous les sens des feuilles de papier qui tremblent dans ses mains rouges. Le silence est interminable. Dans l'assemblée figée au garde-à-vous devant lui chacun retient son souffle, c'est sûr il va mourir à l'instant, en direct devant les caméras du monde entier. Un homme ose s'approcher de lui pour remettre à l'endroit les papiers mélangés qu'il tend piteusement à son sauveur. Ce spectacle pathétique et scandaleux, que la télévision rediffusait, fait sourire alors qu'il faudrait en avoir honte et peur. Et c'est le même Eltsine quelques heures plus tard en Chine qui, ayant provisoirement retrouvé ses esprits, menace la terre entière, et Clinton en particulier, d'utiliser l'arme nucléaire si on continue à l'embêter avec la Tchétchénie.

Le président des Etats-Unis a aussitôt voulu nous rassurer en déclarant que « son ami Boris plaisantait ».

Ça n'inquiète personne un vieux clown qui plaisante avec la bombe atomique ?

Morterolles, 27 décembre

A la page deux cent quatre-vingt-dix du premier tome de mon journal qui sera en vente dans une semaine, une correctrice distraite me fait écrire : « Danièle est vachement scandalisée. »

Moi qui surveille mes adverbes comme le lait sur le feu, je suis dégoûté à l'idée qu'un lecteur attentif puisse me croire capable de laisser échapper une expression aussi triviale. Ce « vachement » pour vaguement, c'est une tache. Je sais bien que personne ne la verra. Cela ne me console pas du tout, au contraire.

J'ai hésité plusieurs jours avant de feuilleter ce livre qui ne m'appartient plus, par peur justement qu'il dise autre chose que ce que j'ai voulu dire. Me suis-je bien fait comprendre ? Ai-je employé les mots exacts ? Ces questions m'obsèdent, je suis mon critique le plus pointilleux et me voilà bien obligé pourtant de souffrir et de signer le seul adverbe que je n'ai jamais employé de ma vie.

Il est au dictionnaire. Qu'il y reste.

Morterolles, 28 décembre

Mes jardiniers avaient les larmes aux yeux ce matin en m'entraînant à leur suite dans le parc dévasté. Une centaine d'arbres, parmi les plus beaux, déracinés par le vent la nuit dernière sont couchés en travers des allées, les étangs charrient des flots de boue, des toits de maisons et de granges alentour se sont envolés. Cela n'arrive pas seulement au journal télévisé, le soir à vingt heures quand il fait chaud chez nous et que nous nous désolons, impuissants, devant le spectacle du monde quand la terre tremble, que les rivières débordent, que le typhon ravage les tropiques. Nous n'en sommes pas là, la main des hommes remettra en place ce que celle de Dieu ou du Diable a détruit. J'ai vu ce qu'il est possible de sauver et ce qui ne l'est pas. L'irréparable est dans mon cœur, le sapin de Stéphane, le premier que nous avions planté ensemble en novembre 1988, qui se dressait près de la maison jusqu'à la fenêtre de sa chambre, est tombé alors que je le croyais invincible, comme lui. D'autres, d'apparence plus fragile, ont résisté à la tourmente. On se trompe toujours quand on se fie aux apparences. La lumière reviendra, Michel, le mari de Christiane, est perché depuis l'aube sur des pylônes à haute tension pour que le courant repasse enfin et que scintillent de nouveau les ampoules jaunes et bleues que le facteur a suspendues devant le bureau de poste. Le réveillon aura lieu, nous ne renonçons pas facilement à la « fête », celle qui vient est prévue depuis un millénaire et je vois bien que l'impatience gagne les esprits les moins frivoles.

Lulu est arrivé, avec la tempête mais il est arrivé, casquette de travers, sourire aux lèvres. Il me dit qu'il est content d'être là, qu'il n'a pas froid et que demain, puisque la neige est annoncée, il ira faire un bonhomme et qu'il sera très beau. Je ne peux rien espérer de plus joyeux désormais que la candeur de Lulu devant les éléments déchaînés. Dans quelques jours, lui qui ne lit pas beaucoup, sera le nez plongé dans ce livre qu'il m'a vu écrire. Va-t-il se reconnaître dans ces portraits que je fais de lui à son insu ? Sera-t-il fier, ému, et va-t-il se méfier quand il saura que je ne le quitte pas des yeux ? Je veux croire qu'il ne prendra pas la pose, qu'il gardera ce naturel qui « flingue » les plus revêches. Lulu fera comme il voudra mais je ne lui offrirai pas ce livre : « Tiens, regarde-toi, regarde-moi... », non, ce serait déplacé, vulgaire. Je ne l'offrirai à personne, et personne, je l'espère, n'osera me le reprocher.

Comme il en avait assez de faire et de défaire les lacets de ses baskets pour sortir courir dans les prés, Lulu m'a demandé si j'avais des sabots à lui prêter. Je suis allé chercher ceux de Stéphane dans le placard où il les rangeait. Sans me poser de questions, il a glissé un pied hésitant et m'a dit :

— Non, ils sont trop grands pour moi.

« Diriez-vous qu'il faut du courage pour continuer la vie sans lui ? » A cette question d'une journaliste de France-Inter je n'ai pas répondu comme il convenait. J'ai récusé le mot courage, trop grand, trop fort pour me l'approprier. J'aurais dû dire, en pensant à Stéphane qui l'incarnait si bien, que le courage il en faut à ceux qui vont mourir et qu'il en eut beaucoup. Ce n'est pas moi le héros, c'est lui.

Hier au soir autour de minuit, devant la cheminée, allongé sur le tapis du salon un bras sous la tête, dans la pose familière que prennent les adolescents pour suivre sur M6 le dernier clip de Madonna, Lulu a regardé plus d'une heure des entretiens qu'Emmanuel Berl avait accordés à Roger Grenier en 1971, quand j'avais son âge. Je craignais qu'il ne s'endorme à mes pieds, là juste devant le magnétoscope dont il tenait la télécommande, mais non, pas une fois il n'a détourné son regard de l'écran, fasciné, interdit devant l'intelligence lumineuse du vieil homme si beau et si jeune. Même pendant le long développement sur la mystique juive et la Cabale, dont j'avais moi-même du mal à saisir toutes les subtilités, Lulu n'a pas bronché.

— Si on m'avait parlé comme ça à l'école, je les aurais mieux écoutés, me dit-il, quand la cassette s'est arrêtée. Et puis, avec cet homme-là, même si je n'y comprends rien, je comprends quand même.

J'aurais au moins réussi ça, à quelques heures de la fin du millénaire : retenir un jeune homme qui a grandi du côté des cités de Tremblay-en-France devant la parole d'un grand esprit d'un autre temps, d'une autre France.

Lulu, c'est évident, voulait m'épater en s'intéressant ostensiblement à un homme qui n'est pas vraiment une star de la chanson, mais le miracle, c'est qu'il a succombé au « charme » de Berl dont il entend parler ici depuis des mois et qu'il ne confondra plus avec Brel.

Morterolles, 1er janvier 2000

Nous y sommes. Beaucoup d'histoires pour pas grand-chose. Il y a un an aujourd'hui, à ce même bureau, à la même heure, je commençais mon journal par des considérations sur le temps. Le ciel hélas se répète : doux, il fait désespérément doux.

Hier au soir à minuit pile, Lulu a mis sa montre à l'heure.

— C'est la première de ma vie, m'a-t-il dit en m'embrassant. Elle est belle...

Martine l'a aidé à la mettre à son poignet. C'est une petite montre à deux sous avec un accordéon qui danse. Elle s'arrêtera un jour, mais il ne l'oubliera pas. Où serons-nous dans mille ans ? Où serons-nous dans un an ?

Christiane pleurait devant une poupée de porcelaine habillée de dentelle, une poupée d'un autre âge comme on n'en voit plus que dans les vitrines d'antiquaires. Ma drôle d'idée était la bonne.

— C'est la première poupée de ma vie !

Christiane aura cinquante ans bientôt, ses larmes de petite fille si longtemps refoulées ont mis un goût d'enfance sur nos baisers de nouvel an.

Une poupée aura donc eu raison de sa pudeur. De quel souvenir indicible l'aura-t-elle guérie ?

16

Lulu dit que le caviar « c'est pas mauvais », mais il n'en a pas repris. Jean-Claude et moi avons fini les restes sans nous forcer. Nous sommes à l'âge, lui et moi, où le caviar semble bon.

Morterolles, 2 janvier

Tous les jours de ma vie désormais sont des lendemains de fêtes. Des défaites annoncées.

J'étais beau avant dans les yeux de Stéphane, heureux seulement quand il me regardait. Il n'est plus question que je bouge. Je veux être le spectateur innocent des désordres du monde et de ses beautés. Ai-je d'autre choix que celui-là, qui consiste à me faire tout petit, à ne déranger personne ? Il est minuit à l'église de Morterolles. Plus rien ne presse. Lulu me chante des chansons écrites pour Dalida il y a vingt-cinq ans, c'est déjà beau.

Morterolles, 3 janvier

Je ne supporte plus ce nom qui est le mien partout sur des affiches, dans les journaux, ce nom qui est aussi celui d'une ville de la banlieue nord de Paris où je ne suis encore jamais allé, ce nom propre que j'ai choisi au hasard sur un annuaire des PTT quand j'ai voulu faire l'artiste. Il me colle à la peau, je ne peux plus m'en défaire, certains jours il m'étouffe. Ce double de moi, ce n'est pas moi, c'est celui qu'on adore ou qu'on déteste. Je suis innocent de ces passions et de ces haines. J'étais Jean-Claude pour Stéphane. Je le reste pour mes parents.

J'ai eu beaucoup d'ambition dès l'âge de quinze

ans, mais si j'avais cru sérieusement en mon destin (même modeste), je n'aurais pas choisi aussi légèrement ce nom que je ne renie pas, mais qui ne m'a jamais ressemblé.

Il y a des noms qui ont de l'élégance, de l'intelligence : Pierre Drieu la Rochelle, Marie-Claude Vaillant-Couturier, Maurice Martin du Gard, Louis Aragon, Emmanuel d'Astier de La Vigerie, Jean-François de Maisonneuve, Pablo Picasso, Emilienne d'Alençon, Françoise de France, Béatrice Altariba, Vincent Villedieu.

Ce n'est pas la gloire qui ajoute de la magie à ces noms-là, ils la portent en eux, même Jean-François de Maisonneuve, qui n'est personne, devient quelqu'un quand on le nomme. J'aurais dû réfléchir un peu avant de m'embarquer.

Stéphane s'appelait Stéphane. Nous sommes assis tous les deux sur un mur de pierre, à l'abri d'un noyer qui a détruit le mur en tombant la semaine dernière. Des jeunes gens des environs le découpent à la scie, j'entends tourner leurs machines, bientôt il ne restera plus rien de lui que quelques branches au milieu du pré. Il ne reste plus rien de nous, de ce jour d'été 1994, plus rien que cette photo enfouie parmi d'autres, et quelques cartes postales que je garde dans le porte-lettres posé sur mon bureau que Stéphane m'avait offert pour mon anniversaire. Quand le 16 octobre était une fête.

Morterolles, 4 janvier

« Assister à une mort, c'est éprouver jusqu'au scandale le sentiment de triompher malgré soi en survivant de celui qui s'en va et qui, pourtant, emporte une part de nous-même. C'est craindre que la mort ne vous pardonne ce triomphe et souhaite l'apaiser. »

Je vois bien ce que veut dire Montherlant, chaque matin je m'étonne de survivre à Stéphane, mais je ne me sens pas coupable, seulement défait par l'injustice. Impuissant.

Oui, il y a des morts plus injustes que d'autres. Stéphane aurait eu trente-sept ans aujourd'hui, le plus bel âge de ma vie, celui que j'avais quand il m'a dit je t'aime.

Tenir un journal ! Jamais cette idée ne m'avait effleuré l'esprit. Maintenant c'est lui qui me tient. Avant j'étais trop impatient, trop pressé de vivre pour m'arrêter. Désormais je contemple les dégâts et je guette l'embellie.

Un journal, ça se jette avec les miettes des croissants du matin, ça date à midi. Le savoir ne m'empêche pas d'écrire. Je dirai les choses comme elles sont, sans me lasser. Ce qui est vrai reste vrai, même si ça n'a plus d'importance.

Une jolie lettre de Jean Ferrat au courrier : « J'ai été touché de voir et d'entendre Stéphane chanter ma première chanson. »

C'est moi qui suis touché que Ferrat écrive Stéphane simplement, comme s'il n'y en avait plus qu'un, définitivement.

Morterolles, 5 janvier

Je reconnais l'écriture élégante, sans artifice. Georgette Plana m'adresse une fois de plus une longue lettre pleine de santé, de lucidité. C'est madame de Sévigné cette femme-là !

« Relis Descartes et Spinoza », m'écrit-elle, péremptoire.

Georgette a le don de me faire sourire. Descartes et Spinoza, rien que ça ! Elle me croit philosophe alors que je ne suis rien que moi, et si la chair est triste, hélas, je n'ai pas lu tous les livres.

« La pétulante fantaisiste », comme disaient les affiches des années cinquante, a la plume tonique. A quatre-vingts ans bien sonnés, elle a gardé un port de reine et la gouaille des filles du faubourg. Elle boit du champagne à son petit déjeuner et se couche comme les poules. Quand on a fait du music-hall toute sa vie, on a des nuits blanches à rattraper. « La mort des vieux ne me touche pas, celle de Stéphane est un scandale. Il ne voulait que toi, rien ni personne d'autre. »

Elle souligne, de crainte que j'en doute. Je n'ai jamais douté de lui. Je peux au moins me dire cela : il ne voulait que moi, je ne voulais que lui.

Morterolles, 6 janvier

Lulu est allé s'acheter des chaussures, hier à Limoges, et mon livre que le libraire de la place Denis-Dussoubs vient juste de mettre en vitrine.

« Elle est très belle, la pochette, m'a-t-il dit, elle m'a touché. » Il voulait dire la couverture, il s'est repris mais ce sont bien les pochettes de disques qui le fascinent, pas les livres. Celui-là lui fait peur plus que les autres encore, et puis l'ombre de Stéphane le tétanise, c'est évident. Il le lira, mais en cachette, quand je serai moins près de lui, il le lira comme un écolier appliqué à comprendre. Il le lira parce qu'il m'aime. Je ne lui en demande pas tant. Je ne lui demande rien, c'est lui qui est venu vers moi, la fleur

20

aux dents. Lulu va savoir maintenant qu'il court, chante et danse entre les pages de ce livre qu'il vient de ranger sous une pile de draps dans l'armoire de sa chambre.

« Je veux d'abord finir les mémoires de Brigitte Bardot, a-t-il confié à Prudy. Pour le livre de Papa, il faut que je me prépare. »

Il hésite devant l'obstacle, sa pudeur l'emporte sur sa curiosité. Au fond c'est mieux ainsi, je n'aurais pas aimé qu'il se jette sans discrétion sur ces milliers de mots destinés d'abord à Stéphane. Lulu veut mériter la part de gloire qui lui est faite et dont l'ampleur le saisira. Il faudra qu'il l'oublie et qu'il danse encore pour m'émouvoir, sans s'occuper de qui le regarde.

Morterolles, 7 janvier

J'ai donc cédé à Bernard Pivot. Je me rendrai à son invitation vendredi prochain pour parler de mon livre, alors que j'avais juré de me taire.

Ma faiblesse me déçoit. Je me trouve des excuses, la première étant qu'on ne fait pas le coup du mépris à Pivot, la seconde que je ne dois pas non plus donner l'impression de me cacher. Ce sont de bien misérables raisons mais j'irai, entre Michel Polac et Patrick Poivre d'Arvor, dire que j'aimais Stéphane et qu'il m'aimait. Je suis certain qu'il l'aurait voulu. Il faudra simplement que je fasse attention à ne pas mordre ma lèvre inférieure ou à cligner trop des yeux, à ne pas faire des grimaces comme j'en fais quand je suis anxieux ou ému. Nous serons au spectacle. J'y vais la corde au cou, mais j'y vais.

Je l'appelle « docteur », le pépiniériste qui s'emploie à sauver les arbres malmenés par la tempête. Il sursaute quand je l'appelle docteur, il a peur et cela amuse ses ouvriers. J'aime bien distribuer des titres de gloire à des gens qui n'en veulent pas.

— Docteur, il faut absolument sauver le sapin de Stéphane près de l'étang. Celui-là d'abord...

— Oui oui, je vais essayer...

Il a peur, le docteur.

Morterolles, 8 janvier

Lulu n'aura pas résisté plus de trente-six heures. Je l'ai trouvé la nuit dernière assis sur son lit, genoux relevés sous le menton, mon livre posé sur son ventre. Son livre ? Il a levé les yeux vers moi comme un enfant surpris en flagrant délit. Son sourire était grave. Il m'a dit seulement :

— T'es beau, Papa, t'es vraiment beau.

Il ne parlait ni de mon visage ni de ma tenue, c'est lui qui était beau. Je l'ai laissé et je suis allé dormir dans la chambre à côté, la mienne, celle où Stéphane venait parfois me rejoindre pour l'amour. J'ai collé mon dos au mur contre lequel il m'attendait nu la dernière fois où nous nous sommes aimés physiquement, un après-midi torride en juillet. Etreinte brève, mais violente.

Les hommes et les femmes de ma vie intime ne parlent plus. Ils lisent comme pour me dévorer tout nu. Ils lisent, même celles et ceux qui ne savent pas lire. Quel silence brusquement !

Personne ou presque ne peut me joindre, ceux qui le peuvent n'osent pas. Ils ont tort, je suis impatient de les entendre. Dans quel état allons-nous nous retrouver dès lundi au milieu du bal qui recommence ?

« Les livres qui méritent d'être écrits présentent fatalement quelque danger pour leur auteur et un danger d'autant plus terrible qu'ils présentent un intérêt plus violent. Si un ouvrage à sa parution ne dérange rien ni personne, c'est mauvais signe. »

Jouhandeau savait de quoi il parlait. Moi, je ne vois vraiment pas qui mon livre peut déranger.

Paris, 10 janvier

C'est dans un restaurant de la rue du Château que les amis de François Mitterrand se réunissent chaque année à la date anniversaire de sa mort. Rue du Château ! L'endroit se veut pittoresque, « à la bonne franquette », il est sans charme et trop étroit pour contenir la moitié d'un gouvernement d'autrefois, quelques secrétaires frigorifiées et Pierre Bergé au garde-à-vous, menton relevé, en chef du protocole qui surveille ses ministres en m'embrassant distraitement.

M'enfuir ! A peine arrivé je n'avais plus que cette idée en tête. Sans Monique Lang je serais parti, personne ne s'en serait aperçu, mais j'ai cédé à ses ordres :

— Toi, tu restes, hein ! Tu m'as comprise, tu restes là, je te connais...

— Où est Jack ?

— Il est sorti prendre l'air, il s'emmerde.

On nous a servi du lard grillé et un bordeaux à peine convenable, et nous avons fait semblant de trouver ça bon. Laurent Fabius m'a salué par mon prénom puis il est reparti aussitôt, sans que Monique Lang ait eu le temps de réagir.

J'ai dit à Danielle Mitterrand que j'étais content de la voir, mais je ne suis pas sûr qu'elle m'ait vu ni entendu. Ailleurs, elle était ailleurs. « Fatiguée », a dit son chauffeur au mien. J'ai pris rendez-vous avec Kiejman car j'ai très envie de parler avec lui en tête à tête, et puis Roger Hanin m'a soulevé de terre comme chaque fois que nous nous voyons pour m'étouffer sur son cœur.

J'aurais pu partir après cela mais Monique Lang, qui me surveillait, m'a ordonné de m'asseoir à côté d'elle pour dîner. J'ai beaucoup de mal à lui résister. Laure Adler, la nouvelle patronne de France-Culture, que j'avais croisée à Quiberon début décembre, était face à moi, mince et coiffée comme une collégienne qui aurait lu tous les livres, même les miens.

— Je vais vous écrire, me dit-elle. C'est très beau, vous avez eu raison.

Je suis un enfant devant les femmes qui m'intimident, je lui ai dit « je vous aime », et nous avons parlé de la candidature de Jack Lang à la mairie de Paris.

— Je me présenterai à la condition que tu viennes chanter dans tous les arrondissements.

Nous avons ri et j'ai promis.

Finalement nous avons dîné pour un prix sans rapport avec l'étrange fromage au goût de savon que nous avons partagé, Roger et moi, du bout des dents.

Et puis Mazarine est arrivée. Je l'ai vue, enfin, la fille du roi, moulée de noir, cheveux noirs éparpillés sur son beau visage de madone, le fils de l'ambassadeur sur ses talons. Charmant le prince, l'air doux. Tous les regards furent pour eux dans leur irrésistible jeunesse.

Danielle a souri en embrassant Mazarine. J'en ai profité pour sortir en douce.

« Changer la vie. » Il était joli le slogan électoral des socialistes il y a vingt ans, joli et creux comme le refrain d'une chanson populaire. Je l'ai chanté moi aussi. Seulement voilà « on ne change pas la vie, on est changé par elle ». Cette évidence sous la plume de Pol Vandromme comment la nier ? Si mon cœur est décidément à gauche, mon intelligence est à droite, c'est aussi pour cela que j'ai tant aimé François Mitterrand.

Paris, 12 janvier

Un journal belge titrait en première page de son édition d'hier : « Les obsèques de Pascal Sevran auront lieu à quinze heures. » J'ai trouvé cela étrange, mais il en faut plus pour m'étonner. Le scandale n'est pas dans le titre, il est dans la photo, qui m'a agacé. On me voit, micro en main, bondissant et joyeux dans le décor de mon émission. Une tête d'enterrement aurait mieux convenu. Le journal s'appelle *La Dernière Heure*. C'est une histoire belge. J'ai quand même dû rassurer les populations affolées.

Le manque de discernement, la désinvolture de ceux qui choisissent les photos me confondent. On peut bien écrire ce que l'on veut sur moi, mais pas me faire rire quand je veux pleurer.

Paris, 14 janvier

Pivot ne m'aime pas, ça crève l'écran. Il m'a convoqué, et j'ai cru bon de ne pas me défiler. Il voulait que « j'avoue » chez lui d'abord. Mon livre n'était que prétexte, trois cents pages pour rien. Il les a parcourues négligemment et il a dit « votre amant », pour faire sensationnel.

Amant ! On ne peut pas définir Stéphane plus vulgairement. Il y a du clandestin dans ce mot-là, du

sexe interdit. Le contraire de lui. Amant ! C'est pour
dénoncer des coupables à la rubrique des faits divers,
pour faire fantasmer les vieilles dames.

« Pascal Sevran a raison, le côté illicite du mot me
déplaît aussi. »

Patrick Poivre d'Arvor ne m'a pas laissé tomber.
Je savais pouvoir compter sur lui, qui m'avait chaleu-
reusement ouvert les bras dans le hall glacial de
France 2 où nous attendions le jugement dernier.

— Il est très beau, ton livre, un tombeau pour Stéphane.

Durant toute l'émission j'ai senti sur moi son
regard de sympathie émue. Il sait, lui, que le scandale
n'est pas l'amour, mais la mort.

Pivot s'en fout de Stéphane et de moi, il a répété
« amant » une deuxième fois croyant peut-être me
faire honte. Au fond, il trouve cela un peu dégoûtant,
Pivot, qu'on puisse aimer un jeune homme et, pire
encore, faire l'amour avec lui. Il n'a pourtant pas
relevé les confessions torrides de Polac qui écrit, noir
sur blanc et sans trembler, qu'il a joui sur les fesses
d'un petit garçon de onze ans et qu'il lui a fallu du
courage pour résister aux tentations gidiennes en
Afrique du Nord. Lui, l'homme couvert de femmes
qui le poursuivent dans les parkings.

Non, Pivot voulait que je sois le seul de mon
espèce ce soir-là parmi les « mateurs et les amateurs
de sexe féminin », il dit cela avec une gourmandise
un peu écœurante. Il était tout miel d'ailleurs avec un
monsieur, instituteur en banlieue, qui écrit à la char-
rue des romans pour dames avec trois adjectifs par
ligne. Comment peut-on être content de soi à ce
point ? Se décrire avec tant de complaisance. Je ne
les écoutais pas.

Polac a grommelé sa désapprobation quand j'ai dit

26

que je ne confonds pas forcément le sexe et l'amour. J'ai vraiment cru tomber de ma chaise. Il a marmonné « dommage », comme pour me plaindre. On cherche en vain un mot d'amour dans son journal, il veut des femmes aveugles et muettes qui le tripotent à volonté et s'en aillent se faire « foutre ailleurs ».

Je lui ai dit : « Pas vous, pas ça », il s'est défendu mollement. Quand on se vante, il n'y a souvent pas de quoi. Cela dit, je n'arrive pas à le trouver antipathique. Pathétique, oui.

Paris, 15 janvier

Si je devais attendre un mot d'affection d'Aïda, je pourrais l'attendre longtemps. Elle a lu mon livre dans les heures qui ont suivi sa parution, mais elle ne me dira rien. Elle chuchote. A moi elle ne dira rien. Il y a de l'orgueil espagnol dans son silence. Elle considère que c'est à moi de réclamer sa bénédiction. Elle attendra. Elle repasse mes chemises avec un soin maniaque, peu lui importe que je sois bon à la télévision, elle veut que je sois propre. J'écris cela tandis qu'elle prépare mes bagages pour Montréal et qu'elle me dérange pour me demander si j'aurai assez de six slips.

Intimes, nous sommes intimes, Aïda et moi. De cela elle peut se vanter.

Montréal, 17 janvier

Nous voilà donc revenus à Montréal. Laurent K. a pris la place de Julien égaré, me dit-on, en Nouvelle-Zélande, mais Jany est là, emmitouflée jusqu'au nez pour la promenade matinale. Il fait moins vingt-cinq, moi qui aime tant les climats rudes, je suis servi. La

27

neige à ma fenêtre, comme un édredon sur le parc La Fontaine, renvoie dans ma chambre une lumière si violente au soleil que je dois baisser les yeux pour éviter l'éblouissement. Il y a une grande baignoire au pied de mon lit, Julien m'avait promis que nous la partagerions pour rire ensemble sous la mousse, c'était quand Julien voulait rire avec moi. Il doit rire avec d'autres, je le connais, il ne peut pas s'en empêcher. Il ne faudrait jamais faire de projets avec des garçons qui rient de tout, comme si le monde leur appartenait. Je prendrais plutôt une douche, j'ai horreur des bains qui invitent au relâchement. Cette idée de ramollir dans l'eau chaude ne pouvait m'amuser que si Julien avait tenu parole. Quel temps fait-il à Auckland ?

Julien est parti, cela ne change presque rien, Stéphane n'est pas revenu, cela change tout. Ce n'est pas lui qui arpente allègrement les rues de Montréal, ce n'est pas lui qui me ramènera un bonnet de laine pour que je n'attrape pas froid.

Laurent K. met sur ses lèvres une pommade au goût sucré qui colle quand il m'embrasse. C'est mieux que rien, ces baisers furtifs.

Je me demande si Michel Polac se rendait bien compte de ce qu'il disait l'autre soir chez Pivot. Comme on lui reprochait la partialité de ses jugements littéraires et sa propension à dénigrer la terre entière, il a répondu benoîtement : « Oh, vous savez, moi je change constamment d'opinion, je pense le lendemain le contraire de ce que j'ai écrit la veille, alors ! »

Si j'ai bien compris, Michel Polac nous invite à ne pas le prendre au sérieux, c'est ce que nous ferons désormais, nous qui croyons que la littérature a quelque chose à voir avec la vérité. Et puis je trouve un peu piteux d'écrire : « Je n'ai aucun talent, ce journal est inintéressant au possible, à quoi bon tout ça ? », et de continuer inlassablement, pendant cinquante ans, à se répandre, et laisser paraître finalement tant de pages « inutiles ».

La modestie est un fonds de commerce. Celui de Polac est en solde.

Montréal, 18 janvier

J'ai repris trois kilos depuis juillet dernier où je flottais dans les pantalons de Lulu. J'ai les joues moins creuses mais le ventre rond, rien d'alarmant, juste un rappel à l'ordre. Si je veux danser encore un peu, il faudra que je me surveille mieux dans la glace de ma salle de bains. Il faut savoir ce que l'on veut. Paraître oblige à un minimum de tenue. Quand je n'aurai plus cette prétention, je pourrai boire une bière de trop.

Au fond, il doit y avoir quelque volupté à n'écouter que son ventre, à se laisser déborder dans des tricots de laine fatigués, à ne pas se laver même, à s'enivrer de l'odeur de nous, de nos peurs, de nos jouissances. J'aime cela parfois, mijoter dans mon jus, pisser sur mes mains pour en adoucir les engelures, comme je l'ai fait hier, derrière une poubelle rue Saint-Denis. De l'eau bénite, la mienne, claire pour le baptême de qui voudra.

N'être plus rien qu'un corps abandonné, sans autre plaisir que celui de la digestion, c'est le projet mélancolique de ceux qui ont perdu l'espoir de rencontrer quelqu'un qui veuille bien mettre sa bouche entre leurs jambes. Ce n'est pas mon cas, je suis prêt à me faire beau, propre, pour retenir sur ma peau la tête brune du jeune bûcheron que François F. a promis de me présenter.

— Il est très présentable, m'a-t-il dit, un peu rustique certes, mais très présentable...

François F. mange des gâteaux immondes roses et verts, il dit : « Je sais, je suis une truie », et il reprend un peu de vin blanc « pour que ça glisse mieux ». François F. est généreux comme son pays, il cherche pour nous des tables accueillantes et nous trimbale la nuit sur le port et dans des bouges.

A part cela, il s'occupe de théâtre, d'opéra, que sais-je encore ?, d'un fantaisiste très célèbre qui ne le fait pas rire tous les jours, mais qu'il protège comme un fils.

— Je t'aime parce que tu es une personne exagérée, me dit-il.

C'est joliment dit. Il a raison, je ne sais pas dissimuler mes impatiences ou mes bonheurs, « je suis une personne exagérée » qui pourtant exagère de moins en moins. François F. rit d'avance, empressé qu'il est de répondre à mes supposées lubies ou de m'en inventer pour le plaisir de me voir exagérer.

Montréal, 19 janvier

Il y a encore moins de monde à l'auberge que l'année dernière où déjà il n'y avait personne. Cela ne semble pas contrarier Marguerite de Maisonneuve qui règne ici avec l'autorité d'une mère supérieure malicieuse. Tout est en ordre, c'est la même valse viennoise qui accompagne notre petit déjeuner, la même douleur qui me transperce plus sûrement que le froid. Non seulement je le supporte, mais il m'emporte gaiement, gelant mes larmes sur mon nez.

Je suis bien, presque chez moi. J'ai des repères, des habitudes. Au bout de la rue à droite, c'est l'Amérique. Nous irons à pied cet après-midi boire un thé dans les salons de l'hôtel Ritz ou manger du pain chaud avec des oignons, du fromage blanc et du saumon, spécialité d'un bar en plastique gris que Laurent K. et Jany auront repéré. Montréal est un village où l'on se retrouve, une ville aussi où l'on ne peut pas se perdre, la neige décourage la violence, chaque hiver elle retombe en enfance. Ici Noël s'éternise longtemps après les douze coups de minuit. Les gens ne se décident pas à débrancher les ampoules multicolores accrochées aux escaliers de leurs maisons et sur les sapins qui bordent les trottoirs, ils attendent sans doute que je reparte avant de casser le décor exact de mes rêves d'enfant.

Elle est terrible, la phrase de ma mère, à l'instant au téléphone, comme je lui souhaitais son anniversaire :

— Pense bien à moi car on va bientôt m'opérer des yeux, comme ça je me verrai mourir.

Que lui répondre ? Elle a quatre-vingt-un ans.

Rien n'est joué malgré tout. Elle ne se laissera pas aller si facilement.

Les garçons qui n'ont pas de fesses ne m'intéressent pas beaucoup. Même pour parler d'autres choses. Ceux qui dansaient la nuit dernière sur l'estrade du lupanar de la rue Sainte-Anastasie ont du répondant de ce côté-là et plus d'un tour dans leurs slips. Des Calvin Klein impeccables.

Je les ai trouvés plus avenants encore que l'hiver dernier, plus nets, les garçons. Leurs parents peuvent être rassurés, ils sont mieux au chaud qu'à traîner dans les rues par moins trente avec n'importe qui. Je peux en témoigner, ils boivent du jus d'orange et s'assoient gentiment sur les genoux de messieurs qui ne leur veulent que du bien. Demain, ils seront électriciens ou camionneurs, peut-être même agents de police. Ils feront des bébés à des caissières de grands magasins. En attendant, ils gagnent un peu d'argent de poche pour se payer des CD de Céline Dion. Peut-on dissiper sa jeunesse de façon plus charmante ?

Laurent K. n'en revenait pas de tant de simplicité. Simplicité ! Je ne vois pas de mot mieux approprié pour dire l'ambiance de cette classe de garçons en pleine forme.

Nous n'aurions pas dû rajouter du gin dans nos verres de tonic, c'est la seule bêtise que nous pouvons nous reprocher ce matin.

Montréal, 20 janvier

Je l'aurais détestée cette ville que j'aime tant si je l'avais connue quand elle transpire en juillet, défaite comme une femme surprise au saut du lit. Montréal n'est désirable que maquillée de blanc, en majesté sous la neige. Elle doit être lamentable au dégel. Je ne veux pas la voir, ni même l'imaginer, humiliée au soleil, se répandre dans les caniveaux.

Notre chauffeur de taxi, un Haïtien frigorifié qui m'a reconnu la nuit dernière (on se demande comment sous mon turban qui me faisait moins ressembler à Lawrence d'Arabie qu'à un épouvantail), trouve que la région manque quand même de palmiers. C'est précisément pour cela que nous venons ici et que nous reviendrons.

« Il est interdit d'avoir une attitude contraire aux

bonnes mœurs. » Cette recommandation, plutôt vague, on peut la lire affichée dans les couloirs de la prison de la Santé à Paris, c'est une journaliste du *Monde* qui l'a vue.

Je trouve le directeur de la prison bien sûr de lui. C'est quoi exactement les bonnes mœurs pour lui ?

Montréal, 21 janvier

« L'écriture participe à la fois du langage et du silence. Elle permet de se taire et de se faire entendre en même temps de tout le monde. » Sur ce sujet, je suis plus réservé que Jouhandeau ; si je parviens à me faire entendre, je demande aussi qu'on m'écoute. Là, les choses se compliquent. Seul Stéphane m'a écouté vraiment, il n'avait pas la tête ailleurs quand je lui parlais de moi, personne d'autre ne m'attendait que lui, je n'attendais rien que sa bouche à mon oreille. Ceux qui m'aiment aujourd'hui ont des chats, des chiens, peut-être même des enfants, des contraventions, un chef du personnel, il se peut aussi que leur magnétoscope soit en panne et leur passeport périmé. On ne peut pas espérer être écouté par des gens si vulnérables, on ne peut pas non plus leur reprocher d'être distraits. Nous le sommes nous-mêmes, pour d'autres raisons.

Si la solitude est le prix à payer d'un amour fou, je vais passer le reste de ma vie à rendre la monnaie.

Jany et Laurent K. sont en ville depuis neuf heures ce matin, ils me ramèneront des journaux français et nous repartirons ensemble à quinze heures voir les vitrines des beaux magasins, à l'heure où les garçons de la rue Sainte-Anastasie dorment encore ; nous n'avons rien de mieux à faire. Où que je sois, j'organise mes jours minutieusement, je vais à pas comptés, à peu près sûr que le hasard fait mal les choses.

Montréal, 22 janvier

Quand je m'oblige à garder mes distances, que je feins l'indifférence ou la froideur, aussitôt on se rapproche, on s'inquiète de moi, on m'aime. Si je cède aux élans de mon cœur, si je me laisse emporter par la tendresse qui m'habite, on me la reprochera bientôt. Que faire ?

« Réduire la part de comédie », propose Malraux je ne sais plus où... Je jure que je m'y emploie, mais on voit bien que ce n'est pas simple. Les autres nous veulent conformes à leurs fantasmes, à leurs antipathies.

Le bûcheron de François F. n'était pas libre, il avait rendez-vous avec un lieutenant de l'armée dont il ne discute pas les ordres. Nous avons ramassé par moins quarante la nuit dernière un champion de hockey sur glace qui traînait sur Internet pour le remplacer. Charmant et boudeur, plutôt blond, il s'appelait Stéphane. Ça devait arriver. Heureusement, sur le coup de minuit, alors qu'il commençait à se réchauffer, il nous a informés que sa mère avait un rhume et qu'il fallait sur-le-champ qu'il aille la soigner. Ce qu'il a fait, en promettant de revenir. On peut en conclure ou que ce garçon est très prévenant avec sa mère ou qu'il s'est moqué de nous. Les jeunes gens ont tous les droits, il leur faut vite en profiter. Je n'ai pas eu la patience d'attendre l'éventuel retour de celui-là, de toute façon je n'aurais pas pu l'appeler par son prénom.

La première impression est la mauvaise, il faut se

garder de nos enthousiasmes et de nos préjugés. Un sourire avenant ne dit pas tout, il est de convenance ; une bouche joliment dessinée peut mordre ; il se peut aussi qu'un regard fuyant soit de pudeur, mais c'est plus rare. Nous nous trompons quand nous jugeons les gens sur leur bonne mine. Ne pas s'en tenir aux apparences pour éviter les désillusions ou les regrets, je tente d'y parvenir.

Montréal, 23 janvier

Jany me dit qu'il y a au moins soixante chaînes de télévision ici « mais rien à voir d'intéressant ». Je peux lui faire confiance, elle les regarde du matin au soir. Elle prend le temps aussi de poser sur mon visage des crèmes de jouvence qui sentent le concombre et la menthe fraîche. Je me laisse faire, sans illusions, les rides qui creusent mes joues ne s'effaceront qu'avec moi, Stéphane les avalait. Il avait un don inouï pour la vie, pour l'amour, le pouvoir surnaturel de faire jaillir de moi des larmes de bonheur quand j'allais pleurer de désespoir, sûr que nous serions vaincus un jour. Et puis non, je me disais que ce n'était pas possible, qu'il serait le premier à surmonter le pire. Je le regardais sauter sur son cheval, je l'entendais chanter à tue-tête sous sa douche et je pensais : « Pas lui, pas ça, il chante, je ne rêve pas, il chante ! »

Pas une nuit en dix ans je ne me suis levé sans qu'aussitôt il occupe ma pensée. Dort-il ? A-t-il mal ? Va-t-il mieux ? J'allais à tâtons vers la cuisine ou la salle de bains, boire de l'eau ou la rendre, et je me recouchais en retenant mon souffle pour l'entendre m'appeler ou gémir. Il ne m'a pas appelé souvent, même au-delà de ses forces il se débattait encore, seul avec son cauchemar ou sa douleur. Je ne respirais plus, juste le temps de surprendre son cri dans la nuit. Je n'ai jamais dormi en paix pendant dix ans, les maquilleuses réparaient les dégâts, bientôt elles ne pourront plus rien pour moi. Pour guérir mes plaies, je n'ai jamais compté que sur la salive de ma mère et celle de Stéphane qui n'avait pas de plus fou plaisir que de mouiller nos baisers au-delà du raisonnable.

Montréal, 24 janvier

Lui acheter une chemise jaune et noire, sportive, genre Lacoste, celle-là pas une autre, qui me pendait au nez dans la vitrine d'une boutique de la rue du Mont-Royal, j'ai eu cette tentation. Elle lui ira bien, une fraction de seconde j'ai pensé cela, et je l'ai vu l'essayant devant moi, je l'ai vu lever ses grands bras, passer sa tête dans l'encolure sans précaution et ressortir ébouriffé. Glisser ma main dans ses cheveux, le recoiffer, mon réflexe du matin quand il sautait du lit. Qui d'autre que lui pour m'inspirer les gestes de l'amour ? Je suis perdu. Ce n'est pas de froid que je frissonnais. J'ai rattrapé Jany et Laurent K. qui « s'ébaubissaient » à la devanture d'un marchand de chaussures.

— Deux paires pour le prix d'une, a dit Jany, ça vaut le coup...

Il faut que je me fasse une raison : tout le monde ne peut pas être malheureux à la même heure que moi.

« A chaque instant, je me trahis, je me démens, je me contredis ; je ne suis pas celui en qui je placerais ma confiance. » Quand Aragon passe aux aveux, on serait en droit de lui demander des comptes, mais non décidément, il ne faut pas accorder la moindre importance aux coquetteries de ces intellectuels qui pour avoir beaucoup à se faire pardonner en rajoutent un peu quand ils plaident coupables.

Comment peut-on vivre en se dénigrant de si complaisante manière ? Se regarder dans une glace sans trembler, dans le regard d'un ami sans avoir honte de lui inspirer, peut-être, de ces bons sentiments qu'on prétend ne pas mériter ?

Sous le prétexte louche de dire la vérité, Aragon ment. Comme nous mentons quand nous disons trop de mal de nous.

Personne d'ailleurs n'est tenu de nous croire. Si l'on n'a plus confiance en soi, on se tue, voilà tout. Le reste n'est que bavardage mondain.

« C'était un homme qui aimait beaucoup les femmes ! » Ceux qui disent ou écrivent cela pour égayer la biographie ou la nécrologie d'un créateur, d'un artiste, d'un écrivain ne voient même pas qu'ils le réduisent ainsi à rien, « le grand homme qui aimait beaucoup les femmes ».

Comme si c'était une qualité supérieure, d'essence divine. Comme si Picasso leur devait son génie, comme si Victor Hugo n'avait pas d'autre titre de gloire. Peindre *Guernica*, écrire *Les Misérables* et se faire traiter de don Juan... Quelle misère !

Paris, 27 janvier

Je feuillette *VSD* qui publie cette semaine une photo de Stéphane et moi, prise en été devant le box de ses chevaux. Il est splendide, cheveux courts, bras nus, regard droit, exactement lui quand il était heureux. Insupportable. Mon cœur s'affole, je tourne vite la page.

Mon horoscope me conseille fermement « de ne pas tomber dans les bras de n'importe qui » et conclut sans rire : « Le sexe sans amour est rarement valorisant. » Quelle littérature ! A-t-on besoin d'aimer d'amour le vigneron pour goûter son champagne ?

De l'amour, ils veulent tous de l'amour partout. Un alibi, il leur faut un alibi pour abandonner leurs corps aux mains qui traînent.

Ceux-là sont trop exigeants. Ils n'auront rien, ni l'amour ni le sexe.

Les Gets, 29 janvier

Ça ne va pas, mais ça ne va jamais quand j'arrive quelque part. Il neige pourtant, je devrais m'apaiser, mais non je m'invente des histoires impossibles, je malmène mon âme et mon cœur avec un masochisme incontrôlable. Certains jours je suis mon pire ennemi.

J'ai chanté hier soir près d'Aix-les-Bains dans une discothèque où mille cinq cents personnes se pressaient pour m'entendre. C'était ma première apparition en public depuis la parution de mon journal. Tout le monde sait maintenant. Le prénom de Stéphane est gravé sur mon front. Comment vont-ils me regarder, me voir ? C'est la seule question que je me posais en montant sur scène, fier et nu. Je n'avais pas peur, je savais bien qu'ils ne me mangeraient pas, j'étais ému seulement de les découvrir si jeunes et si nombreux. Ils ne m'ont pas lâché des yeux. Suspendus à mes lèvres, ils ont chanté.

Porté, ils m'ont porté plus haut que moi. Au bord de l'estrade Lulu assurait le service d'ordre, léger parmi quelques costauds débonnaires, mais on n'arrête pas une vague de tendresse. Elle m'a submergé, c'est à Stéphane que je la dois. Ce fut grave et tendre.

— J'en étais sûr, m'a dit Lulu, ils t'aiment encore plus pour ta franchise.

Après j'ai signé des photos, ils m'ont parlé à l'oreille. Je n'ai pas envie de répéter ce qu'ils m'ont dit. Ce serait trop.

Les Gets, 30 janvier

« Petite pluie avec coup de vent sur le parvis. » Nous voilà bien avancés ! Ce bulletin météo qui date du 23 janvier 1986 à Vézelay, c'est Jules Roy qui le donne dans son journal *Les Années de braise*, cela n'a aucun intérêt, mais la première tentation du matin quand on écrit est la même pour tous : le temps. Nous sommes ainsi faits, à la merci du ciel, même Gide, même moi.

Les Français sont contents du ministre de l'Education nationale qui a décidé de faire entrer la police à l'école, celui-ci n'a pas précisé si ce sont les instituteurs désormais qui vont régler la circulation. L'ordre va régner aussi dans les maternelles où le racket prend sa source, selon *Le Figaro* qui n'en revient pas. Moi non plus. On ne peut pas expliquer aux enfants qu'ils sont les rois du monde et s'étonner ensuite qu'ils se croient tout permis.

Les Gets, 31 janvier

Tous les garçons s'appellent Stéphane. Ce n'est pas vrai mais j'en rêve. Depuis trois jours, je me répète cela : tous les garçons s'appellent Stéphane. Ce serait un bien joli titre pour le second volume de ce journal. Une illusion, un fantasme.

Les Gets, 1ᵉʳ février

L'émotion autour de moi est palpable. Quelque chose a changé depuis qu'ils savent que je ne me résume pas à ma caricature. Les chansonniers vont devoir revoir leurs numéros.

Libre, me voilà libre comme jamais de mes mouvements, de mes choix.

La nuit dernière, Lulu et Zinzin m'ont emmené au bowling avec Franck, un grand blond de Genève qui venait de commencer mon livre l'après-midi même et n'en revenait pas de tomber sur moi, disponible et joueur. Il y avait un Nicolas aussi, moniteur de surf des neiges, loueur de skis pour la saison, repéré le matin par Lulu qui l'a embarqué avec nous en un regard.

— Il est sympa, votre fils, m'a-t-il dit en se présentant. Vous aussi vous êtes sympa, je vous admire pour la pression que vous mettez dans ce que vous faites et dites...

La pression ? Il voulait peut-être dire l'enthousiasme, la sincérité ? Il a dit la pression, et j'ai cru comprendre, malgré la musique infernale qui nous assommait, que c'était un compliment. Nicolas est resté assis près de moi toute la soirée, il a l'âge de mon « fils », mais il est né comme moi en octobre, il écoute Renaud, Aznavour et Brassens et rêve de Montréal.

— Nous irons ensemble, lui ai-je promis.

Cette proposition a eu l'air de l'enchanter, pour un peu il faisait ses valises sur-le-champ.

Les jeunes gens sont moins compliqués que nous, Nicolas ne l'est pas du tout. Il a bu de la bière et m'a chanté à l'oreille une chanson de Trenet que je ne connaissais pas. Moi qui me flatte de les connaître toutes, il m'a bluffé. Il faudra que je me rattrape.

Nicolas a des mèches châtain clair en bataille, un profil de prince Bourbon et des épaules de champion.

— Il est très bien dessiné, m'a dit Martine qui a l'œil sage, mais précis, pour apprécier les champions.

Les garçons qui viennent à moi d'emblée aiment les filles. C'est d'abord pour cela qu'ils me plaisent. La suite leur appartient. J'ai tout mon temps.

Nicolas m'a appris à jouer au bowling et j'ai gagné.

Les Gets, 2 février

Lulu, en ciré jaune, qui s'en va acheter des cartes postales est passé me faire la bise.

— Tu sais, Papa, ton numéro de charme avec Nicolas... ça marche, il me l'a dit...

— Ah bon !

— Ne fais pas l'étonné, je t'ai vu faire...

Sacré Lulu, question charme il pourrait me donner des leçons.

Zinzin est toujours un peu éberlué, oui éberlué est le mot, et sa bonne bouille s'arrondit encore quand il voit des Nicolas venir vers moi les bras tendus. Aussitôt il n'a qu'une idée en tête, les entraîner avec lui courir les filles. Il me fait le coup chaque fois. Je vais le calmer. Quand je l'ai connu, il tombait des nues, il ne savait même pas ce que deux garçons peuvent bien faire ensemble sinon justement « parler de gonzesses ». Chez les joueurs d'accordéon on boit et on « tire », ils traînent tous derrière eux des cantinières de fêtes foraines et pour cela se croient irrésistibles. Zinzin a dû faire un effort pour admettre l'invraisemblable.

Les Gets, 3 février

Un portrait de moi dans *L'Evénement du jeudi*, Bernard Morlino qui le signe me connaît bien, il s'emporte contre ceux qui veulent me tenir en otage à la rubrique télévision. Mais pourquoi me fait-il dire : « un homme merveilleux » en parlant de Stéphane ? Ce ne sont pas mes mots. Merveilleux est un adjectif mièvre qu'on ne doit pas trouver souvent sous ma plume.

« Il m'arrive de traverser la vie de certaines gens comme un bolide. Ils n'en reviennent pas de l'éclat que je fais et ne me revoient jamais. »
Ne pas s'attarder, laisser une impression, un regret c'est mieux parfois que de perdre son temps, son âme et gâcher un triomphe pour un rappel de trop.

Parmi les centaines de lettres qui me parviennent de partout, chaque jour, cette phrase d'un étudiant de Toulouse : « Il était d'une beauté fracassante » tourne dans ma tête, je me la répète inlassablement : « Il était d'une beauté fracassante. » Mon correspondant ne pouvait pas mieux dire. Je m'en veux de n'avoir pas pensé à ce mot qui s'envole et craque, c'est Stéphane au grand galop. Stéphane, son prénom sur les lèvres de tant d'inconnus, imprimé dans les journaux, comme s'il était là.

Lulu guette les réactions sur mon passage.

— As-tu remarqué que les gens te regardent plus tendrement depuis ton livre ?

Suspendus entre le ciel et la montagne, il a posé sa tête sur mon épaule et nous avons atteint le sommet en silence.

Un grand creux dans mon ventre, la brusque sensation du vide comme celle que l'on ressent dans les manèges de foires. L'absence de Stéphane passe par mon ventre sans prévenir.

Sauf le respect que l'on doit à sa crinière blanche, le journal de Jules Roy *Les Années de braise* est un tissu de ragots, de considérations météorologiques, de potins, de potins mondains.

Des ministres, des académiciens, des cuisiniers bourguignons, des curés qui s'agitent et meurent autour de sa basilique et Jean Daniel à tous les coins de page, Jean Daniel qu'il vénère et déteste sans souffler d'une ligne à l'autre, et Pivot devant lequel il se prosterne, les gens de chez Albin Michel adorés et dénigrés sans mesure, et Mitterrand bien sûr, Mitterrand partout, une écœurante flagornerie, des perfidies pour se rattraper. Il s'épuise à cracher sur le messie juste avant de tomber à genoux devant lui, et finalement lui tirer dans le dos.

Paris, 6 février

— Et ton livre ?

Mon père a attendu que nous soyons seuls pour me poser la question.

— Il est sorti depuis un mois, ça va, ne t'inquiète pas, les gens sont très gentils avec moi...

— Tu vas passer chez Drucker ?

— Non, Papa, ce n'est pas le genre de son émission.

— J'ai vu que Pivot t'avait convoqué...

Convoqué ! C'est un peu cela, Pivot convoque et nous y allons, flattés quand même.

— Il t'a bien reçu ?

— Oui, Papa, il m'a très bien reçu.

— Ah bon ! Tant mieux.

Et puis ma mère est revenue dans la salle à manger avec une poêle de riz, il était temps de passer à table. Elle aussi m'a parlé de livres, mais pour me demander de lui offrir celui que Mikhaïl Gorbatchev vient, paraît-il, de publier. J'ai promis, un peu surpris de la trouver subitement passionnée par la géopolitique, mais bon, ma mère veut tout lire sans attendre l'opération au laser qui doit la délivrer de sa cataracte.

— Demain midi nous allons au restaurant avec ta sœur Christiane pour son anniversaire de mariage, ça ne m'enchante pas mais ton père adore ça les restaurants, tu le connais.

Mon père est un peu dur d'oreille, un peu beaucoup. Il n'entend plus que ce qu'il veut. Quand je suis là, il veut que je lui dise que j'ai du succès dans mes affaires, dans mes chansons, que mes patrons à la télévision « m'apprécient », ça lui suffit ou presque...

Il a profité que ma mère reparte en cuisine pour en finir avec ce qui le préoccupe :

— Alors, si j'ai bien compris, ce livre-là je n'ai pas le droit de le lire ?

— C'est mieux, Papa, il est trop triste.

Je soupçonne ma mère de lui avoir fait la leçon avant mon arrivée : « Ne pose pas de questions à

Jean-Claude sur son livre, on n'a pas besoin de savoir. »

Sa curiosité l'aura emporté, mais mon père n'a pas été indiscret, juste un peu ému. Quant à ma mère, anxieuse depuis que nous sommes nés, elle n'ira pas me chercher en larmes dans ce livre, elle veut me trouver ardent comme autrefois, comme elle. Je m'attends à tout instant qu'elle m'ordonne de sourire.

— La carte postale de Montréal était très belle... Tu pars pour où maintenant ?

Paris, 7 février

On en apprend des choses en regardant la télévision. Hier après-midi sur Paris Première, où Franz-Olivier Giesbert reçoit du beau monde, l'écrivain Didier Decoin nous a révélé qu'il a rencontré Dieu à trente ans une nuit dans sa « chambrette » en se lavant les dents. Il aurait pu donner la marque de son dentifrice, nous l'aurions essayé.

Je regrette parfois de n'avoir pas cette fraîcheur d'âme qui me permettrait de retrouver Stéphane dans mon verre à dents.

Morterolles, 12 février

« Je ne suis qu'un jeune lecteur de vingt ans et plutôt "inexpérimenté", face au sinueux parcours de la vie. Il vous a fallu beaucoup de courage pour affronter les invectives des imbéciles. »

Pourquoi Loïc qui m'écrit à Morterolles a-t-il acheté mon livre ? Il ne me le dit pas. Je vais lui répondre, mais je ne signerai pas l'exemplaire qu'il m'a adressé avec sa lettre, je me suis promis de ne pas poser ma signature manuscrite sur ces pages qui sont d'abord pour Stéphane. Je signe sur ma photo cent fois par jour, c'est assez. Loïc comprendra. Le monde est-il aussi méchant que nous le croyons lui et moi ? Oui, mais les méchants se taisent devant moi, et les imbéciles ne lisent pas. Alors ! Loïc ne doit pas s'inquiéter, c'est l'émotion qui domine dans le regard de ceux qui me parlent, l'amour aussi.

Reste le silence pincé de quelques mauvaises femmes qui n'en peuvent plus qu'on m'embrasse tant, elles que personne n'embrasse jamais. Elles se vengent de tous les Stéphane qui sont passés et qui passeront sans les voir.

Hier soir à la fenêtre de sa cuisine, Reine, la femme du Duc, fidèle au poste, attendait mon retour.

— Alors, quoi de neuf au pays ?

— Tout va bien. Les gens par ici parlent beaucoup de votre livre, même *Le Populaire* en a parlé. Certains me demandent qui est ce Lulu et même si c'est lui le remplaçant de Stéphane...

— Dites-leur que oui, chère Reine, ça les fera jaser. Vous savez bien, vous, qu'il est irremplaçable...

J'adore l'idée que l'on m'invente des fêtes. Qui saura jamais celles que Lulu me donne ?

— A part ça ?

— Ah oui, le Duc est très content de votre description de Morterolles, il dit que vous avez vu juste, il coche au crayon les passages qui lui plaisent, d'ailleurs il vous en parlera. Il a seulement un peu tiqué quand vous écrivez qu'il « trottine » derrière moi, mais bon, ce n'est pas grave...

Le Duc a tiqué parce que je le fais trottiner derrière sa femme ! C'est fou ça ! Je comprends mieux pourquoi Jouhandeau ne pouvait revenir à Guéret sans recevoir des pierres.

— Trottiner, c'est gentil pourtant ?

— Oui bien sûr, il n'est pas fâché, moi non plus, même si vous dites que je fonce comme un dragon d'infanterie... puisque c'est vrai.

Ceux qui trouvent une place dans ma vie et donc dans mon journal auront retenu d'abord des insignifiances. Certains se résument à cela d'ailleurs : à des insignifiances. Je vais continuer à dire qu'ils ont le nez au milieu de la figure même s'ils ne le voient pas.

Morterolles, 13 février

Patrick Besson, qui tire plus vite que son ombre et vise bien, fait feu dans *Le Figaro* sur les gouvernements européens au bord de la crise de nerfs parce que l'Autriche valse sans leur permission avec un play-boy qui n'a pas bon genre. Simon Wiesenthal et le grand rabbin de Vienne, antisémites notoires !, ont beau déclarer « Haider n'est pas Hitler », personne ne les écoute. C'est l'hystérie collective que Besson ridiculise allègrement. Si je n'étais pas animateur de télévision, nous serions copains. Il n'y a plus que nous pour nous souvenir de Jouhandeau comme il le fait dans le même *Figaro* : « L'octogénial », dit-il.

Bien vu. Je me sens moins seul.

Si je voulais être dans l'air du temps aujourd'hui, me faire passer pour une bonne âme, j'écrirais moi aussi mon émotion et pourquoi pas mon angoisse devant l'arrivée des « fascistes », des « nazis » de monsieur Haider au gouvernement autrichien. La belle affaire ! Qui peut croire que ce moniteur de ski que l'on voit danser dans les bals viennois va déclarer la Troisième Guerre mondiale ? Tout cela est ridicule ! Nous irons en vacances au Tyrol, comme d'habitude.

Morterolles, 14 février

Des anémones et du mimosa splendides ce matin à mon réveil.

Françoise, la dame du Moulin, qui n'a pas connu Stéphane, ou si peu, et Anny G., qui l'a tant aimé, ont voulu marquer pour lui la fête des amoureux qu'il n'oubliait pas. Joli mouvement de femmes autour de moi, qui montent la garde discrètement.

Morterolles, 15 février

Prudy ne porte plus de ces pantalons de jogging fluo qui la faisaient ressembler à un clown, sa toque en faux astrakan gris peut surprendre, mais dans l'ensemble ça s'arrange un peu. Aïda n'a plus mal nulle part, il lui arrive même de sourire. Reine, la femme du Duc, trouve que j'ai raison : un beau froid sec c'est agréable et bon pour la santé. Il y a beaucoup d'attentions pour moi dans leur nouveau comportement.

En notant les petits ou grands travers des gens de ma vie, je leur rends hommage, certains l'ont mieux compris que d'autres. Ce sont ceux dont je ne dis rien qui pourraient se vexer. Si mes remarques sur les impossibles accoutrements de Prudy semblent avoir eu quelque effet, en revanche elle persiste à se gaver de beurre, de confitures, de crêpes, de crème Chantilly. C'est plus fort qu'elle, il faut qu'elle mange, qu'elle mange encore.

— Les pâtes ça fait maigrir, dit-elle, en ajoutant de la sauce dans son assiette.

— Est-ce que tu t'es vue ? lui ai-je demandé la semaine dernière après le tournage d'une émission où elle débordait un peu de son soutien-gorge.

— Oui, je me suis vue.

— Et alors ?

— Je me suis trouvée « confortable »...

Après tout si ça lui plaît d'être « confortable », de quoi je me mêle ! Les femmes se plaignent généralement que leurs maris ne remarquent pas quand elles changent de coiffure ou de robe. Le contraire de moi qui m'intéresse à leurs formes, à leur moral. Un peu trop ? Elles ne savent pas ce qu'elles veulent.

Le soir descend, c'est l'heure où Stéphane allait rentrer boire un chocolat, manger des madeleines et prendre un bain en écoutant Radio France Limoges qui raconte le pays, son pays. Quand il était là, je n'attendais plus personne, le monde tournait autour de lui et lui chantait autour de moi. Je ronchonnais parce qu'il claquait les portes et laissait couler l'eau indéfiniment, il s'excusait ou il m'envoyait promener. Nous avions des raisons d'exister. Il doit rester quelques-unes de mes dernières chansons dans son ordinateur, il reste des flacons d'huiles parfumées sur le bord de la baignoire et de la mousse à raser. Stéphane ne viendra pas au pied de mon lit me montrer comme il est beau, comme il sent bon, ni me demander s'il peut allumer le feu dans la cheminée. Stéphane ne peut plus rien pour moi, j'allumerai la cheminée et la bougie qui éclaire doucement sa photo, Prudy la soufflera cette nuit, et je m'en irai dormir un peu.

Je n'ai jamais eu l'âge de lire des romans. Je ne veux pas que l'on me raconte d'histoires, par principe je n'y crois pas. Même enfant le loup du Petit Chaperon rouge ou la fée Carabosse ne m'intimidaient pas, ma mère me chantait plutôt des chansons douces. Quand Stéphane me racontait un film qui lui avait plu, je ne l'écoutais pas vraiment, je voulais qu'il me parle de lui. Dans les journaux intimes, je saute systématiquement les passages qui commencent par : « La nuit dernière j'ai rêvé de... » Je n'ai aucune envie de m'encombrer des rêves de Gide, de Green ou de Mauriac, j'ai bien assez à faire avec mes cauchemars qui n'intéressent personne. Il faut se débarrasser discrètement de nos fantômes. La vie, il n'y a que cela de vrai. Quelle belle et tragique histoire ! Que veut-on de plus ? Les hommes, qui ne sont jamais contents de leur sort et trouvent normal d'être en vie, ne la voient pas, ils la galvaudent. « Ils ne veulent pas la vérité, ils veulent des explications », dit Montherlant. Ils n'en auront pas. Qu'ils s'expliquent d'abord avec eux-mêmes avant d'interpeller le Diable, le Bon Dieu et le gouvernement.

Je n'ai jamais compté que sur moi et sur Stéphane, je ne m'en prends à personne quand se lève un vent mauvais. A son enterrement, je n'ai pas insulté le ciel, il était beau d'ailleurs ce jour-là, comme nous l'aimions tous les deux : clair, froid, intrépide. Je suis tombé à genoux, sans un cri, sans désir de revanche. Je suis tombé, voilà tout.

« La faute à pas de chance », disait ma mère plaisamment pour consoler nos chagrins d'enfants. Ce n'est pas une femme résignée, elle s'accommode de la fatalité. Je fais comme elle.

« La faute à pas de chance », la voix de ma mère si précise à mon oreille, si précieuse à mon cœur lourd.

Morterolles, 17 février

Pourquoi tant de sévérité partout et tout le temps pour Guitry, Jouhandeau, Chardonne, à qui certes on peut reprocher quelques égarements littéraires, quelques relations douteuses ; et tant de complaisance pour Drieu, Céline, Léautaud qui se vautrèrent aux pieds des nazis et donnèrent un style à l'antisémitisme le plus abject ? Rien non plus, jamais, contre Gide qui se laissa aller, lui plus sournoisement, à de mauvais penchants. Il y a, dans la presse de gauche surtout, une esthétique des collabos couverts de femmes et des vieux grigous couverts de chats.

Je ne marche pas dans la combine.

Morterolles, 18 février

Certains m'appellent Jean-Claude. Ces inconnus qui m'écrivent de partout, je ne sais rien d'eux, ils savent tout de moi, ou presque. Curieuse impression de chaud et de froid. Pas un reproche, pas un jugement. Des mots tendres à partager avec lui.

Dans *L'Express* de cette semaine, Michel Grisolia me venge du silence de ceux qui ne veulent pas se commettre avec une vedette de la chanson, les mêmes qui encensèrent mes premiers livres. J'aurais dû mieux entretenir mes relations à Saint-Germain-des-Prés.

Lulu a été opéré hier après-midi, juste à l'endroit

précis qui fait la différence entre les filles et les garçons. Rien d'inquiétant. Il vient de m'appeler de l'hôpital.

— Tu sais quoi, Papou ?

— Non.

— En même temps que l'anesthésiste me faisait la piqûre, une seconde avant de m'endormir, je t'ai vu devant moi qui me disais : « Vas-y mon Lulu, n'aie pas peur, je suis là... » et je n'ai pas eu peur.

Il ne doute pas de mon amour celui-là, et je ne doute pas du sien. Papou ou Papa, ce sera comme il voudra, aussi longtemps qu'il le voudra.

Morterolles, 19 février

Stéphane découpait les photos d'Isabelle Adjani dans les magazines, il en avait accroché une sur le mur devant son bureau, à côté des miennes. Il avait un goût très sûr pour les femmes. Emmanuelle Béart, quand elle attache ses cheveux proprement, lui plaisait bien aussi. De la beauté, d'où qu'elle vienne, il était gourmand.

Stéphane avait une sexualité parfaitement décomplexée, il ne s'embarrassait d'aucun tabou. Il aura prêté ses mains, sa bouche et son sexe à quelques « copines » de classe, à quelques filles délurées, de celles qu'on rencontre dans les cours de comédie, à d'autres.

Sans avoir la religion des culturistes pour le corps, il n'avait pas honte du sien, il envoyait valser son short par-dessus les vestiaires pour affoler un prof de gymnastique, qui lui donna d'ailleurs des cours particuliers. Rien de bien méchant, un jeu, l'amour physique était un jeu pour Stéphane, il me racontait cela sans vice, sans forfanterie.

— Il était beau mec.

— Tu avais quel âge ?

— Quatorze ans, par là...

— Et la première fille ?

— C'était la même année, elle s'appelait V. J'étais précoce, elle aussi.

La santé morale de Stéphane était vraiment réjouissante, trompeuse aussi, je m'y suis accroché jusqu'au dernier jour comme à un rocher qui menace de tomber, mais qui ne tombe pas.

Quand je l'ai connu, il avait fait le fou dans le lit d'une jolie N.

— Je crois bien que je lui ai fait un bébé, me disait-il.

Il les aimait les bébés, il a préféré rester dans le doute. Stéphane était un garçon disponible et joyeux, incapable de faire du mal. Ses gestes dans l'amour, pour osés qu'ils fussent, étaient empreints d'une pureté originelle et d'une grâce qui innocentaient ceux qui les lui inspiraient.

Morterolles, 20 février

Une folle envie de repartir à Montréal. Mon ami François F. vient de me dire qu'il y a un mètre cinquante de neige devant sa maison. Et si je plaquais tout sur un coup de tête ? Et si je les laissais se débrouiller sans moi ? Non, on ne peut pas tout vouloir en même temps : faire le beau à la télévision, chanter à Toulouse et s'enfuir au Québec à la première tempête de neige annoncée. Mon calendrier pour les jours à venir fait peur. Des contrats signés depuis des mois, des tournages en cascade, des rendez-vous avec des journalistes, quelques dîners d'amis sans cesse repoussés ; autant d'obligations créées par moi. Des plaisirs aussi. On n'a pas à se plaindre de ce qu'on a voulu. Cinq mille personnes m'espèrent au Palais des Sports le 1er mars prochain. Montréal attendra.

Je viens de terminer le journal de Polac. Désespérant. Personne ne dira autant de mal de lui que lui. Cet homme-là est un farceur. Il nous propose son suicide tous les deux paragraphes pour se reprendre à l'instant même où on le croit sincère. Peut-être l'est-il ? Tout cela est lassant.

« Salaud de Berl », écrit-il pour lui reprocher d'avoir fait dire à Pétain : « Les Français ont la mémoire courte », quelle honte ! C'est d'ailleurs une autre phrase très belle et vraie aussi qui lui fut reprochée parfois : « La terre, elle, ne ment pas », mais pas sur ce ton. Il s'en expliqua mille fois. Pétain, en juillet 40, investi par l'Assemblée nationale du Front populaire, c'était le vainqueur de Verdun, pas l'homme de Montoire, ni des lois antijuives.

Berl prête sa plume à un héros, pas à un salaud. Malraux n'aurait jamais laissé insulter son ami le pacifiste, le directeur de *Marianne,* le combattant de tous les fascismes, de tous les nationalismes. Ecœurant !

« Je prends les gens qui m'admirent pour des cons », avoue Polac.

On aura compris que je ne suis pas concerné.

Paris, 26 février

Le premier volume de mon journal est sur toutes les listes de best-sellers depuis six semaines. Que de mauvaises fréquentations, que d'honneurs aussi.

Ce succès ne me laisse pas indifférent, il m'émeut,

me porte et m'effraie ; je ne peux pas m'en réjouir sans voir que l'on se presse d'abord devant le tombeau de Stéphane. Le cortège est immense ; quand il se dissipera, je serai un peu plus seul encore, mais je ne regrette rien, j'aurai vu venir vers moi, vers nous, des hommes et des femmes éblouis par notre amour. Je n'aurais pas dû écrire que j'étais prêt à me tuer sur sa tombe si j'étais certain de pouvoir l'embrasser ne fût-ce qu'une fois, c'est une pose trop commode ; je ne suis pas assez optimiste pour me suicider. Je ne crois pas du tout qu'il m'attende là-haut.

Je ne guérirai pas de Stéphane, d'abord parce que je ne le veux pas. Je me laisserai couler dans d'autres bras, je boirai un peu de vin pour endormir ma douleur et m'endormir avec elle, je finirai peut-être même par me réveiller moins malheureux certains matins. Tout est encore possible, je ne veux pas décourager les avances que la vie me fera, mais je ne m'éloignerai pas de Stéphane, il n'aura pas à me rappeler à l'ordre. Il fut mon ange et mon démon, il le restera.

Le soir ici, à Montmartre, dans la pénombre du salon bleu marine et gris, je me cale à ma place sur le canapé, je pose sur mon ventre un coussin et j'attends qu'il vienne me l'enlever pour y mettre sa tête et s'apaiser contre moi. Je sais exactement la position qu'il prenait pour se lover au creux de moi. Avec ma main droite je le dessine, je le touche, mes doigts glissent de ses cheveux à son cou, de ses épaules à ses fesses. Il montait nu sous son peignoir (celui que je porte) pour que je dispose de lui. Abandonné à mes désirs. En silence nos mains et nos bouches s'égaraient, notre amour fut torride parfois, pour cela aussi il fut beau. Mais nous étions heureux sans faire un geste, sans dire un mot.

— C'est fini, madame, vous avez compris, c'est fini, il ne reviendra pas.

Le psychologue qui se débattait au téléphone sur Europe nº 1 avec une femme abandonnée par son amant a dû élever le ton pour se faire bien comprendre. Il répétait : « c'est fini » avec délectation.

Quelle chance j'ai de n'avoir pas besoin de psychologue ni de voyante pour savoir que c'est fini, que Stéphane ne m'embrassera plus, pour l'admettre bon gré, mal gré.

Je n'ai pas fait chanter mes fantasmes à Dalida. Le jeune homme que j'étais a mis sur ses lèvres des mots d'amour qui lui ressemblaient, fragiles et douloureux. Stéphane avait neuf ans quand j'ai écrit cette fameuse chanson qui me vaut tant d'éloges si longtemps après. Je vois bien que cela déçoit un peu ceux qui croyaient que... Eh bien non, Stéphane n'était pas « presque insolent de certitudes », il s'en fallait de beaucoup.

Quant à mon âge !... nous avions le même, selon que nous étions sages ou fous.

Paris, 27 février

Zinzin porte bien son nom et pas seulement parce qu'il joue de l'accordéon. Il oublie tout partout, sa Carte bleue et ses chaussettes, son passeport et ses clés.

J'ai décidément été bien inspiré le jour où je l'ai baptisé. Il aime beaucoup les filles, mais quand il m'embrasse, ce n'est pas du bout des lèvres en passant. Il s'arrête et Stéphane est là qui nous regarde et nous unit. Nous avons pleuré ensemble hier à table en rentrant de Toulouse, dans ce restaurant marocain, de l'autre côté du boulevard périphérique en banlieue nord, où nous avons nos habitudes les soirs de gala. Orly, Pré-Saint-Gervais, quinze minutes si tout va bien. Nous parlons du spectacle, pour nous en réjouir ou nous en désoler selon les péripéties de la journée, et nous nous échauffons avec le vin. Zinzin nous a raconté que son fils Clément, cinq ans, lui avait demandé le matin même pourquoi Stéphane ne venait plus à la maison, en serrant contre lui le cheval en peluche qu'il lui avait offert. Zinzin avec sa bonne tête de bébé joufflu sur son corps de catcheur me ravage le cœur quand il pleure. Je l'ai supplié d'avaler ses larmes avec un verre d'alcool. Le baiser qu'il m'a rendu était chaud et mouillé.

Il faudrait pour bien faire que je retire la photo de Stéphane qu'il avait lui-même posée sur la bibliothèque de ma chambre, entre celles de mes parents et d'Emmanuel Berl. Elle me fait mal, j'ai l'impression qu'il me regarde, qu'il va sauter sur mon lit, je baisse les yeux pour ne pas le voir, si beau dans son costume de soie bleue acheté à Hong Kong. Micro dans une main, l'autre sur son cœur, le nez en l'air, il chante. Marie-Christine, la photographe de mon émission, savait très bien le saisir en mouvement, à la seconde même où il se ressemblait le mieux : tendre et conquérant.

Cette image de lui, l'une des dernières dans sa splendeur, pourquoi l'a-t-il retirée de mon bureau pour la mettre en évidence sur mes livres de chevet, vers où je me tourne chaque nuit pour me soûler de mots ? Je ne veux pas donner un sens mélodramatique à un geste qui ne l'était pas. Je l'ai déjà dit, Stéphane n'avait pas de goût pour la mise en scène de ses sentiments, moi non plus. Notre amour était à l'abri des simagrées et des superstitions. Il n'empêche, cette photo aujourd'hui m'obsède. Je me connais, je ne la retirerai pas, et si je le faisais, c'est sa place vide qui serait mon vertige. Quoi que je fasse je suis perdant, je suis perdu.

Il y a beaucoup de choses que je m'interdis par instinct de survie : écouter la voix d'Yves Montand, passer par la rue du Faubourg-Saint-Antoine, aller faire des courses dans les magasins du centre Saint-Martial à Limoges, déposer des fleurs aux pieds de sainte Anne à l'église de Morterolles, monter à la boulangerie du Sacré-Cœur, revenir au marché aux puces où nous allions le dimanche, parfois.

Il y a des mots que je ne peux ni prononcer ni écrire, des gens que je ne peux plus voir. Je suis infirme de lui.

Paris, 28 février

Il y avait plus de cinq ans que je n'étais pas allé dîner chez Lily qui fut chanteuse autrefois autour du métro Barbès quand on chantait dans les rues à Paris. Elle habite depuis un demi-siècle près de la porte de Montreuil un minuscule appartement encombré de boîtes à chaussures pleines de photos, de valises en carton, de robes en dentelle, de poupées espagnoles, de fleurs en plastique et de statuettes en plâtre, un monde de pacotille rassurant où je venais réfugier mes vingt ans. Rien n'a changé depuis ces jours de fête que Lily improvisait pour nous, qui lui faisions raconter ses gloires d'antan, surtout moi qui ne me lassais pas de l'entendre chanter : « Moi j'suis pas bêcheuse, moi j'suis pas comme ça, j'suis pas une gagneuse, j'sais pas faire de plat. »

Je me suis beaucoup inspiré de Lily pour écrire

mon roman *Vichy Dancing*, de là date mon goût pour les chanteuses de bastringue.

J'ai repris ma place hier soir à la table où Lily et Christiane nous attendaient, Lulu et moi, en sirotant du porto hors d'âge. Christiane chantait elle aussi avant de s'expatrier en Finlande pour répondre au téléphone de l'ambassade de France à Helsinki. J'étais mineur quand je les ai connues toutes les deux sur le quai de la gare de Lyon où nous attendions un train pour la Suisse. Je sortais de l'enfance et j'allais me cacher dans leur lit les nuits où j'avais froid dans le gourbi qui me servait de chambre. Nous étions les artistes d'une « maison de rapport » qui ne nous rapportait pas grand-chose, mais c'était bien, mon père avait signé une autorisation pour que je passe la frontière, j'étais vedette à l'étranger, j'avais la vie devant moi.

Stéphane venait de naître.

De tout cela nous avons parlé, en riant, le cœur serré, sûrs d'épater Lulu qui n'en revenait pas de nos exploits. Il n'imaginait même pas que les chanteuses savaient faire la mayonnaise et la vaisselle.

— Comment il était, Papou, quand il était jeune ? a-t-il demandé à Lily.

— Gentil, il nous faisait tourner en bourriques, mais il était gentil.

— Alors il n'a pas changé.

Lily non plus n'a pas changé, elle aura quatre-vingt-trois ans le 1er mai prochain et se réjouit déjà de la « cuite » qu'elle prendra avec ses copains à Saint-Malo. Elle avait au moins cent ans à mes yeux d'enfant quand je la suivais dans les rues de La Chaux-de-Fonds, cette bourgade qui brûle sous la neige.

Quel âge me donne Lulu aujourd'hui que mon tour

est venu de me souvenir plus que de me réjouir ? Les rôles ont changé, je dois tenir le mien le mieux possible, Lulu me regarde. Je ne peux pas le décevoir.

Lily a sorti la bouteille d'eau-de-vie de prune plan-quée dans son buffet Lévitan et nous avons arrosé nos chagrins d'eau-de-vie.

— Encore un p'tit coup pour la route ?

La route n'est pas si longue de Belleville à Mont-martre, mais elle la tient mieux que moi, mademoi-selle Lily.

— T'as raison, me dit Lulu, elle est vraiment pim-pante.

La dernière fois où nous avions dîné chez Lily, son mari était là, Stéphane aussi, si discrets tous les deux, si gentils.

Ce soir, Christiane n'a pas pu se retenir. Son atta-chement à moi est sans faille, aussi voit-elle des complots partout. Il ne faudrait pas que je la pousse beaucoup pour qu'elle me mette en garde contre tous mes intimes, ou presque. Elle est un peu paranoïaque, moi la lucidité me suffit. Le genre humain n'est déjà pas beau à voir, je n'ai pas besoin d'en rajouter.

J'ai pour ceux qui médisent de moi un mépris incommensurable qui devrait finir par les dissuader de se donner tant de mal pour rien.

Christiane devrait le savoir. Devant mon peu d'en-train à l'écouter me plaindre de la méchanceté du monde, elle est revenue à Stéphane pour me rapporter leur dernière conversation :

— Il m'a dit, droit dans les yeux : « Que personne ne se fasse d'illusions, je ne quitterai jamais Pascal. »

Ce ne fut pas une grande révélation pour moi. Je n'ai pas eu, en dix-huit ans, le moindre doute, la plus petite inquiétude, mais Christiane a bien fait de me répéter ces mots-là : « Que personne ne se fasse d'illusion. »

Quelques-uns, quelques-unes surtout, s'en sont fait. L'été 1997 un trio de femmes qui rêvaient de l'arracher à moi a échoué piteusement. C'était bien mal le connaître, lui faire injure même que de le croire capable de trahir notre serment d'amour définitif.

Ces pauvres femmes, si elles savaient la piètre estime dans laquelle il les tenait, ce qu'il m'en disait, elles auraient honte ! En crachant sur moi, c'est lui aussi qu'elles salissaient, il est mort sans leur pardonner.

Morterolles, 3 mars

Lulu pleure dans sa chambre en écrivant une lettre à un copain. Je viens de le surprendre penché sur son premier chagrin d'amour. J'ai pris sa tête sous mon bras, du bout des doigts j'ai essuyé ses larmes. Ce soir il ira mieux.

Nous partons chanter en Charente sur les terres de Chardonne et de Mitterrand, nous passerons par Bellac devant la maison natale de Giraudoux, je lui expliquerai en deux mots le peu que je sais de lui. Je ne suis pas sûr d'avoir terminé la lecture de *L'Apollon de Bellac*. Je lui préfère les fils de famille de Chardonne. Le bonheur ce soir, ou presque, à un vol d'oiseau de Barbezieux.

Morterolles, 4 mars

Sa démarche, la place qu'il prenait dans l'espace en se déplaçant, son odeur, son rire qui trouait mon silence, tout cela se dissipe si vite. Stéphane m'échappe, il s'évanouit si je bouge. Je m'entraîne à le retenir vivant. Il faut que je le voie, que je l'entrevoie ne fût-ce qu'une seconde entre ma chambre et la terrasse, que je le suive sous sa douche ou sur son cheval, qu'il revienne se pencher sur son bac à fleurs devant la cuisine et souffler sur les braises de la cheminée. Penser à lui ne me suffit pas (je ne fais que cela penser à lui, je ne pense même plus que je pense à lui, j'y pense comme je respire), il faut que je le regarde, que je le touche. Je tends mes mains vers l'endroit où il passait à ma portée, la nuit autour de mon fauteuil. Je tends mes mains comme un mendiant. J'ai faim de lui. Il colle son ventre sur ma bouche, je glisse mes doigts sous sa chemise, je frôle ses seins, il tombe à genoux. J'éteins la télévision.

Morterolles, 5 mars

A Olivier Delcroix, journaliste au *Figaro littéraire*, qui me demandait le pourquoi de « cette passion », j'ai répondu : « Stéphane et moi, c'était l'évidence même. »

Je serais content qu'il retienne cette phrase dans l'article que publiera peut-être son journal. Je ne sais pas comment dire mieux notre amour dans sa simplicité. Oui, Stéphane dans mes bras, c'était l'évidence même.

Au dos d'une carte postale que je ne retrouve plus, qui représente Cocteau et Jean Marais marchant d'un même pas vers l'éternité, il m'avait écrit : « Exemple à suivre. » J'ai fait de mon mieux, je continue. A l'issue de mon spectacle, l'autre soir en Charente, un jeune homme est venu me dire : « Votre livre m'aide à vivre, votre histoire avec Stéphane est un exemple à suivre... »

Je n'avais pas du tout l'idée de nous poser en modèles, Stéphane et moi, ni même d'émouvoir Margot, mais je suis très sensible aux espoirs et aux tourments que ce livre porte en lui. Le jeune homme avait l'air grave en me tendant un bouquet de marguerites. C'est très grave l'amour. Ceux qui ne savent pas cela n'y auront pas droit.

Le dimanche est un jour inutile, le plus vulgaire de la semaine. Au nom de l'Eglise catholique et de la CGT réunies, nous avons quartier libre, la permission de ne rien faire, l'anarchie à tous les étages.

Les Français se vautrent à table à partir de midi et s'écroulent vers seize heures sur le canapé du salon. Ils ne sont pas beaux à voir. Le dimanche, la France bâfre, elle pue la frite et l'eau de Cologne mêlées, les beaux-frères oublient de refermer leurs braguettes et leurs femmes bâillent d'ennui devant cette menace. Les enfants sèment la mort en hurlant sur leurs jeux vidéo. Ni Dieu ni Léon Blum n'ont voulu cela. Il faudrait supprimer le dimanche et les vacances obligées, c'est le travail qui ennoblit l'homme, c'est au travail qu'il exprime sa grandeur, pas à plat ventre sur une plage. On va sans doute me trouver un peu excessif, je ne suis même pas certain qu'on m'entende.

De quoi ai-je l'air de penser et d'écrire cela, à l'heure où le gouvernement pour qui j'ai voté triomphe en proposant aux foules éblouies le plein emploi et la réduction du temps de travail ? Eh bien j'ai l'air d'un méchant garçon hostile aux masses populaires et qui sera pendu quand viendra le grand soir. Comme il n'est pas annoncé pour demain, je peux me défouler sans risque. Ce n'est pas très courageux.

Morterolles, 6 mars

Lulu écrit interminablement, enfermé dans sa chambre. Mimétisme ?

— Je fais comme toi, Papou. Depuis que je te vois à ton bureau, moi aussi j'ai envie de raconter ma vie...

Sa vie ! Lulu me dit souvent : « C'était mieux avant. Quand j'étais petit, je rêvais d'être grand... »

Il a vingt-deux ans, mais à quel âge exactement commence la nostalgie ?

— La première fois que je suis venu à Morterolles, je me demandais comment tu pouvais rester des journées entières à écrire tes pensées... maintenant je comprends.

Lulu écrivain ! Ça lui passera, mais pour l'heure il s'applique. Nous sourions avec Christiane de le voir si sérieux, penché sur sa page comme un écolier qui ne veut pas rater son bac.

Quatorze heures, j'entends son pas dans l'escalier, il est là devant moi, de blanc vêtu, mal rasé, beau comme un ange.

— Je viens te prévenir que je vais donner du pain aux ânes et m'asseoir sur le banc au soleil devant l'étang...

Cette nuit après notre promenade, en raccompagnant chez elle la femme du Duc sur la place de l'église, il lui a dit :

— J'aurais bien voulu connaître Stéphane...

Comment se seraient-ils entendus ces deux-là ? La question ne sera pas posée. Il n'y aurait pas de Lulu à Morterolles ni à Montmartre si Stéphane était là. Il lui fallait toute la place à Stéphane. Il montait la garde autour de mon cœur.

Les gens écrivent mon nom sur l'enveloppe et Morterolles, sans autre précision, comme s'il s'agissait de Saint-Tropez. La brusque notoriété, même modeste, de ce village me ravit. Une dame a jugé plus sûr d'adresser sa lettre aux bons soins de monsieur le curé. S'il lit mon livre un jour, le « saint homme » n'aura plus qu'à prier pour mon âme.

Maître D. mon notaire l'a lu, lui.

— Pardon de vous dire cela, mais au fond vous

avez eu beaucoup de chance de connaître un tel amour, c'est très rare vous savez.

— Oui je sais, maître, l'amitié est très rare aussi. Comme nous l'avions prévu, j'ai déjà deux noms à rayer sur mon testament.

— Rien de plus simple, prenez une feuille blanche, indiquez vos nouvelles dispositions, datez et signez. Je fais cela tous les jours.

Il n'a pas besoin de lire de livres maître D., ses armoires sont pleines « de misérables tas de petits secrets », de vengeances, de haines, de trahisons, d'amour aussi.

— Je vais reprendre Jouhandeau, bien que... je lui préfère Saint-Exupéry.

Aïe ! Comment est-ce possible ? Un notaire limousin qu'on dirait sorti de *Chaminadour* qui préfère *Le Petit Prince* à *Monsieur Godeau*. Et s'il allait le perdre mon testament, et si son étude brûle et si lui-même meurt ?

Ma sœur Christiane à l'instant au téléphone.

— Je t'ai entendu ce matin sur RTL, tu as très bien parlé de Stéphane. Je t'avais vu aussi chez Pivot, mais j'ai oublié de te le dire.

Elle sait donc que j'ai publié un livre. J'hésite à lui demander si elle l'a lu, je crains la réponse parce que je la connais.

— Non, je n'ai pas eu le temps, et puis par chez moi il n'y a pas de libraires.

Comme je lui fais remarquer que l'Essonne n'est pas plus dépeuplée que le plateau de Millevaches, elle m'assure qu'elle ira prochainement voir à Continent : « Si on le trouve. »

Christiane m'aime avant tout parce que je suis son frère. Ce n'est pas une bonne raison. Je n'ai aucun mérite à cela, elle non plus. Jamais un mot sur mes livres ou alors en passant, très peu sur mes chansons. Timidité ? Non, la timidité n'est pas dans ses habitudes. L'important pour elle n'est pas ce que je fais mais ce que je suis : son frère.

Elle voudrait que j'aille dîner chez elle plus souvent. C'est une femme chaleureuse et très gaie. Mais pour parler de quoi ? Nous n'avons aucun goût en commun, elle adore les noces et les banquets et le soleil par-dessus le marché. Quel programme pour moi qui n'aime que l'ombre et la trompette de Chet Baker. Nous avons été élevés ensemble de la même façon tendre. Un monde nous sépare. Elle sait pourtant pouvoir compter sur moi et moi sur elle. Si mon livre était en vente à Continent, ce serait bien.

Morterolles, 7 mars

« Les seules couronnes qui vaillent d'être portées sont celles que nous nous tressons à nous-mêmes. » Son cynisme m'enchante, mais Montherlant a tort. Avoir une haute idée de soi, se respecter est essentiel en effet, mais ne suffit pas. Ce sont les autres qui nous distinguent. Même si le souci de plaire ne doit pas l'emporter, nous ne pouvons pas nous contenter des lauriers que nous cueillons pour nous.

Que valent les titres que l'on se donne, les qualités dont on se vante ? Pourquoi peut-on inscrire en toute impunité sur ses cartes de visite : Monsieur X, poète, et pas : chirurgien dentiste, si ce n'est pas vrai ? Il y a des limites au contentement de soi, au mensonge. Si nous étions seuls à nous proclamer gentils, généreux, fidèles, il n'y aurait personne autour de nous. Je n'ai pas besoin de grand monde, mais l'estime que je me porte je veux pouvoir la vérifier dans le regard de quelques-uns.

Mardi gras aujourd'hui. Se déguise-t-on encore dans les écoles ? Madame Royal, qui est en charge de nos chers bambins et n'a pas fait interdire les têtes de mort de Halloween, a-t-elle organisé quelques réjouissances françaises sous les préaux ? Espérons que le carnaval ne sera pas trop sanglant.

Autrefois ma mère habillait mes sœurs, l'une en coccinelle, l'autre en Bigouden et moi en Pierrot, la photo doit traîner quelque part. Sur celle que j'ai épinglée dans mon bureau, Jacqueline et Christiane se tiennent la main, je ne suis pas là. Les garçons n'allaient pas dans l'école des filles en ces années si belles.

Aux Etats-Unis avant-hier, un jeune cow-boy de six ans a tué sa petite camarade de classe avec le pistolet de son père. Le coup de feu n'a étonné personne en France. Quelques lignes dans les journaux. C'est si loin l'Amérique, si folklorique. Avec un peu de patience nous aurons bientôt nous aussi des cow-boys dès le berceau.

Morterolles, 8 mars

Journée internationale de la femme. Démagogie écœurante. Depuis que le monde est monde, les femmes le mènent. En douce, mais elles le mènent. Les misogynes se donnent bonne conscience à peu de frais. L'« égalité des sexes » est une plaisanterie, une rengaine douteuse. Nous savons depuis l'enfance que nous devons mériter les femmes, nos mères d'abord. Les respecter quand elles sont respectables. Cela va de soi, mais de là à se prosterner devant les pleureuses, les évaporées, les mirobolantes, les mégères, non.

Rendons les armes aux saintes, aux savantes, aux

pin-up, à Marilyn et à Marie Curie (je l'ai déjà dit), mais de grâce qu'on nous protège des « chiennes de garde » puisque c'est ainsi qu'elles se nomment désormais.

Les « chiennes de garde » ! Il fallait oser. Mordre, quelle triste ambition !

A Françoise, qui se plaignait doucement que les femmes ne soient pas encore les égales de l'homme, j'avais répondu : « Tant mieux, il faudrait qu'elles s'abaissent trop pour cela. » Elle avait souri. Si je voulais exaspérer Stéphane, je pouvais toujours lui ressortir mon couplet sur les jeunes filles qui devraient plutôt faire de la pâtisserie, de la tapisserie et, comme dit la chanson, « ne pas courir le guilledou avant de prendre époux ». Il me trouvait un peu réactionnaire, mais il n'aimait pas non plus celles qui crachent leur chewing-gum et boivent de la bière au goulot.

L'égalité des sexes est une proposition dégoûtante.

Je suis moins engourdi dans mon chagrin que l'an passé, mais je ne vais pas mieux. Etat stationnaire, diraient les médecins.

Je vois revenir le printemps avec la même tristesse, je redoute déjà l'été. Depuis hier les jardiniers ont ressorti les tondeuses, l'herbe pousse partout. Les hivers sont de plus en plus courts, de plus en plus doux. Si l'on m'indiquait un pays fréquentable où l'hiver s'éternise, j'irais aussitôt m'y installer de mai à septembre pour n'avoir pas à supporter ce que les autres et ma mère appellent les « beaux jours ». D'après ce qu'on me dit, ce n'est pas chose facile que de trouver sur le globe un endroit où il fait bon vivre au mois d'août. Que vais-je faire de ma peau durant ces semaines mortelles ? Où que j'aille, je n'échapperai pas à l'avachissement des corps, ce spectacle dégradant que l'été porte en lui. Je resterai à Morte-rolles, rideaux tirés, à ronchonner « comme un vieux grigou », disait mon père quand je n'avais pas quinze ans. Vieux ! Ça ne saurait tarder, mais grigou j'ai pris de l'avance. J'ai, je le crois, une âme forte mais l'épi-derme fragile. Je m'agace vite si les choses et le temps ne tournent pas à mon rythme. Je me détraque sans Stéphane qui avait seul le pouvoir inouï de réduire à rien mes angoisses.

— Embrasse-moi, ça ira mieux...

« Il ne peut plus rien pour moi. Je ne peux plus rien pour lui. » Je me répète chaque nuit ces mots-là : il n'a aimé que moi, et je m'endors en murmurant son prénom.

Paris, 10 mars

Julien ne s'appelle pas Julien. Ce jeune homme plutôt blond, qui a trente ans maintenant et des remords, est sorti de ma vie le 15 octobre dernier par toquade, me laissant seul le jour même où j'espérais un mot de lui, un geste. Il y avait de la perversion dans sa fuite, du romantisme aussi. J'écrivais alors : « Julien est sorti chercher des allumettes », par déri-sion, par un reste de tendresse. Quand il m'a fait demander de cacher son prénom, j'ai compris qu'il avait peur de son ombre, qu'il était perdu. Écrivez, me disait-il, on attend de vous la vérité... Sa sincérité ne faisait aucun doute ; j'écrivais quand même le 3 août : « Il faut que Julien pleure, vite, avant que son sourire ne devienne impardonnable », et j'ajoutais le 4 novembre : « Jules aura honte un jour de ses étranges pudeurs. »

C'est par un fax envoyé à dix-huit heures avant-hier à mon bureau qu'il confirme ma prédiction :

« Pardon, Pascal, au fond vous aviez raison, on ne peut pas se passer de vous. Je m'ennuie et je bois. Je me morfonds. J'ai honte. Votre Jules. »

Il revient quand je ne l'attends plus. Il avoue ce qu'il ne voulait pas qu'on sache. Il y a du pathétique là-dedans, de l'abandon. C'est beau, mais c'est triste. J'ai Julien sur les bras et je ne sais pas quoi en faire. Il attendra un peu que je reprenne des forces. Il me propose de « rire encore », je n'ai pas tellement envie de rire.

Mon père est en réanimation depuis hier soir dans une clinique privée d'Antony, il a trop grossi, un œdème à la jambe le paralyse. J'irai le voir demain, mes sœurs et ma mère sont près de lui. On danse la samba cet après-midi sur le plateau de mon émission. Je vais danser la samba.

Paris, 11 mars

Dans l'interview que j'ai donnée au *Figaro litté-raire* et qui vient de paraître, je redis mon admiration pour Patrick Besson, mais j'ajoute qu'il a le cœur un peu sec. Une première impression qui mérite d'être corrigée. En lisant cette nuit le livre que Christian Authier, un jeune et brillant journaliste de Toulouse, lui consacre, je tombe sur cette sentence : « Je déteste l'unanimité, surtout l'unanimité contre quelqu'un. » Elle me convient parfaitement. On n'a pas le cœur sec quand on ne hurle pas avec les loups.

En feuilletant la presse magazine, bien peu inspirée cette semaine, je relève une jolie déclaration de François Léotard : « L'idéal des pessimistes, c'est d'être démentis. » J'espère l'être tout à l'heure quand j'aurai vu mon père et entendu ses médecins.

Combien de temps va durer ma vie, que vais-je en faire ? Des livres bien sûr, des livres. Il faudrait que je marche aussi, que je ramasse des framboises, mais pour qui ? Que j'inspire du désir à quelques-uns, que mes mains caressent des ventres plats et des fesses rondes. Je suis trop jeune pour renoncer. Suis-je trop vieux pour espérer ? Je me crois assez fort pour tenir encore un peu, mais je ne suis pas prêt à tout pour retenir à moi le premier passant venu. S'il en est un qui veut s'attarder dans mes parages ou dans mon lit, mieux vaut qu'il soit prévenu. Pour le dévergondage, j'ai des adresses à Montréal et des numéros de téléphone à Paris. Ça va.

Je suis perplexe devant le fax de Julien, indécis. Je l'ai relu dix fois. Oui c'est bien de lui cette écriture ronde, sensuelle, ces mots choisis pour me plaire. Que faire ? Répondre vite à son appel au secours, attendre qu'il se reprenne, qu'il se renie une fois encore, qu'il se dégrise ? Peut-être a-t-il honte aujourd'hui d'avoir eu honte hier.

Quand il saura ce qu'il veut, il me le fera savoir.

Paris-Toul, 12 mars

La clinique du bois de Verrières pourrait passer inaperçue, on la découvre par hasard au détour de quelques rues charmantes bordées de marronniers et de pavillons en meulière. Si l'on va se promener un peu plus loin, on peut voir le château des Vilmorin où Louise du même nom et Malraux coulèrent des jours heureux.

Il y a de mon enfance le dimanche qui traîne par ici. Verrières-le-Buisson, c'était la campagne quand nous étions petits garçons. Sans doute les maçons avaient-ils déjà commencé de construire ce bloc de béton au troisième étage duquel mon père en salle de réanimation nous attendait, ma mère et moi. Il va mieux, sa jambe a dégonflé, l'œdème se résorbe.

— C'est pas encore pour cette fois-ci !

Assis sur son lit, il sourit aux anges comme un bon pacha repu.

— On s'occupe très bien de moi et je suis enchanté des infirmières, elles me lavent, elles me branchent de partout, c'est parfait.

On a posé des électrodes sur la poitrine, un tuyau dans le nez, des perfusions dans les veines de sa main, une sonde ; comme il fait chaud monsieur mon père a envoyé valser le drap, aussi le trouvons-nous à l'aise, très à l'aise. Je l'ai recouvert, geste machinal cent fois répété ailleurs, dans d'autres chambres.

Tout cela ne m'impressionne plus, j'ai trop vu Stéphane aux prises avec ces tubulures en plastique, j'ai tremblé si souvent en me penchant sur ses bras meurtris. Je regardais ses yeux pour ne pas flancher.

Il y aura deux ans cet automne, je partageais mon temps entre cette clinique où mon père déjà souffrait et l'hôpital Saint-Antoine où Stéphane mourait.

Comme d'habitude mon père a ameuté l'étage pour que ma visite ne passe pas inaperçue.

— Il est bavard comme une pie, me dit ma mère. Que veux-tu, on ne peut pas le refaire ! Il raconte sa vie et la tienne à tout le monde.

— Alors, me dit-il, il paraît qu'il y avait cinq mille personnes au Palais des Sports, c'est merveilleux d'être aimé comme ça, tu es content ?

— Oui, Papa.

Il n'a pas pu retenir ses larmes qui firent briller son sourire. J'ai mis ma main sur sa jambe qui va mieux et nous sommes repartis, ma mère et moi, dîner dans le petit restaurant où Stéphane et mon père nous accompagnaient quand tout était bien.

Ce dîner seuls, en tête à tête, en annonce d'autres, après Papa. Ma mère m'a parlé de son enfance dans la zone à Ivry, où l'on parquait les immigrés espagnols dans les années vingt ; de ses parents si tendres, si pauvres, de sa mère tellement catholique. Puis elle m'a dit :

— Jean-Claude, s'il m'arrive quelque chose, je ne veux pas qu'on m'emmène à l'église.

— Oui, Maman, je le sais.

— Pour ton père, je n'ose pas lui demander...

— Ce n'est pas la peine, Maman, moi je sais qu'il ne veut rien, pas de cirque, il ne croit qu'en toi et nous.

J'écris cela dans un hangar moderne à Toul, où j'attends mon tour de monter sur scène. Mes musiciens mènent le bal pour la foule venue m'applaudir. Zinzin joue de l'accordéon et c'est bien. Demain je pourrai dire à Papa que j'ai chanté en Lorraine et qu'on m'aime aussi par ici.

Paris, 13 mars

Lulu est perturbé, son sourire est dans l'eau. Il ne m'a pas appelé depuis trois jours.

— Je n'avais pas pris mon portable...

Il ment, mais je n'insiste pas. Quand il s'en va se réfugier dans les jupes de sa mère, c'est qu'il a le cœur gros. Ce réflexe d'enfant fut le mien, tous les garçons de vingt ans se ressemblent. « L'adolescence est le plus grand des maux. » Celle de Lulu s'éternise. Il en sortira en larmes. Grandi.

Comme moi à son âge, Lulu est un très jeune homme qui rêve d'accrocher son nom en lettres de feu sur le fronton de l'Olympia et qui s'impatiente.

Pour me calmer, Emmanuel Berl me citait Léonard de Vinci : « L'impatience est mère de tous les vices. »

Il m'a fallu du temps pour le comprendre.

Paris, 14 mars

On ne retient pas chez Lipp, on se présente et l'on attend le verdict du maître de cérémonies. Il y a toujours une table pour moi, je ne boude pas ce privilège, au fond chaque chose vient en son temps. Hier soir on m'a proposé la place de François Mitterrand.

— Le Président se mettait là, dans le coin sur la banquette et il regardait passer le monde.

Je n'ai pas demandé mon reste, je me suis installé au bon endroit et j'ai regardé passer le monde en bavardant avec mon très élégant confrère de France 2, Olivier Minne.

Il m'a dit qu'il y avait en moi de la sagesse tibétaine et beaucoup d'autres choses encore sur mon livre dont il ne peut pas se « défaire ». Tous les animateurs de télévision ne sont pas analphabètes.

Le chanteur C. Jérôme, un bon petit diable bondissant, est mort ce matin. Il avait l'air d'un gamin échappé d'une cour de récréation. Nous étions sûrs qu'il allait s'en sortir, sûrs de le retrouver plus blond que jamais. On a envie d'écrire que ce sont toujours les plus gentils qui s'en vont les premiers. Il n'y a pas de statistiques, mais des présomptions concordantes.

Paris, 15 mars

Une jeune femme un peu exaltée m'envoie des photos d'elle toute nue, et sa culotte en dentelle qu'Aïda trouve jolie. Ses lettres de dix pages chacune sont très précises quant aux bons « sentiments » qu'elle me porte. Hier matin ce sont les clés de son appartement que j'ai reçues par Colissimo. Les clés du paradis ? Je ne suis pas en état de répondre à une si pressante invitation, mais l'idée d'être attendu est plaisante. Michel, mon chauffeur, est jaloux.

La curée m'écœure. Les « chers amis » de Jean Tiberi finiront par en faire un martyr. Dans tous les cas, il est digne et courageux face à la meute qui l'attendait à la sortie de l'hôpital ce matin.
« S'il y a beaucoup de cons à gauche, il y a vraiment trop de salauds à droite. »
Berl avait raison.

Paris, 16 mars

Patachou est passée me dire bonjour hier après-midi sur mon plateau. Son nom, son visage, sa voix me ramènent à Stéphane jeune, joyeux. Il avait les joues rondes et des cheveux bouclés quand il a embrassé Patachou la première fois. Elle l'appelait « mon neveu ». Dans les coulisses des théâtres où nous avons chanté, ils partageaient souvent la même loge, je les entendais rire.
Stéphane aimait parler avec Patachou du music-hall d'avant lui ; depuis la coulisse il la regardait faire, subjugué par la classe naturelle de l'artiste dans ses œuvres. Et le soir après dîner il reprenait le rôle, pour nous distraire. Je le revois, lançant sa main

droite sur sa cuisse, rejetant la tête en arrière, prenant la pose impériale de Patachou au final.

Tant d'amour, tant de respect dans cette imitation ! Stéphane tendre et malicieux comme je l'aimais éperdument. Patachou lève de nouveau la jambe comme une danseuse de french cancan, son opération du genou droit à la Clinique du Sport est une réussite.

— Je lis ton livre, il est très beau comme lui.

Ce fut tout ou presque. On m'a dit qu'elle a voulu voir Lulu avant de s'éloigner.

— Protège-le bien, petit, hein ! Je compte sur toi...

Il était tout fier le petit de se savoir investi d'une aussi grande mission par une si grande dame.

Paris, 17 mars

« Je m'appelle Catherine, quarante et un ans, hétéro, célibataire, athée, avec une petite cervelle de bonne femme. Vous ne m'étiez pas particulièrement sympathique, et c'est peu dire que vos émissions ne sont pas ma tasse de thé ! Votre livre, je l'ai lu d'un trait et je me sens étrangement proche de vous désormais. J'ai été touchée, très touchée par le type qui a vécu et écrit ce très beau bouquin, votre style vous ressemble, simple, profond, péremptoire et contenu.

J'aime Stéphane. »

Une lettre ce matin parmi beaucoup d'autres. Je ne pourrai pas y répondre, l'adresse est illisible. Ces femmes, ces hommes si près de moi et si loin, je voudrais les tenir dans mes bras.

78

Mon père hier au téléphone depuis sa chambre de la clinique du bois de Verrières où il patiente. Très mauvaise impression. Sa voix n'est plus sa voix, c'est celle de Stéphane les derniers jours. Il mâche ses mots, son élocution est pâteuse et précipitée, sa tête et sa parole s'embrouillent. « Il y a des nègres qui ont dansé toute la nuit dans les couloirs, et Jean-Claude C. est venu me voir. »

Du délire, mon père délire. J'ai pris peur. Jean-Claude C. est mort depuis quatre ans, il ne le connaissait que par la télévision, quant au bal nègre...

Tout cela me rappelle de bien mauvais moments, me ramène à l'instant atroce, dernière chambre à gauche en sortant de l'ascenseur, à la fin du mois d'août 1998 où Stéphane m'avait dit : « Il se passe de drôles de choses ici, dans la nuit ils m'ont fait une échographie et après un magicien est venu faire des numéros et ça s'est fini en partouze... »

J'ai d'abord cru qu'il plaisantait, qu'il allait mieux, j'ai même pensé une seconde que, s'il faisait des rêves érotiques, c'était plutôt bon signe. J'ai pris un ton plaisant pour lui demander des détails. Ce n'était pas bon signe du tout. Les médecins, les infirmiers m'ont rassuré, ils sont là pour cela, mais j'ai bien vu qu'ils n'avaient pas l'air très sûrs d'eux. Ceux qui entourent mon père, et que j'ai alertés aussitôt après avoir raccroché le téléphone, ne paraissaient pas tellement inquiets. Mais je sais, hélas, qu'il leur en faut beaucoup aux médecins pour laisser voir leur inquiétude. Ils lui feront un scanner lundi ou mardi prochain, s'ils ont un doute.

Attendre, attendre encore, je m'y suis entraîné pendant dix ans. Attendre.

J'irai voir Papa mercredi. En principe, je ne peux pas me déplacer avant, sauf si...

Lulu vient de descendre me faire la bise, avant de partir je ne sais où répéter avec des copains les chansons qu'il veut interpréter cet été sur les plages, aux terrasses des cafés, dans des pianos-bars, enfin là où l'on voudra bien l'engager. Il m'a paru moins perturbé que ces jours derniers.

— Et ta santé ?

— Ça va, il n'y a plus de sang quand je fais pipi, et ça ne me brûle plus...

Chauny, 19 mars

Brèves rencontres hier après-midi au Salon du livre où je signais au stand Albin Michel. Mes lecteurs ressemblent exactement à l'idée que je me fais d'eux, ils ont le regard doux, les mains tendues, ils ont trente ans à peine ou soixante ans passés, ils sont en couple ou célibataires, fébriles, les femmes dominent, mais elles dominent partout. Ils sont émus devant l'amour, inquiets devant la mort. Ils sont normaux. Ce mot agace, mais il a un sens pour moi. Il y a très peu de jeunes filles, mais je n'écris pas pour les jeunes filles, celles qui m'abordent me parlent de chansons.

Il n'avait pas vingt ans le petit « beur » qui a surgi de la foule, surpris de tomber sur moi, hésitant une fraction de seconde et s'approchant pour me dire : « C'est bien ce que vous dites à la radio et à la télé, mais c'est trop cher pour moi les livres, j'ai pourtant envie de lire le vôtre... vous êtes un mec bien... »

Je lui ai serré la main et il est parti vite, trop vite sans que l'idée de lui offrir mon livre ne m'effleure l'esprit. J'en suis malheureux aujourd'hui que je ne peux plus le rattraper. Son regard si pur me hante.

D'autres sourires encore, celui que Philippe Séguin m'adressa était d'une franchise éclatante. Je n'en suis pas encore revenu. Pour cet homme bougon, j'ai de l'estime depuis longtemps. Comment l'a-t-il deviné ? « On lit tout sur ton visage », me disait Stéphane.

« Merci pour la tendresse, merci pour Stéphane », ai-je écrit sur des dizaines de bristols que je remettais à ceux qui voulaient se faire dédicacer mon livre pour qu'ils les glissent entre les pages.

On ne trouvera pas un seul exemplaire de *La Vie sans lui* signé de ma main. Cette décision s'est imposée d'emblée, quelque chose en moi m'interdit ce rituel un peu spectaculaire pour ce livre qui ne l'est pas. Pour tout dire, il n'appartient qu'à Stéphane, il porte son nom, il a le goût de ses larmes et la force de son âme.

Ils ne m'ont pas demandé d'explications, les gens qui lisent ne posent pas de questions inutiles. Le secrétaire de Brigitte Bardot, un grand garçon distingué, m'a promis d'organiser une rencontre avec la star.

— Elle sait que je l'aime ?

— Oui, je lui ai faxé les pages où vous parlez d'elle.

J'aurais eu tort de ne pas aller à ce rendez-vous plein de surprises charmantes.

— Je suis Serge, m'a dit un homme à l'allure un peu affectée. Serge, vous savez, l'ami de Jouhandeau... ? Tenez, regardez...

Il m'a tendu des photos, des coupures de presse pour preuves de son passé glorieux.

Quel choc pour moi qui croyais que les « amis » de Jouhandeau avaient encore vingt ans, comme dans ses livres. Ce Serge-là devant moi, dans quel chapitre des *Journaliers* est-il vivant ?

— Voyons-nous, voyons-nous, j'ai beaucoup de choses à vous raconter, tous les malheurs de ce pauvre Marcel viennent d'Elise...

Ses mains volaient devant mes yeux, il arborait des bagues un peu voyantes et des bracelets de pacotille, une chaîne au cou.

Je le verrai ce Serge, je lui donnerai un rendez-vous discret et il me parlera. J'ai bien compris qu'il était disposé à me confier quelques petits secrets de sa jeunesse éblouie à Rueil-Malmaison chez les Jouhandeau.

La soirée fut plaisante, nous avons dîné chez le Père Claude, une rôtisserie près de La Motte-Picquet-Grenelle. J'ai aimé que Jean-Christophe, mon neveu, goûte avec délices et le poulet et les potins très littéraires que Pierre S. nous rapporta gaiement. Nous avons été très amusés d'apprendre que François Mauriac avait accroché dans son bureau la photo de Jacques Chazot et que Jean-Louis Curtis guettait les beaux militaires en permission dans une brasserie près de la caserne Dupleix : les académiciens français ont comme nous des distractions de garnements, après quoi ils écrivent des livres graves qui nous font peur.

Les copains de Jean-Christophe sont rapeurs à Alfortville, rien ne prouve qu'ils lisent François Mauriac, rien ne prouve non plus qu'ils soient infréquentables pour cela. Ils s'amusent eux aussi. On n'est pas obligés de les écouter. Ça leur passera, ils deviendront grands et leurs enfants se moqueront d'eux. La vie est ainsi faite qui désenchante les plus joyeux.

Jean-Christophe ne porte déjà plus de casquette à l'envers, dommage ça lui allait très bien.

Paris, 21 mars

Finalement je préfère quand Lulu m'appelle Papou, c'est moins lourd à porter que Papa, moins solennel. Mais je le laisse dire et faire selon son cœur. L'important c'est qu'il soit là, ludion tendre et joyeux prêt à bondir devant les caméras ou à sa fenêtre comme ce matin le nez penché sur les toits de Montmartre.

Lulu a les yeux plus grands que le ventre, voilà qu'il veut chanter *La Mer* de Trenet. Il ne pouvait pas choisir une mélodie plus difficile. Je n'ai pas osé le décourager, je vais le laisser se rendre compte par lui-même qu'il n'est pas un chanteur à voix, mais un rossignol.

Paris, 23 mars

Mon père mangeait des fraises et du fromage blanc. Il y avait du soleil dans sa chambre.

— Aujourd'hui c'est bon, me dit-il, mais je préfère quand tu m'emmènes au restaurant, j'y pense chaque fois.

Il va mieux, sa tête fonctionne bien, il se souvient même l'avoir un peu perdue les jours derniers.

— Avec tous leurs médicaments, ils m'avaient assommé !

Je suis là assis sur une chaise en plastique, une table roulante chargée d'un plateau-repas nous sépare, les miettes du « festin » me lèvent le cœur, je ne peux m'empêcher de faire le ménage, je débarrasse un plat de frites froides que je porte sur le chariot dans le couloir.

— Laisse, me dit mon père, les filles vont venir.

C'est plus fort que moi ces réflexes de garde-malade qui énervaient Stéphane ou le faisaient sourire.

Je m'attache à des détails qui semblent n'avoir d'importance que pour moi. Je déplace un vase, je rince la carafe d'eau, je tire les draps de lit chiffonnés, je m'occupe à paraître naturel. Ces gestes machinaux, je les ai répétés tant de fois, tant de fois j'ai tremblé en vidant des cuvettes sales sans en être dégoûté, parce que c'était lui. Je lisais dans la couleur de ses urines comme d'autres dans le marc de café. La sonde que Stéphane arrachait la nuit, mon père la supporte, bien obligé. Quelle humiliation ces tuyaux qui doivent nous sauver, quelle solitude d'en être les prisonniers. Un jour c'est moi que l'on attachera à un lit et j'attendrai, soumis, qu'on vienne m'en délivrer. Qui ? Je penserai à eux, à mon père, à Stéphane si courageux devant l'épreuve.

— Maman est moins fatiguée depuis que je suis ici, ça la soulage un peu...

Mon père dit « Maman » en parlant de sa femme. Les hommes restent des enfants longtemps après l'âge de raison.

— Surtout n'oublie pas de signer une photo pour la voisine qui t'a déposé une lettre de compliments à la maison, on lui a promis.

Cette recommandation de dernière minute a fini de me convaincre que, décidément, il n'avait pas perdu le nord.

Avant de repartir porter à ma mère des romans que j'avais choisis pour elle chez Albin Michel, j'ai recoiffé Papa qui n'a jamais poussé très loin le souci de l'élégance.

La mousse à raser, les rasoirs jetables, l'eau de Cologne, la brosse à dents, du coton, posés sur la tablette en verre du cabinet de toilette, cet attirail d'urgence combien de fois l'ai-je déposé, vérifié, remporté au gré des allers-retours de Stéphane de Montmartre à Saint-Antoine. Combien de fois l'ai-je recoiffé, parfumé, pour qu'il soit beau, qu'il sente bon !

Paris, 24 mars

L'hebdomadaire *Le Point* publie ce matin un long article signé François Dufay intitulé « Le chanteur abandonné ». C'est de moi qu'il s'agit. Drôle de titre pour rendre compte, de façon très élogieuse, d'un livre où le chanteur provisoire que je suis ne se plaint de rien et surtout pas d'être abandonné. Mais bon, je suis sensible à l'hommage qui m'est rendu.

J'ai souri en lisant que je « m'enorgueillis naïvement du voisinage de Giraudoux, de Chardonne et Jouhandeau » autour de Morterolles. Naïvement ! Je ne suis pas sûr que ce soit la naïveté qui me caractérise le mieux. François Dufay écrit également que je fus un « courtisan » de François Mitterrand, d'autres ont dit groupie, fan, ces mots sous la plume de ceux qui tracent mon portrait me font tiquer chaque fois.

Si j'ai beaucoup respecté, aimé, le Président de la République, je n'attendais rien de lui. Qui voudra bien reconnaître la pureté de mes sentiments à son égard ? Lui n'en a jamais douté, sa famille non plus. Tout est bien.

Paris, 25 mars

La très belle dame aux yeux clairs, couverte de bijoux, dont la présence lumineuse aurait suffi à éclairer le plateau de Bernard Pivot hier au soir s'appelle Dominique Rolin, c'est à elle d'abord que je dois d'avoir reçu le prix Roger-Nimier il y a vingt ans. Je garde un souvenir ému de ce jour de juin dans un petit restaurant de la rue du Bac où elle m'a serré dans ses bras. Elle avait déjà l'âge de ma mère, elle était déjà belle autant qu'il est possible, j'ai été ébloui de la retrouver intacte, le chignon juste un peu moins assuré, mais toujours ce port de reine voluptueuse qui n'a pas peur des jeunes gens. Ex-membre du jury Fémina dont elle a fui les bavardages, écrivain Gallimard comme il se doit, Dominique Rolin est née en Belgique, ce qui ne rend pas sa littérature exotique pour autant. Si je n'ai pas compris tous ses livres, c'est ma faute.

Celui qu'elle vient de publier, *Journal amoureux*, devrait être à ma portée.

« Que cet homme est beau lorsqu'il est heureux », écrit-elle à propos de Jim. Stéphane ne l'était pas moins. Nous n'avons qu'une idée en tête : inspirer l'amour et nous extasier d'y être parvenus.

« Ce Jim, c'est Philippe Sollers, assis ici à nos côtés. » Etait-ce un coup monté ? C'est probable. Si Pivot a vendu la mèche qui lui brûlait la langue, c'est qu'il en avait la permission.

Sollers ne broncha pas, Dominique Rolin parut un instant décontenancée, comme surprise par l'indiscrétion de Pivot. Du grand art mêlé d'émotion vraie. Ce fut bref, après quoi les « amants » ont parlé, ils ont parlé pour ne rien dire de compréhensible pour des pauvres gens comme nous qui sommes perdus dès qu'il s'agit d'amour.

Je m'invente chaque matin ou presque les maladies les plus graves et si possible non répertoriées dans les annales de la médecine. Je jure que ce n'est pas pour paraître original à tout prix. Stéphane s'en amusait tendrement. « De toute façon, toi tu ne fais rien comme tout le monde... »

Me voilà aujourd'hui dans la loge d'un joli théâtre à l'italienne où je dois me produire cet après-midi. Je m'ennuie, j'ai mal. J'ai peur. Heureusement, il pleut. Le jovial chauffeur du maire qui s'occupe de nous avec empressement est désolé, il s'en excuse et sa bonne humeur me confond. Je lui ai demandé pourquoi il était si content, il m'a confié qu'il avait gagné un concours de chant patronné par les magasins Carrefour en 1970.

— Je chantais des succès de Luis Mariano, j'aurais pu monter à Paris mais ça fait loin d'ici...

Notre guide est intarissable sur ses triomphes à Carrefour et sur les vedettes qu'il accompagne désormais en tant qu'employé municipal.

— Tenez, Johnny, on dirait pas à le voir, eh bien, il est très timide, et il mange beaucoup de framboisiers...

Que racontera-t-il sur moi notre guide quand j'aurai tourné le dos ? Rien de bien méchant : que je préfère la pluie au soleil, que je suis infernal en voiture et moins souriant en coulisses que sur scène. Le portrait sera un peu réducteur, mais il sera vrai. Ceux que l'on croise retiennent de nous ce qu'on leur donne.

J'avais dit à Jack Lang : « Ne t'impatiente pas, Jospin aura bientôt besoin de toi. » C'est fait. Il n'était pas nécessaire d'être un grand politologue pour prévoir que le bon sens l'emporterait. Je veux dire l'intérêt même du Premier ministre, contraint par la rue de se séparer de son meilleur ami, il vient d'appeler pour le remplacer son meilleur ennemi. Ainsi va la politique, comme au football quand un joueur s'essouffle un autre entre sur le terrain. Sauveur suprême ou erreur fatale ? On ne le sait qu'en fin de partie. Hier encore futur maire de Paris, aujourd'hui en charge de l'Éducation nationale, je lui souhaite bien du plaisir à mon ami Jack. La première fois qu'il fut nommé rue de Grenelle, à la Pentecôte 1992, nous nous promenions ensemble dans le parc du château de Lamartine, près de Cluny.

— Que me conseilles-tu ? me demanda-t-il mi-sérieux, mi-goguenard.

— Surtout ne fais rien, lui avais-je répondu, rien. Si tu bouges, tu es mort...

Pourvu qu'il se souvienne de ma sage recommandation. Je l'entends encore rire aux éclats et je revois François Mitterrand venir vers nous, un peu surpris de nous trouver si joyeux. Il va y avoir du chahut dans les cours de récréation, mais le nouveau ministre connaît la musique, il croit même qu'elle adoucit les mœurs. On peut toujours rêver !

Nous allons donc voter pour que Bertrand Delanoë s'installe à l'Hôtel de Ville de Paris, il ne l'aura pas volé.

Lily est scandalisée : « Figure-toi que Christiane F. a un jules qui est marié, bon ça c'est pas grave, mais il vient la voir quand il n'a rien d'autre à faire, il ne lui offre pas de bijoux, pas de fleurs, il ne l'emmène jamais au restaurant. Je lui ai dit : Ma petite fille, tu es la reine des cons... »

Lily a des principes : « Les hommes n'ont qu'à payer. Je ne dis pas qu'il faut se faire entretenir non, mais il y a un minimum, moi quand j'ai eu des gars qu'avaient le béguin ils payaient mon gaz, mon électricité, on allait manger des huîtres rue du Faubourg-Montmartre, ils avaient du savoir-vivre. »

Je ne me lasse jamais de la simplicité renversante de Lily. Elle reste ici une semaine avec moi, ce sera parfait.

Morterolles, 28 mars

« Ma réputation a toujours éloigné de moi les imbéciles. » Cette confidence de Natalie Barney à Jean Chalon qui la rapporte dans son *Journal de Paris* me réjouit.

Je pourrais me vanter de cela moi aussi. Puisque seuls les imbéciles croient à ma mauvaise réputation, je l'entretiens de mon mieux. Elle me protège des promiscuités compromettantes. Pense-t-on que j'ai laissé diffuser par hasard des séquences d'archives où l'on me voit trépigner, faire des mines ou engueuler les photographes ? Je voulais donner un peu de grain à moudre aux chansonniers voilà tout, et sourire de moi. Les gogos qui gobent tout ce qui passe sous leur nez en sont pour leurs frais. Ne se trompent sur ma personne et sur mes intentions que des gens que, de toute façon, je n'ai pas envie de détromper. C'est une grande chance dans la vie de ne rien devoir aux gogos et de ne pas plaire aux imbéciles.

Le camélia que Stéphane avait planté dans le bac

devant la cuisine est en fleur. Elles sont rondes comme des cœurs d'artichaut et rose tendre. Stéphane a gagné son pari contre moi, le râleur impatient qui prétendait qu'il ne prendrait pas. Christiane, qui le contemple chaque jour en faisant la vaisselle, pense à lui, elle ne me le dira pas, mais elle prendra soin du camélia comme elle prenait soin de Stéphane : discrètement. Je me suis retenu d'aller poser mes lèvres sur ces fleurs qui sont de lui. Le romantisme n'est pas dans ma nature, c'est sa bouche que je cherche partout, la source fraîche et fiévreuse de ma vie.

Morterolles, 29 mars

D'une écriture tremblée, une dame d'âge m'adresse une lettre touchante sur la « qualité » de mes émissions de télévision : « Continuez », me dit-elle. Et elle ajoute : « Je sais que vos voisins se plaignent de vous entendre crier la nuit dans votre parc, c'est sûrement pour vous détendre, mais surtout ne vous en faites pas, ces gens-là ne comprennent rien aux artistes. »

Ou mes voisins sont comme Jeanne d'Arc ou ma correspondante est très fatiguée. Original peut-être, mais cinglé pas encore. La nuit à Morterolles, c'est le silence qui domine, il m'enivre, je me retiens de respirer parfois pour l'entendre mieux. Je m'en soûle. On racontait déjà que j'allais acheter toute la Haute-Vienne, voilà maintenant que je l'empêche de dormir ! Mon pouvoir est sans limites. Je peux sourire ce matin, sans gêner personne.

Françoise, qui est venue dîner hier, m'a offert une fiole d'huiles essentielles qu'elle m'a conseillé de répandre goutte à goutte sur mon épine dorsale avant de me coucher. Un exercice de tout repos, on s'en doute, qui me demandera quand même quelques leçons de yoga.

— Ça renforce les défenses immunitaires, m'a-t-elle dit.

De ces remèdes miracles qui nous guérissent de tout, j'en ai trop vu, Françoise le sait, elle sait aussi mon scepticisme pour la magie, mais c'est plus fort qu'elle, sa passion l'emporte. Je l'écoute sans m'impatienter me promettre des parfums d'Arabie contre l'angoisse, elle m'écoute bien, elle, quand je lui explique qu'une page de Chardonne m'apaise davantage et que le chant de la Gartempe est mieux approprié à ma mélancolie.

Françoise s'intéresse à beaucoup de choses et de gens, elle mérite qu'on s'intéresse à elle. Quand tant de femmes s'avachissent devant leur télévision, il est beau de la voir courir de Lille à Montpellier « à la recherche du savoir ». Elle lit des études « scientifiques » signées par des gourous qu'elle tient pour des génies, les médecins auxquels elle fait confiance sont plutôt rayés de l'ordre que prix Nobel, mais elle prétend qu'ils finiront par être reconnus. Tous des Galilée en somme. Françoise aurait pu être une proie rêvée pour Moon ou la Scientologie, à ce détail près qu'elle est bien trop équilibrée pour ça. Françoise est débordée, mais elle s'arrange pour être là quand je lui annonce notre arrivée au Moulin où il fait bon dîner entre nous les soirs d'hiver. La simplicité de sa table, l'harmonie des couleurs de son salon, l'éclairage en demi-teinte tendre et doré soignent plus sûrement mon âme que les pilules et les herbes des docteurs Knock. Chère Françoise ! Elle nous a réservé le meilleur pour la fin.

— Je ne sais pas si vous allez me croire, mais j'ai fait de l'acupuncture au Christ.

— Dans ce domaine, je vous crois même capable de miracle, un jour vous serez canonisée...

— Ne riez pas. Dans une église de Roubaix où je suis allée entendre chanter une amie d'enfance, j'étais si bien quand, ouvrant les yeux sur le corps martyrisé placé devant moi, j'ai planté mes petites aiguilles sur sa jambe droite, tout en sachant bien sûr que cela ne servait plus à rien.

Ouf ! Françoise n'a pas dans l'idée de ressusciter le Christ une deuxième fois. Elle n'est pas folle, juste un peu optimiste, alors qu'il y a déjà deux mille ans que nous n'avons plus de raison de l'être.

Des heures très charmantes. Nous avons bu de la liqueur de violettes avec un peu de vodka. Lily pense que ça fait moins de mal que les médicaments pour dormir.

Morterolles, 30 mars

Le garçon qui m'écrit toutes les semaines depuis qu'il a lu mon livre vient de m'envoyer sa photo : « Pour que vous mettiez un visage sur mes mots. » Loïc a les cheveux blonds, coupés en brosse à la va-vite, des lunettes rondes d'« intello » qui ne cachent pas un sourire prometteur de timide. Des joues roses. Celles de son enfance qui date d'hier. Je l'aurais parié : c'est la bouille de Julien quand je l'ai connu. Décidément, je les attire. Pourvu qu'il ne soit pas né sous le signe des Gémeaux. Je sais seulement qu'il aime les livres et les chansons, nous pourrons donc parler un jour puisqu'il le veut. Où et quand ?

Je le laisse venir. Il viendra.

Morterolles, 1ᵉʳ avril

Lily a posé sur mon bureau un sachet de petits poissons en chocolat. Voilà plus d'une heure que j'hésite à noter cela qui ne change rien à la marche du monde, et si je le note finalement c'est bien que je n'ai pas l'intention de changer la marche du monde.

Des bonheurs minuscules suffisent à éclairer mes jours, malheur à celui qui ne les voit pas, qui veut des fanfares et des rubans multicolores, et qui n'aura rien que la foire où il se perdra. Je sais depuis l'enfance repérer les poissons de Lily. Où sont ceux que Stéphane accrochait dans mon dos ?

Je voulais acheter le taillis et le petit bois de sapins qui bordent sur la droite en entrant le cimetière de Saint-Pardoux. Ils sont visiblement abandonnés aux ronces et au chiendent par les propriétaires. Ils ne valent pas grand-chose, autour de sept mille francs maximum, m'avait-on dit, j'aurais mis un peu plus cher pour les rendre accessibles, j'aurais soigné les arbres qui font de l'ombre en été sur la tombe de Stéphane.

On a su très vite alentour que c'était moi le client possible.

— Ils en veulent maintenant soixante-dix mille francs, m'a dit maître D. Dix fois le prix. N'achetez pas, c'est une insulte à votre chagrin.

Nous leur avons quand même proposé vingt mille

93

francs, ils n'ont pas répondu. La tempête de décembre dernier a tout dévasté. Le vent m'a vengé. Triste victoire que je n'ai pas voulue, je rêvais seulement que tout soit beau autour de Stéphane qui dort.

L'intimité entre deux êtres ne relève ni du sang ni du sperme. Les vrais couples se forment dans le chagrin, debout face à l'épreuve. Le corps ne compte pas dans l'amour, pas longtemps, pas toujours. L'amour nous rend timides au lit, on tremble de prononcer un mot de trop, d'oser un geste scabreux, une position scandaleuse.

La jouissance, ce n'est rien, on l'obtient comme on peut sur des divans de hasard, sous des doigts inconnus, sous les coups ou la caresse. L'amour n'est pas une performance ni un jeu, c'est un miracle à la discrétion de Dieu. L'athée que je suis ne voit pas d'autres explications.

Morterolles, 2 avril

Christiane sait comment Stéphane a laissé son bureau, il restera ainsi : prêt à s'envoler. Ce désordre charmant, c'est lui qui va revenir d'un instant à l'autre. Il aura encore oublié ses clés de voiture ou sa carte de crédit, et nous sourirons, Christiane et moi, soulagés de le retrouver si beau, si vivant.

Lily a chanté pour nous au Moulin, chez Françoise, des refrains que j'ai écrits pour elle il y a trente ans. Cette voix pointue de Parisienne, c'est ma jeunesse. Ce fut parfait. Françoise nous a annoncé qu'elle partait en Haute-Provence rejoindre un ancien gendarme, messie réincarné et spécialiste de l'« hygiène de vie ».

— Il m'a demandé de l'assister dans ses cours.

— Vous serez payée ?

— Non, c'est un honneur pour moi. Imaginez que Bécaud vous invite à chanter avec lui, vous poseriez vos conditions ?...

Que répondre sans mentir à une femme qui n'a pas peur des gendarmes !

Paris, 4 avril

— Monsieur, je voudrais parler seul avec vous.

— Seul ce n'est pas possible, mais parlez-moi.

Il y avait foule dimanche dernier sous le chapiteau place de la République à Limoges où je dédicaçais mes livres parmi des centaines d'auteurs.

L'homme penché vers moi portait un bébé dans ses bras, un pas derrière lui une jeune femme plutôt jolie, le regard sombre, attendait, résignée, que le père de son enfant se livre à moi.

— J'ai vingt-neuf ans, je suis paumé, personne ne me tend la main, je suis pourtant prêt à tout, j'ai besoin d'affection, de tendresse...

Il m'a dit cela vite, presque sans respirer, en me regardant droit dans les yeux, ému et audacieux.

— Faites-moi confiance, vous ne le regretterez pas, je suis courageux, je sais chanter, je peux aussi m'occuper de votre jardin ou vous conduire en voiture, je ferai ce que vous me direz...

Cet homme d'apparence normale qui n'était pas sous l'emprise de l'alcool, qu'espérait-il en venant me chercher dans une foire aux livres ? A-t-il vraiment cru que j'allais l'inviter sur-le-champ à entrer dans ma vie ? J'ai eu la certitude à l'instant même où il m'est apparu pâle et tendu que, sur un mot de moi, il rendrait le bébé à sa mère pour me suivre.

— Je vous crois sincère, lui dis-je, votre désarroi

me trouble, mais vous me demandez l'impossible. Reprenez-vous, ce bébé a besoin de vous. Ce n'est pas moi qui peux vous donner du travail et de la tendresse, là comme ça.

Comment a-t-il pu imaginer cela : partir avec moi ? Quel drame intime voulait-il fuir ? La jeune femme n'a pas dit un mot, elle avait honte, je crois. D'elle ? De lui ? Je ne sais pas, tout alla très vite, tant de gens se pressaient derrière ce couple en perdition que j'ai pris peur pour le bébé si beau, si rond.

— Alors, qu'est-ce que je fais ? me dit le jeune homme.

— Là maintenant rien. Vous voyez bien que rien n'est possible ici. Écrivez-moi...

J'ai griffonné l'adresse de mon bureau sur un bout de papier, j'ai caressé la joue du bébé accroché à son père et je les ai vus se perdre dans la foule dont ils avaient surgi, déjà perdus.

Les couples qui s'ennuient font des bébés pour se distraire. Tant de légèreté désole.

Paris, 5 avril

Je le fuyais ce bon Jean Delleme qui me poursuivait pour que nous évoquions nos souvenirs communs du temps que nous courions les vedettes et les éditeurs pour leur présenter nos chansons écrites ensemble dans le grenier chez mes parents.

— Tu te souviens quand nous attendions que Georgette Lemaire se réveille pour la faire chanter ?

Oui, bien sûr, je me souvenais, mais contrairement à lui je ne vis pas dans le passé.

Jean Delleme était un homme du Nord, frileux et maniaque, qui venait de partir dans le Midi couler « des jours heureux ». On l'a trouvé mort hier dans son fauteuil. Etait-il en train de terminer la chanson qu'il m'avait promise la veille ? C'est à Manosque qu'on le portera en terre cet après-midi, tandis que je chanterai dans une guinguette sur les bords de Marne à Joinville.

Paris, 6 avril

Mon père va bien. Il s'est levé d'un bond du fauteuil où il faisait la sieste en m'attendant pour filer dans les couloirs de la clinique prévenir les infirmières que j'étais là, qu'elles pouvaient venir me voir de près. Sa fierté de moi me fait plaisir au-delà de tout, alors j'embrasse les dames et les demoiselles qui s'occupent de lui pour qu'elles s'en occupent mieux encore.

— Allez vas-y, va chanter, me dit-il. Je ne veux pas te mettre en retard.

Je n'avais pas vingt ans la première fois où, après le dîner, j'ai quitté la maison pour aller chanter dans un cabaret minable de Montmartre. Je ne suis pas sûr que, sans la complicité de ma mère, il m'aurait laissé partir d'aussi bonne grâce.

— Chanter c'est un métier de « branquignol »...

Je n'en menais pas large cette nuit-là, mais j'étais décidé à lui prouver le contraire. Ce fut long, mais je chante aujourd'hui et c'est moi que cela étonne.

Paris, 7 avril

Quand on rentre de Joinville après le spectacle, nous passons quai de Bercy, sous le ministère des Finances et, comme si la punition n'était pas suffisante, de l'autre côté de la Seine au même instant on peut voir quatre tours immondes où s'entassent par millions des livres, prisonniers de ces tombeaux de béton.

Je veux croire qu'il tournait la tête quand le hasard l'emmenait par là, ce Président qui a donné sa permission et notre argent à des fous prétentieux pour violer la ville en toute impunité. Cela me désespère, mais c'est bien lui, François Mitterrand, le coupable, c'est lui qui a signé le permis de construire ces bâtiments qui insultent le bon goût. Il a cédé aux circonstances, à ses modernes conseillers, à son ministre souvent mieux inspiré. Je ne peux pas imaginer qu'il ait pu aimer cela, lui, l'homme des maisons blanches et carrées des Charentes, du Paris de Notre-Dame et des bouquinistes. C'est atroce de penser qu'elle porte son nom cette Grande Bibliothèque de France.

Suis-je le seul à réclamer la Haute Cour de justice pour l'architecte de Bercy — fier de lui probablement ? Ces gens-là ne doutent pas de leur génie. J'entends beaucoup de critiques sur la Pyramide du Louvre, je pense moi aussi que le Chinois responsable aurait mieux fait de rester chez lui, mais curieusement le ministère des Finances, « ce vaisseau » comme ils disent, surchargé de bureaux, de lucarnes de prison, personne jamais ne s'en émeut.

Je ne sais pas quoi répondre quand on me somme de reprocher quelque chose à François Mitterrand pour lequel j'aurais trop de complaisances. Les voilà servis ceux-là que ma fidélité scandalise. Je crains malgré tout qu'ils ne soient déçus car ils adorent le Louvre et Bercy, ou alors ils s'en moquent.

Eh bien non ! Il faut n'avoir jamais respecté François Mitterrand pour admettre sans broncher tant de laideur arrogante qui ne lui ressemblait pas.

Je ne devrais pas m'étonner que certains qui m'ont peut-être lu se taisent ostensiblement. J'ai écrit à la date du 28 avril de *La Vie sans lui* : « Je ne demande rien et surtout pas qu'on me lise, mais j'aime ceux qui le font sans se vanter de leur "exploit". » Cette phrase ambiguë justifie tous les silences qui me font mal, elle crée le doute. Il faut prendre garde à ce que l'on écrit, être clair sous peine de dérouter qui voudrait nous aimer et n'osera pas nous le dire pour se conformer à nos vœux. Il est évident que je guette un signe, un geste autour de moi, que j'espère un mot.

Quelle déception vais-je encore provoquer en laissant paraître à la date du 19 janvier 2000 cette sentence définitive : « Les garçons qui n'ont pas de fesses ne m'intéressent pas beaucoup » ?

Si je suis mal compris, ce sera ma faute. Ma sincérité ne va pas toujours sans insolence, c'est plus fort que moi, mais je suis fatigué d'avoir à l'expliquer. Qu'ils viennent quand même ceux que la nature n'a pas gâtés de ce côté-là, ce n'est pas vrai que je ne les écouterai pas.

« Seul importe le dépassement de soi par la soumission à l'ordre du monde. » Au petit jeu des devinettes, on peut se tromper, mais l'on voit bien que Lénine ne parlait pas ainsi. Cette recommandation exigeante n'est pas d'un exalté. Elle est de Chardonne qui nous invite à nous tenir correctement. Un homme qui déconseille la révolution inspire le respect. C'est même pour cela qu'il nous plaît tant à nous, qui marchons droit sans répondre aux propositions de bonheur de tous les barbus de la terre. Non, ce n'est pas notre genre la révolution, nous qui n'avons pas d'autres projets que de nous tenir tranquilles.

Huit mille jeunes filles passeront l'après-midi sous les drapeaux pour leur préparation militaire, elles ont enfin le droit de faire joujou avec un fusil. C'est la grande information du jour. Il faut les entendre s'exclamer de plaisir, les tenants de l'égalité des sexes : « Une étape est franchie, un symbole est tombé », disent-ils. Comment avons-nous pu mépriser les jeunes filles en leur interdisant si longtemps le bonheur des casernes ? C'est si beau, une caserne, si féminin... Nos sœurs, nos fiancées, nos cousines auront désormais quelques heures pour apprendre à faire la guerre, ce sera beau aussi. Elles ne sont pas plus bêtes que nous, au fond. Oui, nous pouvons nous recoucher, la patrie n'est plus en danger.

Paris, 9 avril

Pierre S. fume des gauloises, cela pourrait suffire à le rendre original, mais si j'ajoute qu'il ne déteste pas les plages où s'affalent des foules, l'affaire se complique ; d'autant qu'il peut tout aussi bien prendre plaisir à visiter des musées en Italie ou, pire encore, à assister, joyeux, à des corridas. Il a de bien curieuses distractions, cet homme-là dont le métier consiste à lire des manuscrits pour les Éditions Albin Michel. C'est lui qui depuis cinq ans m'encourage à écrire, avec une discrète bienveillance que je m'efforce de mériter. Hier encore, avant notre promenade au bord de la Marne à l'heure où le soleil tombe dans l'eau, je ne savais rien de lui. J'étais l'intime d'un inconnu. Je le regardais comme un célibataire fébrile qui oublie de vider ses cendriers et laisse tomber ses dictionnaires sur sa tasse à café. J'ai même pensé qu'il devait recevoir chez lui des jeunes gens à l'heure du goûter pour les aider à terminer leurs devoirs de français et que cela suffisait à l'émoustiller.

Eh bien non ! Mauvais roman que tout cela ! Même s'il trouve délicieux le sourire de Lulu, ses fantasmes ne sont pas les miens. Pierre S. aime les femmes, toutes les femmes, celles qui passent près de lui, celles aussi qui s'en éloignent. Le monde est plein d'hommes trop tendres qui s'entichent des femmes qui passent, Pierre S. est de ceux-là. Plus inquiétant, il m'a avoué sa passion pour les chats, ce qui a fini de me stupéfier.

J'ai beaucoup de mal à admettre que les autres ne se conforment pas à l'idée que je me fais d'eux. Au fond, je préfère ne pas savoir.

Comment un homme si imprévisible, qui joue au tiercé, regarde parfois la télévision en début de soirée pour « s'initier aux vices du monde » et qui m'explique que deux chats, c'est mieux qu'un, est-il entré dans ma vie ? Comment peut-il s'émouvoir en me lisant, me comprendre si bien ?

— Au contraire de vous, je n'ai pas besoin qu'on m'aime pour aimer, je suis prêt à tout donner à une femme qui ne veut rien...

L'éducation chez les pères doit prédisposer au masochisme, je ne vois pas d'autre explication. Je n'en finirai jamais de me demander de quel bois sont faits les gens qui m'aiment, je reste disponible à leurs désirs.

Les autres n'auront rien.

Joinville, 10 avril

C'était un jour de printemps comme je les aime : il pleuvait des cordes. Stéphane buvait du vin blanc avec Juliette Gréco qui se réchauffait dans ses bras entre deux averses. Il avait vingt ans à peine et n'en revenait pas d'être aussi heureux au bord de la Marne dans cette guinguette où me voilà revenu une fois de plus pour faire valser les accordéons.

La barque sur laquelle Juliette chantait *La Java-naise* prenait l'eau, aujourd'hui c'est ma vie. Les garçons portent des maillots de marin, mais l'équipage n'est pas au complet, celui que je cherche a quitté la rive.

Paris, 11 avril

Il a écrit : « Mon Amour » sur l'enveloppe. L'écriture est ferme, triomphante même. Puis il est monté à pas de loup déposer sa lettre sur mon paillasson. Je dormais, il était deux heures du matin dans la nuit du 19 au 20 décembre 1997, sa dernière trace écrite m'invite à le suivre aussi loin que possible. Il trouve les mots justes pour me dire son bonheur d'être en vie et son espoir dans notre amour. Il croit cette nuit-là que nous ne pleurerons plus que de joie. Cette lettre dans le tiroir de mon bureau, comment aurais-je pu imaginer qu'elle deviendrait testament ? Je n'ai pas la force de la relire. Je la connais par cœur, elle lui ressemble.

Paris, 14 avril

— A quoi tu penses, Tonton ?

Jean-Christophe ne me quitte plus, il veut m'arracher à la mélancolie qui m'emporte, par instants, loin du monde qui s'agite autour de moi quand les caméras tournent. Il est grand, mais il s'arrange pour qu'on ne le voie pas, il cherche une place qu'il ne trouve pas. Avec ses copains d'Alfortville il vient de produire un disque de rap (qui m'a épaté, mais je ne suis pas expert) et c'est de l'accordéon qu'il entend à longueur de journée, sans déplaisir, me semble-t-il, un peu éberlué quand même que les musiciens aient plutôt son âge que le mien.

Jean-Christophe découvre des choses et des gens invraisemblables. Il est très vif et ne tardera pas à comprendre que rien n'est aussi simple qu'on le croit quand on a vingt ans.

Paris, 15 avril

J'ai rendez-vous après Pâques à Morterolles avec un inconnu. Il viendra de Bretagne en voiture, « les kilomètres ne me font pas peur, j'ai tant de choses à vous demander ». Christophe R. a trente-trois ans, il est professeur de lettres et d'histoire-géo dans un lycée de Rennes. Il m'a écrit le 25 mars à trois heures quarante du matin trois pages serrées à l'encre bleue.

« Votre livre a tout chamboulé dans ma tête, dans mon corps et mon plexus me fait mal. Je suis bouleversé par tant d'amour. Cela prouve qu'il est possible de vivre à deux. Je n'y croyais plus. Et puis vous avez semé le doute en moi, l'amour avec un grand "A", ça existe. »

C'est l'étonnement, voire la stupeur qui domine dans le courrier que je reçois depuis quatre mois, Christophe R. veut connaître la recette de l'amour fou. Je ne la connais pas. Qui la connaît ? Stéphane l'a emportée dans sa tombe.

« Vous dites page 308 : "On ne passe pas dans ma vie privée, on s'y installe, c'est tout ou rien." Comment fait-on ? »

Christophe m'a bien lu. Il s'impatiente, mais je

crains qu'il ne soit déçu. Que vais-je bien pouvoir lui dire de réconfortant quand il sera là, devant moi, ému autant que moi ?

« Vous êtes à quelques jours près le jumeau de mon père, j'ai l'impression pourtant de m'adresser à un grand frère. »

Saurai-je bien me tenir dans le rôle du grand frère qu'il m'assigne ? Christophe a une idée précise de moi, il me voit quand il me lit, quand il m'écrit, je suis nu dans la lumière devant lui, mais c'est dans l'ombre qu'il veut m'approcher.

« Pas à votre bureau ni sur le plateau de votre studio, il y a trop de monde. A Morterolles ce serait bien. »

Il sait ce qu'il veut, j'ai cédé. Sa voix au téléphone, ni apeurée ni solennelle, simplement ferme et décidée, le ton sur lequel il m'a dit : « Bonjour monsieur, j'ai vraiment envie de vous rencontrer », ont eu raison de mes réticences.

Christophe est, je l'espère, un garçon clair et net. Si je me trompe, si sa part de mélancolie l'emporte sur le sourire franc que confusément j'attends, je n'en ferai pas un drame. C'est peut-être lui qui tombera de haut si je ne ressemble pas trait pour trait à mon image et à mes mots.

— Etes-vous sûr que je gagne à être connu ? lui ai-je demandé pour tenter de le décourager.

— Oui, j'en suis sûr.

Christophe viendra donc à Morterolles. J'ai promis de le rappeler pour lui fixer la date et l'heure exactes où je l'attendrai.

Alain Paucard avait organisé hier un dîner littéraire du côté de l'Odéon, un quartier où l'on rencontre encore des éditeurs après huit heures du soir. Olivier

Frebourg qui travaille pour La Table Ronde a trente-cinq ans, il a lu tous mes livres et il aime passionné-ment Dalida. Je n'en reviens pas de la trace que cette femme a laissée dans ma vie et dans celle de gens aussi différents que possible. C'est de littérature que je voulais parler, Paucard m'avait prévenu : « Tu vas très bien t'entendre avec Frebourg. » Ça n'a pas manqué. Nous avons en effet, lui et moi, des affinités électives que je pressentais pour avoir lu ici et là dans les journaux et dans un livre, *Nimier trafiquant d'in-solence*, sa prose si française. Qu'il évoque la mienne avec gourmandise me flatta bien sûr, je n'en attendais pas tant. Olivier Frebourg a beaucoup d'autres qua-lités : il est né en Normandie et donc la pluie ne le scandalise pas, il mange comme moi du bœuf aux olives et boit du calvados pour digérer.

Après Dalida, dont les amours l'intéressent folle-ment, Olivier m'a demandé de lui confirmer si la femme de Jean Jardin avait bien été comme on le dit la maîtresse de Morand ? Mes années près d'Emma-nuel Berl lui laissent à penser que je sais tout de ce Vichy Dancing qui comme moi l'amuse tant.

— J'ai entendu dire beaucoup de mal d'Hélène Morand par Mireille, mais je n'ai pas la preuve pour autant que son mari la trompa avec l'épouse de Jean Jardin.

Je lui ai confirmé, en revanche, qu'il y avait bien de la mort-aux-rats dans la chambre d'André Frai-gneau.

Lui se souvient seulement avoir bu du whisky dans des verres en Pyrex, non lavés depuis Montoire, au moins. Nous avons souri de nos « mauvaises fréquen-tations ». Olivier a les dents du bonheur, on lui par-donnera.

Il m'a suggéré d'écrire une biographie de Jouhandeau, mais j'en suis incapable. Je n'ai pas sa culture, lui qui publie dans quelques jours un *Maupassant clandestin* dont on dit déjà le plus grand bien.

— Alors, la province, vous qui allez chanter partout, écrivez sur Vierzon, sur Roubaix, les hôtels de la Poste, les buffets de la Gare, les marchands de chapeaux, l'odeur des sacristies.

Paucard, qui n'aime que Paris et croit que la campagne, c'est la porte de Vanves, nous écoutait, ravi d'être le joyeux entremetteur d'une si plaisante soirée.

Alain est un bon gars, un « ronchon » qui sourit en réclamant la pendaison immédiate des architectes qui sévissent en France depuis trente ans. Quelle bonne idée !

Paris, 16 avril

Mon père est rentré à la maison. Il a retrouvé son fauteuil près du radiateur où il attend que l'infirmier « si aimable » vienne lui piquer le bout des doigts pour contrôler son taux de diabète.

— Je ne souffre pas du tout, me dit-il, c'est déjà bien. Un soir, j'irai me coucher et hop ! bonsoir messieurs-dames, je ne me réveillerai pas... c'est la vie !

Il a bonne mine, le cœur tient bon, son souffle est moins court, quand il se lève pour aller fermer les volets des chambres (gymnastique imposée par ma mère), son pas est moins lourd. Rémission, illusion ? J'ai l'impression qu'il peut tenir encore un peu.

— A quatre-vingts ans, mon garçon, il ne faut pas demander l'impossible...

Fataliste comme ma mère, comme moi, mon père veut bien mourir un jour, mais pas tout de suite. Dès qu'il fera beau, en mai peut-être, il ira marcher dans le jardin, c'est promis. A petits pas, il finira sa vie là où j'ai commencé la mienne près du cerisier qui donne des fleurs encore, si longtemps après ces jours jolis où j'accrochais des cerises aux oreilles de mes sœurs. Ma mère nous découpait des chapeaux dans *L'Humanité Dimanche* et Mouloudji chantait à la radio.

Paraît-il encore ce journal d'un autre monde qui promettait du bonheur pour demain aux bonnes gens des marchés ? Nous savons maintenant que le bonheur, c'est toujours pour hier. Mouloudji ne chante plus.

— Et toi, ta santé ?

— Ça va, Maman, ça va...

— C'est le principal.

De mon chagrin elle feint de ne pas s'inquiéter, ma mère n'aime pas qui étale les blessures de son âme, qui s'installe dans le chagrin. Ce ne sont pas ceux qui crient le plus fort qui ont le plus mal. Elle me sait inguérissable de Stéphane, mais elle exige pour cela justement que je relève la tête en public. Ce que je fais.

Enfants, elle nous montrait que les fleurs poussent parfois sur le béton. Rien n'est moins désespéré que le pessimisme de ma mère.

— Bon, me dit-elle, il faut que tu écoutes ce disque, c'est une infirmière qui a soigné Papa à la clinique, elle joue de l'accordéon depuis l'âge de neuf ans et elle voudrait que tu l'invites dans ton émission.

Nous avons mangé une omelette aux pommes de terre, mon père, lui, sa serviette autour du cou, une soupe de légumes aux vermicelles.

— Avec ça j'espère que le diabète aura baissé demain. L'infirmier note tout sur un carnet, comme ça on peut suivre l'évolution. Avec ta mère on ne fait que cela, surveiller que ça ne dépasse pas quatre, parce que alors là, ça rigole plus, faut appeler les pompiers.

Pendant des années, j'ai noté scrupuleusement sur des grands bristols les pourcentages de lymphocytes T4 T8, le nombre de transaminases, les taux d'hémoglobine, en rouge les mauvais, en bleu les meilleurs, j'avais comme l'impression de maîtriser les chiffres. Lorsque les résultats du jour étaient trop désespérants, je finissais par trouver une même situation six ou huit mois plus tôt et je me rassurais. En comparant des courbes, en divisant des chiffres, je m'arrangeais pour que le compte soit bon.

Stéphane me regardait faire avec tant d'amour et d'impatience parfois que mes souvenirs de ces jours-là, où je m'appliquais à contrôler sa maladie avec une gomme, une calculette et des crayons de couleur, sont embellis de lui, de lui vivant, hurlant depuis la salle de bains : « Devine combien ? » J'avais compris. Tout allait bien. Quand il me posait la question, c'est qu'il avait grossi, de peu le plus souvent, trois cents grammes, mais c'était déjà ça. Avant même qu'il ne se pèse, en le voyant sortir de son lit, je savais. La rondeur de ses fesses ne me trompait pas. La balance confirmait toujours ou mon espoir ou mon inquiétude.

— Alors, devine ?

Je donnais un chiffre bas pour lui laisser l'avantage de me faire plaisir.

— Soixante-cinq, mon coq. Soixante-cinq deux cents exactement, viens voir...

Je le revois tout nu sur la balance, les pieds joints, les bras le long du corps, presque au garde-à-vous :

— Regarde, mon coq, soixante-cinq deux cents !

Je l'embrassais, mon champion si fier de son exploit, et je courais noter le chiffre en bleu sur mes dossiers. La balance électronique n'a pas bougé, elle est là où il l'a laissée l'été 1998, dégoûté certains matins qu'elle s'obstine à nous décevoir. Je m'en sers, seul maintenant que personne ne viendra plus poser sa main sur mon ventre et me dire : « Attention, mon petit Jean-Claude, tu grossis. » La cérémonie de la balance mille fois répétée avec Stéphane plus léger qu'une plume que je soutenais du bout des doigts, ou rond de nouveau comme un ours en peluche que j'enfermais dans mes bras, je voudrais la recommencer comme si j'étais vivant et qu'il m'aimait.

Ma mère ne dort pas, elle s'assoupit un peu quand la respiration de mon père lui paraît normale, au moindre ronflement elle s'affole, mais sans jamais perdre son sang-froid, le réveille et, comme il a faim, elle lui épluche une pomme.

— Il faut que tu m'amènes des livres, tu te rends compte, si je ne pouvais pas lire, ce que seraient mes nuits ?

— Mais, Maman, je t'ai porté dix romans la semaine dernière.

— Oui, mais je les ai tous lus. Ils étaient très bons sauf un que j'ai terminé quand même, par respect du travail de l'écrivain qui s'est donné du mal à l'écrire...

Les livres ! C'est de ma mère que je tiens cette passion pour les livres où nous cherchons elle et moi des mots pour guérir.

Paris, 17 avril

J'allais noter les numéros de téléphone de Christophe R. sur mon agenda et je me suis repris dans le même instant. Il ne suffit pas d'ajouter un nom sur une liste pour agrandir le cercle de nos intimes. Je ne cesse d'en enlever au contraire.

« Les années passées ont été marquées par de rudes épreuves, des trahisons amicales. Pourtant je me protège énormément, je vois peu de monde, je suis long à m'attacher et aussi long à me détacher, si bien que je compte mes amis sur les doigts d'une main. Pour ma part, la célébrité ne m'obsède pas, elle me permet simplement de réaliser mes rêves, mais pour ceux qui gravitent autour de moi, c'est une autre affaire : le fait que je sois connu rend mon entourage parfois fou et totalement flou. Ces dernières années, je me suis rendu compte que certains "amis" n'étaient pas avec moi mais contre moi, c'est avec beaucoup de chagrin que j'ai fait mon deuil de ces relations. »

Le joli Etienne Daho a le cœur triste, il se confie au *Nouvel Observateur*. C'est curieux ces chanteurs qui font carrière dans les journaux ! Sa réponse désenchantée est la mienne, nous en sommes tous là, défaits devant l'amour perdu.

Etienne est mon voisin à Montmartre, mais je ne sors jamais. Lui non plus, dommage. J'aurais tant voulu le croiser une nuit et lui dire à l'oreille des mots tendres et attendre près de lui que passe un ange docile.

Paris, 20 avril

Pourquoi François Nourissier, qui « avoue » dans son dernier très beau livre « n'avoir pas réglé la question des garçons », est-il si embarrassé quand il s'agit d'admettre que Louis Aragon semblait l'avoir réglée, lui, la « question des garçons » ? Pourquoi tant de précautions pour dire le grand homme cédant finalement à ses tentations. Non, la mort d'Elsa n'est pas un alibi convenable. Si tous les veufs inconsolables allaient se distraire dans le lit des garçons, ça se saurait. Les choses sont beaucoup plus simples, il y a question quand il y a problème. Où est-il ? On peut penser que « la femme est l'avenir de l'homme » et suivre un jeune homme qui voudrait quelques explications. Les poètes ont réponse à tout.

Paris, 21 avril

Christophe R. viendra à Morterolles mardi prochain, il a déjà repéré l'itinéraire sur une carte routière. Un professeur de géographie n'a pas de problème avec les départementales.

Nous avons bavardé un long moment par téléphone hier soir vers vingt-trois heures. Il buvait du bourgogne en écoutant Jean Ferrat.

— Et vous ? me dit-il.

— Je viens de dîner avec Sheila dans un restaurant chinois des Champs-Elysées.

Au cours de notre conversation que le vin rendait plus facile, j'ai appris que Christophe était végétarien et qu'il savait très bien faire les tartes aux myrtilles, comme en Savoie !

Christophe R. est en vacances scolaires, il en profitera pour corriger les épreuves de français de ses élèves. Ce ne sera pas très difficile puisqu'une note du recteur de l'académie de Rennes invite les professeurs à ne tenir compte pour leurs notations « ni de l'orthographe ni de la syntaxe ». Je lui ai fait répéter. La modernité n'est pas mon credo, mais je ne peux pas croire cela possible. Si, comme promis, Christophe R. m'amène la preuve de cette directive officielle, j'irai bientôt demander à Jack Lang ce qu'il en pense, si ça l'amuse ou le consterne. Mais comme il est beaucoup plus moderne que moi, je me ferai envoyer sur les roses. Nous verrons bien. On me dit qu'il y a longtemps déjà que, dans les classes de mathématiques, deux et deux ne font plus quatre. Je ne suis vraiment plus au courant de rien.

Paris, 22 avril

Marina Carrère d'Encausse quel joli nom ! Aussi joli qu'elle. La fille de madame le secrétaire perpétuel de l'Académie française est docteur, « pas doctoresse », précise-t-elle en souriant. Je m'en serais douté. Je n'avais mal nulle part, sauf à l'âme comme d'habitude, mais son regard tendre valait bien tous les tranquillisants. Le pouvoir des femmes sur moi est aussi fort que le rejet qu'elles m'inspirent quand elles déçoivent la haute idée que j'ai d'elles.

Blonde aux cheveux courts, les yeux clairs, pas très grande, Marina parle médecine en début d'après-midi sur la cinquième chaîne de télévision. Je ne la connaissais pas. Elle est la meilleure amie de Gérard Collard, ce libraire de Saint-Maur coiffé comme Tintin, qui n'en revient pas d'avoir tant aimé mon journal et qui l'a dit avec entrain à la télévision devant un Patrick Poivre d'Arvor médusé. C'est lui qui a choisi les mots les plus justes pour raconter Stéphane et moi, il a dit : « son copain, son compagnon, son amour... »

— Si j'avais accompagné Patrick chez Pivot comme il me l'avait proposé, je crois que je me serais levé quand celui-ci a réduit votre livre à une histoire d'« amants ».

Nous dînions tous les trois chez Lipp où la lumière est douce et les nappes en drap blanc bien repassées, comme le sont les tabliers des garçons. Les femmes ne servent pas à table chez Lipp. C'est une maison bien tenue.

Il s'en est fallu de peu que je pose ma tête sur l'épaule de Marina, un verre de riesling en plus aurait suffi. Je n'ai pas osé, j'ai seulement caressé sa joue quand elle m'a dit qu'elle était sûre que Stéphane ressemblait au portrait que je fais de lui et qu'il était beau.

Morterolles, 23 avril

Prudy ne fume plus. Le monde ne s'arrêtera pas de tourner. On peut le regretter, mais c'est ainsi. Elle est flattée ce matin parce que je lui dis qu'un lecteur m'a demandé des nouvelles de son genou, qui était la grande affaire du jour il y a un an. On s'en souvient peut-être, à la même époque Belgrade flambait sous les bombes. Aujourd'hui tout va pour le mieux. Monsieur Milosevic et mademoiselle Prudy sont en pleine forme. On s'inquiète pour rien le plus souvent. Surtout moi. Tout s'arrange toujours, sauf un jour : le dernier.

Nous nous occupons, en attendant, à faire la guerre, l'amour et la cuisine, mais quoi que nous fassions de gentil ou d'extravagant nous mourrons sur des ruines, le nez dans une soupe d'hôpital ou devant les restes d'un festin de roi. Ecœurés.

Quand on a compris cela et que l'on garde malgré tout des dispositions pour la vie, les choses deviennent plus simples, le genou de Prudy aussi intéressant que le nez de Cléopâtre. Nous nous réduisons bel et bien à nos ventres affamés, à nos sexes capricieux, nous sommes affolés de désirs car le temps presse et nous nous offrons finalement à qui voudra nous aimer un peu. Alors quoi ?

« La plus haute forme d'espérance, répond Berna-
nos, c'est le désespoir surmonté. » Il s'agit bien de
cela en effet : de surmonter notre désespoir.

Morterolles, 24 avril

Si l'amour ne va pas sans désir au moins un temps,
le désir n'est pas l'amour. Il s'agit de ne pas s'embal-
ler. La confusion est permise à vingt ans, inévitable ;
après quoi on n'a plus d'excuse.

Le désir n'est pas tout qui nous laisse le plus souvent désolés, sauf s'il précède l'amour, ce qui est
assez extraordinaire. Il faut régler au plus vite la
question du désir pour n'avoir plus à s'occuper que
de l'amour. Nous avons trop à faire avec lui pour
nous livrer sans mesure à ses divertissements.

J'invite ceux qui s'aiment à se relever. C'est
debout que l'on chante.

Toutes les rédactions et la direction de France 2
savent où me joindre si Trenet meurt ce lundi de
Pâques. L'alerte a été donnée vendredi dernier vers
midi, il était en réanimation à l'Hôpital américain.
Depuis les médecins « réservent leurs pronostics », ce
qui signifie que le pire est possible, un miracle aussi.
Je le connais, il va faire durer le suspense comme
sur scène quand il retarde indéfiniment l'instant où il
mettra son chapeau de feutre mou un peu en arrière
sur ses cheveux trop blonds.

« Nous irons porter des fleurs à Stéphane », m'écrivent des gens de partout, et ils y vont. La femme du
Duc les a vus le dimanche des Rameaux, avec des
bouquets de jonquilles.

Comment font-ils pour trouver Stéphane alors qu'il

n'y a aucune indication nulle part ? Saint-Pardoux n'est pas le Père-Lachaise, les promeneurs n'ont rien à faire là. Aurais-je donné des détails de l'emplacement dans mon journal ? J'irai cette semaine couper des tulipes dans son jardin et je les lui porterai là-bas.

Quand je suis par trop malheureux, que les méchants voudraient m'achever, je ne suis déjà plus là, je me cache à Montréal qui sera peut-être un jour ma dernière adresse connue.

Morterolles, 25 avril

En ouvrant les boîtes de carton noir, où j'ai déposé en vrac les manuscrits originaux de mes livres, pour y classer les huit cents pages de *La Vie sans lui*, je suis tombé sur un début de roman intitulé dans sa première version : *Les Dimanches de Mathieu* daté du 9 septembre 1971, qui allait devenir un peu plus tard : *Les Enfants que j'étais*. Je me souviens que ce titre-là avait épaté Emmanuel Berl qui ne croyait pas à l'unité de la personne et se réjouissait de me voir aux prises avec un sujet aussi ambitieux.

J'ai retrouvé aussi les feuilles éparses d'un brouillon qui se voulait essai politique datant des années soixante-quinze, et quelques poèmes fébriles écrits sur un coin de table de la salle à manger familiale, durant les jours de l'adolescence qui durait longtemps en ce temps-là. Ces pages emmêlées où dansent des mots puérils ne m'attendrissent pas, elles me font peur. Suis-je déjà mort ?

Je les brûlerai bientôt ces « inédits » sans les relire (un coup d'œil suffira), je les brûlerai pour qu'on ne leur fasse pas dire ce qu'ils ne disent pas. Ils n'ont aucune valeur littéraire. Sentimentale ? Pour qui ?

Certainement pas pour moi qui ne m'émeus pas sur moi. Je ne veux rien laisser traîner qui embarrasse mes héritiers. Ils veulent des sous, les héritiers. Stéphane ne voulait rien que moi, il a bu ma jeunesse, elle est morte sur ses lèvres un matin d'automne.

Morterolles, 26 avril

Christophe R. est arrivé hier à l'heure dite, quinze heures onze, avec des fleurs, du vin et un gâteau breton. Son exactitude m'a confondu, peut-être même a-t-il freiné pour n'être pas trop en avance.

C'est un garçon qui a de bonnes manières, une élégance un peu voûtée : celle des grands maigres. Il a bu une tasse de thé et nous sommes allés promenade Charles-Trenet, place Emmanuel-Berl, passage obligé des invités de Morterolles qui veulent savoir où nous marchions Stéphane et moi.

— Vous êtes un homme attachant, vous avez beaucoup de points communs avec mon père, m'a-t-il dit.

Et puis nous sommes montés dans mon bureau. Christophe R. est un timide qui retrouve par instants des réflexes de professeur. Il m'a parlé de lui, de sa famille, du lycée de Rennes où il dispose d'un appartement de fonction et d'un cuisinier.

Ce statut ministériel, il n'en veut plus. Depuis qu'il m'a lu, Christophe R. croit enfin que l'amour existe. Je ne peux pas le détromper, mais il rêve de chanter, ce qui complique les choses. Quand il m'avoue cela, je me sens responsable des déceptions qui l'attendent.

— Je suis décidé à tourner une page.

Ce genre de résolution un peu solennelle ne m'inspire rien qui vaille, rompre m'est très difficile, je n'ai pas « l'illusion des là-bas et des ailleurs » qui agaçait Chardonne.

— Tourner la page ? Mais il est trop tôt... ou trop tard.

S'il venait chercher près de moi un encouragement à l'aventure, il a dû être déçu. Que leur répond-il, monsieur le professeur, aux élèves qui lui demandent si l'amour existe et si c'est vrai ce qu'on dit dans les chansons ?

Je dois lui paraître bien prudent, plus vieux qu'il ne l'aurait cru en me regardant danser à la télévision hier encore.

— Vous aviez l'air d'un gamin...

On ne comprend rien à ma vie si l'on veut me réduire à mon image. Christophe R. n'est pas si bête, mais je vois bien que ma sagesse un peu bougonne le tourmente. Je lui ai conseillé de rester enfermé dans sa chambre le plus souvent, de ne sortir dans le monde que pour s'en dégoûter, et surtout de ne pas lire de romans. Je ne suis pas sûr que ce programme le réjouisse, Christophe R. n'est pas un dévergondé, mais de là à ne pas pouvoir rencontrer Michel Drucker ou Charles Aznavour sans ma permission...

Contrairement à ce qu'il pense, je n'ai jamais abusé de ces funestes distractions que m'envient les jeunes gens ambitieux. Je suis assez fier de leur raconter Dalida, mais comment leur expliquer qu'elle ne m'aurait pas gardé près d'elle si je n'avais pas été sage aussi et pressé d'oublier la fête.

Morterolles, 27 avril

Il pleut du soir au matin depuis trois jours. C'est parfait ! Mais est-ce tellement intéressant pour qui me lira dans six mois, dans un an ? Il pleut de toute façon dans tous les journaux intimes que je lis : il pleut chez Gide et chez Green, il pleut chez Claude Mauriac et Matthieu Galey, il pleuvra sans doute chez Amiel, il y a même un monsieur Bernard Delvaille qui note sur trois cents pages : « Il pleut, il a plu, il va pleuvoir », et parfois il précise au cas où nous n'aurions pas compris : « Il pleut, le pavé de Paris est luisant », ou même : « Je vois des gros nuages... »

Les éditeurs sont vraiment des gens plaisants. Par chance, il pleuvait beaucoup aussi à Tulle quand Denis Tillinac rédigeait son journal : *Spleen en Corrèze*, un livre pluvieux de mélancolie française.

Je pressentais bien qu'il pleuvait à Tulle, mais pas comme ça, pas si joliment. Tillinac saura bien trouver un café ouvert un soir de novembre prochain où nous pourrions aller boire des bières en regardant tomber la pluie sur un monde qui n'existe plus. Nous parlerons de rugby et de Chirac, de Mitterrand et de Chardonne, nous tomberons d'accord, forcément, et nous nous tairons en passant devant le monument aux morts, avant de rentrer nous coucher soûls et contents à l'hôtel du Terminus où il reste sûrement deux chambres avec un lavabo.

Il pleut à Antony sur les tulipes du jardin de ma mère. Elle n'est pas contente du tout.

Morterolles, 29 avril

L'absence de Stéphane a longtemps été irréelle, elle l'est de moins en moins. Chaque jour le vide s'agrandit. Je n'attendais pas qu'il revienne puisqu'il était encore là, son odeur flottait autour de moi, son pas dans l'escalier, sa voix au téléphone était si proche que je l'entendais. Aujourd'hui, je n'entends plus rien, je ne sens plus rien. Je marche à tâtons, je pose mes mains sur sa casquette, je me parle comme il me parlait, je m'appelle par mon vrai prénom, avant d'entrer en scène je me dis : « Sois le meilleur, mon coq. » Pour qui ai-je encore envie d'« être le meilleur » ?

Chanter pour la foule ne me suffit plus, il manque toujours un spectateur dans la salle.

Si je faisais parler les garçons de Montréal comme Jouhandeau fait parler ses gigolos, Pierre S. sursauterait. En souriant, mais il sursauterait.

— Etes-vous sûr, me dirait-il, de n'avoir pas un peu enjolivé tout cela ?

J'ai souri et j'ai sursauté moi-même en lisant, dans *Que la vie est une fête*, la réponse que prête Jouhandeau à un jeune homme qu'il priait de ne pas mentir : « Ce qui est fâcheux pour la vérité et pour nous, c'est qu'elle n'est jamais la même longtemps. »

Cette superbe insolence n'est pas de n'importe qui, on se prend à rêver. Seulement voilà, pour en avoir connu quelques-uns, j'affirme ici que les pensionnaires de madame Made, impasse de Guelma à Pigalle, ne s'exprimaient pas ainsi, c'est même pour cela qu'ils nous plaisaient tant.

Je n'ai fréquenté que deux fois cette « maison de rapport » très bien tenue par une matrone impotente, gardienne jalouse de nos « vices ». Madame Made aura beaucoup fait pour la réinsertion des repris de justice qu'elle recommandait à notre bienveillante attention. Tous ses clients n'étaient pas dans les belles lettres, mais ils étaient assez nombreux certains jours pour donner à ce bordel les allures d'un salon littéraire à faire pâlir Florence Gould. L'homme à tout faire de la maîtresse des lieux (un hôtel miteux) officiait également au titre de bedeau à l'église Saint-

François-Xavier ; une qualité décisive pour madame Made, catholique pratiquante très attentive à la bonne moralité de son personnel.

C'est Michel Rachline, romancier scandaleux, rejeton imprévisible d'une grande famille juive, qui m'emmena la première fois à cette adresse secrète où les gens du Bottin mondain avaient rendez-vous avec la canaille. Il me désigna Serge, le rabatteur planqué parmi la foule boulevard de Clichy, et qui attrapait à la commande un militaire en cavale, un petit télégraphiste ou le fils d'un avaleur de feu qui avaient besoin d'argent de poche.

J'étais loin d'avoir trente ans, je me divertissais. Après quoi je rentrais à Montmartre écrire *Le Passé supplémentaire*. J'ai aimé suivre Michel Rachline qui me dévergondait joyeusement, il arborait une barbe rousse de rabbin irréprochable. Je l'écoutais, béat, me raconter sa vie mirobolante. Il était menteur comme personne et propalestinien parce que Genet lui avait présenté quelques « terroristes avenants ».

C'est lui qui m'a fait lire Maurice Sachs et Jouhandeau qui le recevait à Rueil-Malmaison. Il avait connu Colette et Montherlant et dînait parfois chez les Prévert sur les ailes du Moulin-Rouge. Il me promettait la gloire. Je m'envolais.

Ecrira-t-il un jour ses souvenirs du temps béni où madame Made régnait sur Pigalle et où le bedeau de Saint-François-Xavier nous distribuait des serviettes de toilette et du savon de Marseille ?

Morterolles, 30 avril

Je ne savais rien de monsieur François Sentein, pétainiste enjoué, qui se désigne lui-même comme « libertin », avant d'ouvrir son journal des années quarante. Si j'ai bien compris, il était chef moniteur aux chantiers de jeunesse et content de l'être. La guerre ? Elle ne dérangeait pas les garçons qui couraient dans les prés sous « un soleil de lingère », lui-même ne l'entendait pas, occupé qu'il était à leur faire répéter en chœur *Maréchal, nous voilà*. Tout paraît simple et gentil sous « un soleil de lingère », le seul que je puisse supporter.

J'ai encore honte si longtemps après d'avoir demandé un jour à Emmanuel Berl pourquoi il n'écrivait pas de roman. « Parce que je ne sais pas, c'est pourtant à la portée du premier imbécile venu », m'avait-il répondu en hoquetant de rire, accablé de ma sottise.

Ce sont les nigauds qui ne savent pas que « la littérature est partout sauf dans les romans ».

Ceux qui me quittent un jour, sur le coup de la colère ou de l'émotion, sont dépités quand ils apprennent que je me passe d'eux sans regrets. Il y en a même que tant de « froideur » scandalise. Qu'espèrent-ils ? Que je m'abîme le cœur en attendant mon retour en grâce ? Pour qui se prennent-ils ceux-là que j'ai aimés qui croient pour cela me tenir à la merci de leurs caprices ? Je ne pleure pas les infidèles, je les renvoie au vide qui les attire ailleurs et les regarde se perdre, désolé mais sans remords. Je les avais prévenus. Ceux qui en demandent trop se mettent en dépendance et nous reprochent leur faiblesse. Nos amis ne savent pas ce qu'ils veulent. Il faut les plaindre, un peu.

Il y a dans nos vies des passagers clandestins qui sortent de leur cachette quand il n'y a plus personne sur le pont. Leur présence est assez légère, une ombre, leur disparition attendue nous indiffère. Un jour peut-être ils nous manqueront. Les fantômes ne sont pas à notre disposition.

Personne n'est jamais à notre disposition, nos mères autrefois le furent et Stéphane toujours comme je l'étais à la sienne. J'écris cela dans le bourdonnement des mouches et des frelons qui annoncent l'été, en espérant un coup de téléphone de Lulu qui ne vient pas. Je sais où le trouver dans l'instant, mais je ne bougerai pas. Les enfants n'aiment pas qu'on les repère trop vite quand ils jouent à cache-cache. Il faut les faire attendre pour qu'ils se croient les plus forts. A qui perd gagne, je n'ai plus rien à perdre. Lui ? Ses rêves en suçant son pouce.

Morterolles n'est pas La Madrague, mais ça défile en famille autour de la maison et du parc les samedis, dimanches et fêtes. Depuis mon bureau, je les entends sans les voir se demander si je suis là, puis ils s'éloignent, un peu déçus. D'un côté tant de gens qui aimeraient m'approcher et de l'autre quelques-uns qui me fuient.

Le muguet que Stéphane avait planté entre les rochers près de la cascade ne pousse pas. Ce n'est rien. S'il avait fleuri, je ne serais pas moins malheureux.

Morterolles, 1ᵉʳ mai

Une jeune femme a été tuée dans l'attentat qui visait un McDonald's en Bretagne. On entend dire partout depuis des mois que ces « restaurants » sont une agression culinaire et le symbole même du capitalisme américain triomphant, mais personne ne dénonce l'essentiel à mes yeux : l'agression esthétique et culturelle. Ce qui lève le cœur n'est pas l'odeur des frites, mais bien l'arrogance criarde des bâtiments où on les sert. Les enfants mangent n'importe quoi, à leur âge on digère facilement, ce qui est grave et qu'ils n'oublieront pas, c'est le décor en plastique rouge et jaune où ils auront grandi, les doigts tachés de graisse et de ketchup sous la lumière atroce des néons. Je crains qu'ils ne trouvent belle la laideur qui sera leur monde.

— Alors, ma petite fille, quoi de neuf ce matin ?
— Rien, tout est normal... tout est calme.
Christiane est désolée pour moi, mais elle n'a jamais rien d'amusant à m'annoncer. La Troisième Guerre mondiale aurait été déclarée dans la nuit qu'elle ne le saurait pas, et même si une bonne dame croisée chez la boulangère l'en avait avertie, elle ne l'aurait pas crue.

— Les gens sont tellement mauvaise langue, vous savez.

Christiane pose les journaux sur mon lit, tire les rideaux et s'inquiète d'abord de savoir si j'ai bien dormi.

Certains matins, si j'ai l'humeur plaisante, j'insiste un peu, j'affine mon interrogatoire.

— Mais enfin, que dit-on en ville, ma petite fille ?

— Oh, pas grand-chose.

Pas grand-chose, c'est déjà mieux que rien, je peux espérer non pas une rumeur scabreuse, mais une ambiance, un je-ne-sais-quoi d'affriolant. Elle cherche un peu, puis elle finit par m'avouer que « c'est la période des communions et que les gens courent partout avec des gâteaux et qu'ils sont déçus parce qu'il va pleuvoir... Les gens ne sont pas comme vous, ils aiment quand il fait beau ».

Des drames, il y en a plein les journaux, mais ce n'est pas la faute de Christiane qui s'organise pour les éviter autour de chez elle.

— De toute manière, on ne va pas changer le monde...

Elle est contente si le café est bon et le pain pas trop mou, « rapport au temps ». Si je l'appelle ma petite fille, ce n'est pas du paternalisme, c'est de l'affection avec juste assez d'humour en souvenir de Stéphane qui l'appelait ainsi en me singeant les jours où il était heureux.

Morterolles, 2 mai

Soirée au Moulin samedi dernier. Françoise nous a lu une lettre photocopiée d'Henri Matisse vantant les mérites d'un appareil respiratoire inventé au début du siècle par un de ces « docteurs » miracles diplômés des universités américaines (naturellement) qui la font délirer d'enthousiasme. Nous avons eu droit ensuite à un cours pratique. Un bocal d'eau percé de deux tuyaux en plastique posé sur ses genoux, Françoise a inspiré-expiré, inspiré-expiré, inhalé même.

— En quelques minutes, c'est le bien-être absolu.

Prudy dormait, ce qui n'est pas rare, tandis que j'écoutais, dubitatif, Françoise qui tentait de me convaincre de l'efficacité de ce bricolage très sûrement inoffensif.

Je hochais la tête sans conviction. Je ne peux pas brusquer cette femme qui parle doucement et se croit élue pour soulager l'humanité souffrante. Et puis elle aimerait tant m'épater que je l'écoute, malgré tout, me promettre « le bonheur au niveau du vécu ». Du charabia que le bruit de l'eau de la Gartempe emporte avec lui.

Ranger ma tête comme mes tiroirs, après quoi seulement je peux écrire. Je ne souffre aucun désordre. Enfant, après que ma mère eut fait le ménage, je passais derrière elle redresser un cadre, remettre un livre à l'endroit, orienter l'abat-jour différemment, je rangeais aussi sa boîte à couture et les tasses à café sur le buffet du salon.

« Ce qui est pénible, c'est de mourir dans le désordre et avant d'avoir pu tout dire. » Tout dire ? Nous n'aurons pas le temps. Eviter le désordre ? Ce devrait être possible. Je me tiens prêt depuis l'enfance. Je n'avais pas lu Chardonne que déjà je redoutais la pagaille qui menace le bon sens et la liberté.

Morterolles, 3 mai

J'ai fait enlever les fleurs artificielles sur la tombe de Stéphane. Il aimait trop les vraies. Il y a de la piété dans le geste des inconnus qui passent par Saint-

Pardoux et repartent discrètement. Qui sont-ils ? Nous avons trouvé une petite carte glissée sous un pot de géraniums, quelques mots délavés par la pluie signés « Odile », sans adresse. Ceux qui viennent se recueillir ici n'attendent pas qu'on les en remercie.

Dalida : c'était un dimanche, il y a treize ans. Elle nous a plantés là par surprise, sans nous donner d'explication. Nous avions compris avant qu'elle ne choisisse l'heure et le jour, mais ce jour-là justement nous pensions à autre chose. La mort nous surprend toujours en flagrant délit d'inattention.

Maître D. est venu tout à l'heure, comme chaque mois ou presque, me faire signer quelques documents administratifs.

— C'est fou, me dit-il, le nombre de gens qui me parlent de votre livre, des gens de tous les milieux... Certains m'ont avoué comprendre mieux certaines choses maintenant. Vous voyez ce que je veux dire ?

— Oui, oui, je vois très bien. L'amour, ils comprennent mieux l'amour.

— En quelque sorte.

Paris, 5 mai

— Faites un vœu, m'a dit Aïda en me proposant les premières cerises de la saison.

Cela ne sert à rien, mais j'ai respecté ce rite mille fois répété en croquant une pomme, en regardant tomber la neige, en ramassant un trèfle à quatre feuilles ; ce vœu toujours le même dont on ne fait pas l'aveu. Stéphane savait qu'il était pour lui. En mangeant les cerises d'Aïda j'ai prié le ciel, à tout hasard.

En mer, 7 mai

Lulu était planqué dans les jupes de sa mère et le voilà revenu vers moi, mal rasé, pas très faraud. Beau comme il n'est pas permis.

Je suis fâché qu'il ne m'ait pas donné de ses nouvelles ces dix derniers jours, il le sait, mais je n'ai pas pu me retenir de glisser mes doigts dans ses cheveux en bataille quand il s'est accroupi près du fauteuil où je guettais son arrivée à l'aéroport d'Orly.

— Tu ne vas pas me bouder pendant toute la croisière, Papou ?

Même si je suis bien décidé à ne pas le laisser abuser de ma tendresse, il a encore gagné. Je vais attendre un peu avant de lui demander les explications de son silence. Nous sommes embarqués pour deux semaines sur un paquebot italien qui va nous promener quelque part du côté de la Grèce, de l'Espagne, demain en Tunisie, me dit-on. Des destinations qui font s'ébaudir chacun ici, sauf moi. L'exotisme n'est pas dans mes habitudes, je resterai dans ma cabine face à la mer et j'écrirai que je ne l'aime pas méditerranéenne, et je chanterai le soir puisqu'ils sont venus aussi pour m'entendre chanter.

Gabès, 8 mai

Nous sommes n'importe où dans un port au sud de la Tunisie, un port qui, vu de ma chambre, prend des allures de cimenterie et ressemble, vu du pont, à une raffinerie de pétrole. Il doit faire trente-cinq degrés à l'ombre des palmiers, mais il n'y a pas un palmier à l'horizon, ils ne résistent pas à la poussière que le vent jette partout sur les hommes et les chameaux. On comprend mieux quand on vient dans ces contrées

pourquoi les chameaux sont des animaux si mélanco-
liques. Les hommes ont bien du courage de travailler
et de sourire dans ces pays dévastés par le soleil, sur
des tas de cailloux. Moi, je n'ai à me plaindre de rien,
je les regarde de loin, ces pays de la Méditerranée qui
doivent leur gloire aux opérettes de Francis Lopez. Je
sais moi aussi des jardins andalous, des palmeraies
rafraîchissantes autour des ambassades à Tunis, je me
suis enivré autrefois de l'odeur du jasmin aux oreilles
des garçons de Sidi Bou Saïd. J'ai repéré en passant
quelques roses blanches à Corfou. Mensonges que
tout cela pour les amateurs de folklore. Suis-je le seul
à préférer la vérité splendide des aubes glacées de
Montréal, le port d'Helsinki sous la pluie, les bords
de la Neva sous la neige quand Saint-Pétersbourg
retrouve sa mémoire blanche ?

Malte, 9 mai

Midi. Casquette à l'envers, baskets délacées, moulé
dans un tee-shirt trop court qui laisse voir son nom-
bril, Lulu revient de la salle de gymnastique.
— Ça va, mon Papou, t'écris bien ?

Non, je n'écrivais pas bien ce matin. Je griffonnais
pour que la page ne reste pas blanche, je traquais les
mots trop gros, je traquais les phrases trop rondes.
J'étais en pleine confusion, indécis, découragé.
Absent de moi-même. Je relisais, désolé, mes notes
éparpillées depuis trois jours et je m'agaçais à l'idée
que Pierre S. me reprocherait sûrement les aubes glacées de Montréal : « déjà vues, déjà dites ». Et Lulu
est entré. Je l'ai attrapé au vol, je lui ai dit que oui
j'écrivais bien pour qu'il m'embrasse plutôt deux fois
qu'une. Un jeu. Et le voilà sur ma page mon Page.

Je vais le croquer, il peut aller prendre une douche maintenant, se régaler de tomates crues et de fruits frais, comme lui. Je le garde là, juste le temps qu'il me faut pour retrouver le fil et le goût de ma vie.

— Papou, tu me le prêtes ce livre ? Je crois qu'il va me plaire.

Il tient du bout des doigts comme un objet précieux le *Journal amoureux* de Dominique Rolin que j'ai terminé la nuit dernière et que j'avais posé là, sur mon bureau, à portée de main pour le toucher, l'ouvrir, le respirer. Il a l'odeur de l'amour.

— *Journal amoureux*, c'est un beau titre !

Lulu ne sait pas qui est Dominique Rolin, je lui expliquerai s'il me le demande. Je lui dirai qui est Jim, le héros de ce roman qui n'est pas un roman. Il n'y a pas de roman.

Lulu lit à haute voix les deux phrases que les gens de Gallimard (ou l'auteur) ont déposées sobrement au dos de la couverture : « Ecrire c'est aimer. Ecrire c'est être aimé. »

Il n'en revient pas d'une si belle simplicité, lui qui croit que l'amour c'est très compliqué, il est aux aguets. Nous aussi.

Il répète : « Ecrire c'est aimer. Ecrire c'est être aimé. »

— C'est vrai ce qu'ils ont marqué là, Papou... tu le sais toi qui écris tout le temps...

Lulu n'est plus un bébé. Ma vie n'est pas un roman.

Naples, 10 mai

Ils sont tous descendus baguenauder en ville, acheter des chaussures et des téléphones portables.

— Ils sont moins chers ici, disent-ils.

Mais que vont-ils en faire ? Ils en ont déjà plein les poches, ils dorment avec, ils se les échangent comme nous échangions nos billes à l'école. Ils les perdent aussi, tout le temps, partout. On les leur vole parfois et là c'est terrible, les voilà humiliés, dépossédés de leur âme, de leur sexe. Ils ne jouissent plus qu'en téléphonant, ils ne pensent pas : ils captent ou pas.

— Tu captes toi ?

— Oui, je capte très bien, même aux toilettes.

On n'est pas n'importe qui quand on capte « même aux toilettes ». Le rictus du vaincu fait peine à voir.

Je les laisse partir. Je ne les envie pas, je les plains. Ils rentreront fourbus d'avoir marché en file indienne sur les trottoirs étroits de ces rues sales où grouille un monde de camelots dépenaillés, ils auront des sacs en plastique à la main remplis de saloperies inutilisables, ils seront moites de la tête aux pieds et peut-être même qu'ils seront contents.

— Tu viens avec nous, ça te changera les idées ?

Certains m'ont proposé de les accompagner, sans illusions, ils savent bien que, pour « me changer les idées », Naples n'est pas l'escale dont je rêve. Je n'ai pas besoin de chaussures ni de téléphone. J'ai déjà traîné ici autour du port sous le même ciel laiteux, dans la torpeur. Voilà le mot que je cherchais : torpeur, un mot qui fait peur. Je ne bougerai pas de ma cabine, je ne dérangerai personne, hormis la dame qui doit faire mon lit et que je gêne, paraît-il, en écrivant devant elle.

Ma cabine est rangée comme une cellule de moine, elle n'en aura pas pour longtemps.

La première fois que je suis descendu à Naples, la comédienne Alice Sapritch m'avait offert un fume-cigarette, la dernière, Stéphane avait choisi pour moi une paire de baskets blanches.

Cette ville vaut bien sa mauvaise réputation.

Portoferraio, 11 mai

Le bruit, j'avais oublié le bruit. Ils sont rentrés abrutis par les klaxons et les marteaux piqueurs, asphyxiés par les gaz d'échappement. « Naples au baiser de feu » ne se lave pas, mais son linge pend aux fenêtres pour étonner le monde. On peut même penser que c'est une obligation pour les gens d'ici d'étonner le monde avec leurs slips et leurs chaussettes. Il y a des élégances qui m'échappent.

En mer, 13 mai

Je ne suis pas obsédé par le passé, je ne me tiens pas à sa disposition. Quand il me rattrape, je lui accorde un sourire ou une larme, guère plus. Si l'on se donne à lui sans retenue, il nous étouffe, je respire au présent. La vie c'est maintenant et l'instant d'après. Au-delà on prend des risques avec son âme. Stéphane m'obsède mais Stéphane n'est pas mon passé, il marche sur mes pas, il sera sur le pont à surveiller les dauphins. Il aurait aimé être un dauphin pour bondir, joyeux, disparaître et rebondir encore, il me l'a dit cent fois : « C'est doux les dauphins, c'est gentil, ça ne fait de mal à personne. » Le bonheur de Stéphane regardant les dauphins et m'appelant pour que j'en profite avec lui ! Qui m'aimera jamais assez pour ne même pas envisager d'être heureux sans moi ?

J'écris cela tandis que passe devant ma cabine ouverte Vincent, l'un de mes danseurs, portant une dizaine de cintres où sont accrochées les dernières chemises de scène de Stéphane en velours jaune, rouge, bleu, les trois couleurs d'un drapeau en berne.

Malte, 14 mai

J'ai dansé jusqu'à trois heures du matin. En réalité je me suis déhanché en levant les bras au son d'une musique infernale qu'ils appellent techno. Je m'étais laissé entraîner « en boîte » sans résistance par une bande de gamins qui jouent de l'accordéon depuis qu'ils sont nés et que je vais présenter ce soir aux passagers qui sont venus aussi pour les entendre. Ils m'ont entouré avec ferveur, la musique était violente, les corps se rapprochaient par saccades, mais la tendresse l'emportait sur l'hystérie. Il n'y a rien à craindre de garçons de seize à vingt ans qui ont appris le solfège et font des gammes huit heures par jour depuis l'école maternelle. Je me suis mêlé à leurs jeux sans me perdre de vue, ils m'ont porté, emporté sur leurs épaules et dans leurs bras, nous nous sommes frôlés dans la lumière et cherchés dans les coins sombres. Et puis, c'était fatal, ils ont fait valser leurs chemises et leurs pantalons, la piste de danse ressemblait à un vestiaire de rugbymen quand la troisième mi-temps commence sous la douche. Lulu n'aura pas vu cela. Il dormait ! On lui dira que j'ai fait le fou, il sera content. J'ai fait le fou, mais je n'ai pas tombé la chemise. Il faut savoir s'arrêter juste avant le ridicule. Quand on a passé l'âge de danser nu, on peut encore organiser la fête, et c'est déjà bien beau. Des mains se sont égarées, des bouches se sont trouvées. Combien de baisers volés au goût de vodka-orange ?

— C'était bien ? me dit Laurent K., que je vois toujours comme le jeune homme frêle qu'il fut, qui a des muscles maintenant et qui les montre. Tu n'as pas de remords... ça va ?

Il me surprend, installé à ce bureau provisoire où je me rassemble devant la mer. Songeur. Ailleurs. Il voudrait être sûr que je ne me reproche pas de m'être dispersé, de m'être abandonné (ils disent « lâché »).

Eh bien non, je peux le rassurer : je suis intact. J'écris sans trembler. Je n'ai pas peur du jugement de Stéphane. La nuit dernière ceux qui m'aiment, des garçons, des femmes, m'ont regardé avec les yeux de Stéphane. C'est pour eux que j'ai dansé.

Katakolon, 15 mai

Le journal de bord précise que nous sommes en Grèce. Il pleut. On aperçoit quelques maisons blanches et bêtes parmi des arbres, des grues qui se balancent sans conviction, des bateaux rouillés qui rouillent. Sur le quai : des touristes en capuchon. Il n'y a rien à voir. Il pleut, c'est déjà ça. Nous dirons que nous sommes en Islande et cette simple idée suffira aujourd'hui à rafraîchir mon âme.

Corfou, 16 mai

Ecrire est un plaisir solitaire qui n'est pas sans rapport avec la masturbation. La main joue son rôle, l'imagination aussi. Nous disposons de nous quand nous le voulons. C'est un avantage considérable. Si l'application est recommandée, elle ne suffit pas, il faut le don. L'extase n'est pas pour le premier venu. Ai-je le don ? Pour l'écriture, chacun jugera. Pour la masturbation, cela dépend des jours et des nuits. De tous les plaisirs solitaires, celui-là ne s'avoue pas sans honte. Pourquoi passe-t-il pour le vice des faibles alors qu'il est le privilège des forts ? Il faut avoir l'âme bien née pour ne pas vivre en dépendance, à la merci d'une main secourable. Que veut-on ? L'amour. Le reste ne compte pas, ou si peu. Des jeux.

Il y a une bien jolie scène de jeux dans le *Journal amoureux* où l'on voit une donzelle se glisser, langoureuse, dans le lit du couple, s'offrir sans manières. Nous sommes invités. Telle une reine soumise aux désirs de son amant, Dominique Rolin (c'est elle l'héroïne de ce faux roman) organise les ébats et contemple la petite entre les cuisses de Jim. Tableau charmant.

On est loin, très loin de l'innocence. Pour raconter cela et sa jouissance, Dominique Rolin fait claquer des mots secs comme un fouet sur les fesses de qui n'attend que ça. Du grand art !

Le troisième larron dans notre lit, nous l'avons souvent fantasmé Stéphane et moi.

Naples, 17 mai

Monsieur Lulu n'en fait qu'à sa tête depuis deux jours, il ne se rase pas, porte des blue-jeans et lit allongé sur un transat des bandes dessinées japonaises. Caprices d'enfant gâté qui s'amuse à éprouver ma patience. Il me joue là le grand classique du genre : « Je fais comme je veux. » Je l'ai vu jouer en d'autres temps par un autre qui m'aimait autrement. Je connais la musique. C'est la même.

Si Lulu lit des bandes dessinées juste pour m'embêter, ce n'est rien, s'il y prend du plaisir, cela me désolera. J'ai peut-être tort d'avoir pour lui des ambitions plus hautes que lui.

Monsieur Lulu n'aime pas du tout que je l'appelle monsieur Lulu. Cette solennité ironique ne lui dit rien qui vaille, il sait qu'elle précède une demande d'explications, mais il est trop fin pour n'avoir pas compris que c'est mon mutisme qu'il doit redouter. Il le redoute, d'ailleurs. Sa lettre qu'il me fait porter à l'instant par mon neveu Jean-Christophe est une réponse inquiète et tendre à mes silences.

Je vais l'appeler. Il bronze au bord de la piscine en attendant un signe de moi.

Paris, 19 mai

De la musique partout dans les avions, dans les ascenseurs, chez les marchands de chaussettes, dans les restaurants, aux toilettes, impossible d'échapper aux violons sirupeux ou aux tam-tams répétitifs que la mode nous impose jusqu'à l'écœurement.

En groupe, en ligue ou en procession, les hommes ont peur du silence, du calme même, il leur faut du bruit, n'importe lequel mais du bruit qu'ils appellent musique pour n'avoir pas honte de l'aimer.

Morterolles, 21 mai

Ni les départs ni les retours ne conviennent à ma nature inquiète. Il faut que je sois arrivé quelque part pour retrouver mes esprits. Naples, Ajaccio, Paris, Morterolles en quarante-huit heures, cela fait trop d'agitation pour moi qui n'aime rien tant que le silence. Me voilà revenu ici où, par bonheur, le printemps est frisquet. Nous avons dû rallumer la cheminée, un 20 mai, c'était inespéré.

Du courrier en pile sur mon bureau, Christiane

n'en a jamais tant vu, des invitations, des factures, mais pour l'essentiel des lettres de lecteurs. Elles se ressemblent toutes, ou presque : émouvantes et pudiques. Des femmes, beaucoup de femmes, et des jeunes gens qui m'interrogent sur l'amour, sur les livres qu'ils doivent lire pour « comprendre la vie ». Des sourires et des larmes. Celles d'un jeune homme d'autrefois, septuagénaire, qui m'embrasse et me tutoie, Michel B. de Nîmes.

« Je fus l'ami de Jouhandeau, ton livre me ramène trente-cinq ans en arrière, je suis *Un second soleil*. Je ne l'ai pas lu, j'avais peur de ne pas avoir été assez bien avec lui. Rassure-moi, le livre est introuvable ? »

Il est fier d'être l'un des héros des *Journaliers*, mais il a des remords, si longtemps après ces jours-là où il faisait se languir d'amour un Jouhandeau affolé par sa jeunesse. De quoi a-t-il peur Michel B. à l'heure du bilan ? Je vais reprendre ce volume numéro 19 des *Journaliers,* qui date de 1965, pour en savoir plus sur mon correspondant, qui tremble de n'avoir pas été digne de l'intérêt que lui porta un grand écrivain français.

Sur les photos Polaroid qu'il a jointes à son courrier on le voit qui pose avec sa femme dans le réfectoire d'une maison de retraite, à côté de sa mère qui fête ce jour-là ses quatre-vingt-dix-huit ans. C'est atroce mais les « amis » de Jouhandeau ont l'âge maintenant d'avoir des mères centenaires. A ces photos cruelles, j'en eusse préféré d'autres de Michel B. dans la splendeur de ses vingt ans. A quoi ressemblait-il ? A quoi ressembleront-ils dans un demi-siècle les Michel B. qui se croient assez avantageux (et qui le sont parfois) pour m'intéresser ?

Mieux vaut ne pas y penser. L'avenir est un mensonge.

Morterolles, 22 mai

Charles Trenet est toujours à l'Hôpital américain. Georges, son fidèle secrétaire, me demande de lui adresser un bonjour au cours d'une de mes émissions.

— Ça lui ferait plaisir, il te regarde tous les après-midi. Il ne marche plus, il a beaucoup maigri, c'est terrible...

Trenet ne chantera plus qu'au ciel, il aura bien besoin des ailes que Cocteau lui avait accrochées dans le dos pour s'envoler jusqu'au paradis.

« J'aime mon père, ma mère, la France, le Bon Dieu et puis les femmes, les femmes, les femmes qui ont les yeux bleus. »

Il pourrait choisir ce refrain pour se présenter là-haut, les anges s'en souviennent sûrement.

Vassivière, 24 mai

Nous sommes depuis hier après-midi au bord du lac de Vassivière, en France. Le doute n'est pas permis, nulle part ailleurs le ciel n'a cette transparence indicible. Il est là le pays des matins calmes, loin, bien loin de Syracuse, au sud de Limoges, là où personne ne vient jamais que par hasard, en passant. Rien ne bouge ici, les amateurs d'exotisme seront déçus, les autres iront faire des ronds dans l'eau. Comment dire exactement cette splendeur qui s'étale entre des milliers d'hectares de forêts et des prairies paisibles qui descendent en pente douce ? L'innocence même dans le premier matin du monde : nous chanterons là, sans déranger les oiseaux, et nous aurons ainsi une vague idée du bonheur.

Vassivière, 25 mai

Des jeunes filles en jupes à fleurs couraient en riant à travers les prés, comme autrefois les jours de batteuse quand la vie était légère par ici. Les garçons de la ville, Lulu en tête, se baignaient nus pour intéresser les poissons et les filles.

On apercevait des vaches au loin et les jardiniers du château qui guettaient nonchalants les « artistes de Paris » dans leurs œuvres. Les caméras n'auront pas vu cela qui restera dans nos mémoires quand nous n'aurons plus l'âge de nous baigner nus. Ce pluriel qui s'impose à moi, je vois bien ce qu'il a de provocateur ce matin, mais il allait de soi hier quand ils faisaient la ronde autour de moi et que tout m'est apparu possible encore le temps d'une chanson.

Je n'entre pas sans hésiter dans la ronde des enfants, mais quand je cède à leurs avances, je trouve une place de spectateur attendri.

Vassivière, 26 mai

L'odeur des glycines aurait suffi à m'émouvoir. Je n'ai pas pleuré, j'ai dit seulement : « Comme c'est beau », et je me suis assis à l'ombre sous la tonnelle de l'auberge où Stéphane déjeunait avec moi le 16 août 1998. La mort n'est pas imaginable ici, c'est l'éternité qui nous paraît possible. Comment allait-il Stéphane ce jour-là ? Je ne sais plus. Riait-il ? Non. Il avait mangé une omelette aux cèpes et une truite peut-être. Il avait faim, c'était bon signe, je voulais le croire. La suite me donnera tort. Stéphane, à bout de souffle, a failli se noyer dans l'eau glacée du lac où il avait plongé sans entrain, plutôt par défi, pour me rassurer.

C'est mon cousin Vincent qui l'avait rattrapé pour le hisser sur le bateau à moteur où nous avions embarqué avec Sheila, son fiancé et Prudy. C'était fini. Ecrire cela ce matin, à l'endroit même où il a eu peur et froid, me glace le sang. Je n'ignorais pas en revenant à Vassivière que ce souvenir me sauterait à la gorge, mais Stéphane est partout, de toute façon. Je ne veux pas m'abîmer à le fuir, ni courir derrière lui. Pour ne pas perdre l'équilibre, j'avance prudemment.

Les images seront belles, Lulu sera beau, le tournage s'achève ce soir, des groupes folkloriques sautillent dans l'herbe devant le château. Des sabots de bois, des chapeaux de paille, des vielles et des accordéons. Il va falloir ranger tout cela.

Morterolles, 30 mai

On en apprend de belles en lisant *Le Figaro littéraire* ! Au détour d'une chronique récente, Jean-Marie Rouart nous révèle que Churchill voulait que l'on réponde d'abord à cette question plaisante : « Qui couche avec qui ? »

Je peux témoigner que François Mitterrand s'amusait beaucoup, lui aussi, à ce petit jeu charmant où nous fûmes ses partenaires complaisants. Nos grands hommes nous ressemblent. Il faut être bien hypocrite pour s'en offusquer. Depuis que le monde est monde, il tourne autour de cette devinette : « Qui couche avec qui ? »

Tout a commencé ainsi et l'on peut parier que ce divertissement ne se démodera pas.

La voix de Roger Hanin à l'instant sur mon répondeur : « As-tu des nouvelles de Charles Trenet ? Et toi, comment vas-tu ? Je sais que tu ne viendras pas à Solutré, mais si tu changes d'avis, je peux t'assurer que tu seras le roi du pétrole. »

Charles Trenet ne va pas bien, moi je vais comme je peux.

Je n'irai pas à Solutré, j'ai rendez-vous avec Régine Deforges pour la Pentecôte, au salon du livre qu'elle organise chez elle à Montmorillon dans la Vienne.

Je viens d'écrire à Roger pour lui dire que son message m'a ému.

Les garçons qui préfèrent les filles (il y en a) sont très fiers de cette disposition pourtant bien peu originale. Ils se croient élus pour cela dès l'enfance. Tout se joue dans les cours de récréation pour s'aggraver à la caserne et sur les stades. L'éducation, la morale bourgeoise, l'Eglise, le cinéma entretiennent largement leurs illusions. Après, il est trop tard, ils font peine à voir, si penauds avec leur sexe au bout des doigts, dépités de n'être pas devenus les « rois du monde ».

Les garçons qui préfèrent les filles restent longtemps des enfants, c'est ce qui fait leur charme.

Morterolles, 31 mai

« Je conseille un pessimisme gaillard et plein d'allant. » Sans avoir encore lu Chardonne, j'avais bien compris dès mon adolescence que le mieux était de s'attendre au pire sans jamais cesser d'espérer. L'exercice n'est pas reposant, il faut avoir l'âme chevillée au corps pour le reprendre chaque matin.

Gaillard et plein d'allant, Stéphane l'était pour

moi. Me réveiller sans lui est une épreuve dont je ne sors pas vainqueur. Je n'attends rien, ni du ciel ni des hommes, enfin presque rien : de la neige, un sourire. On se contente de peu quand on a tout perdu.

Comme nous jouions aux cartes cette nuit en écoutant doucement chanter Nat King Cole, Prudy me demanda si je me sentais disponible pour « tomber amoureux ». J'ai balayé sa question d'un revers de main. Je ne prends aucun pari sur l'avenir, il est trop méchant. Je suis disponible, bien sûr, mais pas pour n'importe qui.

J'ai de l'amour une si haute idée que mes exigences paraîtront insupportables au premier venu. Si je devais y renoncer, j'aurais honte. Stéphane ne me reconnaîtrait pas.

Morterolles, 1ᵉʳ juin

Encore un jour férié ! Un jour pour rien. Les gens traînent dans les rues, dans les squares, roulent très vite pour aller n'importe où, parfois même ils se tuent. Au mieux, ils s'ennuient mais ne l'avoueront pas. Les joies de la famille sont plutôt lassantes, la table est encombrée de gâteaux à la crème qui dégoulinent et il n'y a rien à la télévision. C'est un bien grand malheur que de ne pas savoir quoi faire de sa peau, ils font pitié ceux-là qui n'ont envie ni de lire, ni de planter un clou, ni de collectionner les papillons et qui voudraient qu'on s'occupe d'eux comme si nous n'avions rien de plus intéressant à faire. S'en remettre aux autres est un aveu d'échec, une faute de goût. Les gens qui n'ont pas de goûts sont dégoûtants.

Ma mère interdisait à mes sœurs de s'ennuyer les dimanches et jours fériés, elle n'avait pas à se fâcher contre moi. Aussi loin que ma mémoire remonte, je suis en train d'écrire, de lire ou de chanter, et comme je suis d'un naturel espiègle, je tire un peu les cheveux de mes sœurs.

Jamais on ne m'a vu rôder en bande avec des copains de mon âge dans les cafés de ma banlieue, autour des flippers scintillants qui les faisaient rêver, j'allais seul voler quelques 45-tours à Monoprix.

Ai-je jamais eu des copains de mon âge ? Non. Je

n'ai aucun souvenir de patronage, de football, la pin-up des flippers ne me mettait pas le feu aux joues, je n'avais donc aucune raison de les suivre, ils n'au-raient d'ailleurs sans doute pas voulu de moi qui n'ai jamais rien compris aux moteurs de voitures.

Je les laissais s'ennuyer en riant. Il faut être désœuvré et joyeux pour grandir en bande.

Il est seize heures ce jeudi de l'Ascension de l'an 2000. Je ne tire plus les cheveux des petites filles, mais je n'ai pas changé, je suis bien l'enfant que j'étais. Je ne fais pas là une grande découverte, des personnes très savantes discutent depuis long-temps de l'inné et de l'acquis. Des biologistes, des psychanalystes, des sociologues confrontent leurs sta-tistiques, leurs études. Si je ne suis pas qualifié pour les départager, je crois quand même que l'on penche du côté où l'on va tomber. Je veux dire que l'acquis est soumis à l'inné qui le précède, évidemment. On naît bête : on ne le devient pas.

La responsabilité de la famille, de l'éducation, de l'environnement ne peut être mise en cause. L'inné, c'est la main de Dieu, heureuse ou malheureuse, sur ses créatures, après quoi nous devons nous débrouiller.

On peut apprendre à dessiner, on ne devient pas Picasso. On a un peu honte de devoir rappeler ces « lapalissades » à des messieurs-dames distingués qui minimisent l'inné pour accuser la société de fabriquer des imbéciles et des méchants, des pauvres et des riches.

On voit bien où ils veulent en venir : nous sommes et nous serons tous égaux. Eh bien non, et tant mieux.

Après avoir joué aux cartes, vers vingt-trois heures, nous zappons (je zappe) durant une petite demi-heure sur les chaînes du satellite pour m'arrêter le plus souvent sur un de ces documentaires parfois plaisants que diffusent Planète ou Voyage. On y voit des Pygmées qui vont en pirogues, des chutes d'eau rafraîchissantes, des moutons aussi dans le désert. A ce moment-là, je vais me coucher. Prudy, qui guette sa montre, me demande de passer sur les chaînes « normales ». Elle appelle « chaînes normales » TF1 d'abord et accessoirement France 2. Elle peut alors se délecter de ces films bruyants pleins de femmes affolées qui crient dans des parkings, de flics et de truands au bord de la crise de nerfs, qui ne l'empêchent pas de dormir. C'est bien moi qui ne suis pas normal.

Prudy est une très bonne fille qui insupporte à peu près tous mes amis, y compris les mieux disposés à son égard. Elle fait tout ce qu'il faut pour cela : en mangeant, elle dit qu'elle jeûne, en criant, elle dit qu'elle murmure ; couverte d'huile d'olive des orteils à la racine des cheveux, affalée au soleil, elle dit qu'elle pense...

Sa mauvaise foi est sans limites, de moi seul elle tolère des remontrances. Hier à table nous avons frôlé le pugilat. Comme, une fois de plus, elle niait l'évidence même avec un culot monstre, je fus très vif, devant une Françoise interdite, je lui ai asséné ses quatre vérités plus violemment qu'à l'ordinaire. C'est que je n'en peux plus de la défendre contre elle et le monde entier.

— Jamais personne ne m'a parlé comme ça, tu m'entends ?

Pour se faire entendre, Prudy prend des poses de cow-boy prêt à dégainer, ce qui me fait horreur. Je suis avec elle, c'est vrai, d'une sévérité sans faille, elle ne court ce risque avec personne d'autre, personne d'autre que moi n'a envie de vivre avec elle. Elle vit seule avec ses chiens et avec moi à Morterolles depuis quinze ans. Prudy n'est pas là parce que Stéphane n'est plus là. Elle est là parce qu'il faut des femmes autour de moi et que je peux compter sur sa bonne compagnie et sa loyauté, peut-être même sur sa tendresse, ce n'est pas si mal.

Ça m'arrangerait quand même qu'elle ne fasse pas à tout propos état de sa science, qui est bien plus mince qu'elle. Mais bon, les mariages de raison présentent d'autres avantages.

Morterolles, 3 juin

Tranquille. Ce mot-là revient trop souvent sous ma plume. Je viens de me relire, il se faufile partout. Quand ces pages seront publiées, je les aurai corrigées, j'aurai supprimé quelques-unes de ces répétitions qui gâchent mon plaisir quand je les repère chez d'autres et m'agacent quand j'en suis l'auteur. Il y a peu de synonymes à « tranquille », le dictionnaire de madame Elvire D. Bar, publié chez Garnier-Frères, nous en propose trois : calme, coi, paisible. Ils ne me conviennent pas. On n'est pas forcément calme quand on reste tranquille, coi encore moins. Paisible ? Ce sont les vaches qui sont paisibles. Dans sa préface, madame Elvire D. Bar, docteur ès lettres, lauréate de l'Académie française, nous rassure : « Il n'y a en réalité qu'un seul mot susceptible d'exprimer rigoureusement une idée. »

D'où la difficulté d'écrire et le bonheur d'y parvenir parfois. Je veux rester tranquille pour chercher, et trouver peut-être, des mots justes et simples à partager.

Qui veut m'aimer ? On ne chante pas, on n'écrit pas pour autre chose. « Moi », me répondent des hommes et des femmes aussi perdus que moi. Si je me laissais aller, ce journal reprendrait chaque matin des morceaux de leurs vies qu'ils confondent à la mienne. Ils sont intimes avec moi, ceux-là qui s'abreuvent à mes mots et veulent me voir, me toucher.

« Tant de mains tendues vers vous, tant de cœurs, de bouches offerts, quelle gloire ! » me dira-t-on. Sans doute, mais je ne peux pas embrasser la terre entière. Aux garçons qui m'espèrent, aux femmes qui me désirent, je ne suis pas sûr de pouvoir donner ce qu'ils attendent de moi.

Si le désir n'est pas l'amour, je l'ai dit, il domine malgré tout mes rapports avec les autres. Montherlant ne jurait que par lui, je n'ai pas cette exigence fatale, mais je ne peux pas le nier : je reste sensible à son appel. Il ne m'aveugle pas, il m'éclaire.

J'ai commencé ce matin par le mot tranquille, je l'étais, et me voilà huit heures plus tard aux prises avec le désir. Un psychanalyste ferait ses délices du cheminement de ma pensée. Il n'y a vraiment pas de quoi. Je me suis échauffé au souvenir de désirs brûlants et à l'idée d'en connaître d'autres sans tarder. Je vais me calmer.

Morterolles, 4 juin

Les journaux le répètent chaque matin, sondages à l'appui : les Français sont contents de tout, du Président « si sympathique », du Premier ministre « telle-

146

ment sérieux », de leurs enfants géniaux sur Internet, des vacances qui arrivent, de leurs téléphones portables surtout qui fonctionnent de mieux en mieux. Obscènes, ils sont obscènes avec cet engin qu'ils tripotent sans relâche nuit et jour en public, n'importe où. Ils ne voient plus rien que lui, ils se jettent dessus quand il sonne, ils pleurent quand il ne sonne pas, ils le caressent, le secouent, ils marchent têtes baissées, penchés sur lui, ils lui racontent à voix basse des cochonneries, ou alors ils crient pour nous faire juges de leur importance, ils donnent des ordres à leurs chiens en aboyant. Ils sont contents de tout, les Français, pourvu qu'ils puissent téléphoner à leurs chiens.

Ce spectacle désespérant, qui ferait pitié à un Martien, se joue dans tous les pays du monde. La planète est un téléphone portable qui sonne occupé, désespérément.

Morterolles, 5 juin

L'âme, ce mot si pratique, si joli dans les chansons, il ne veut pas dire la même chose pour François Mauriac et pour moi. Je l'emploie sans trop savoir ce qu'il recouvre. Je n'ai pas de certitude, Mauriac non plus. Qui en a ?

L'âme, c'est ce qui reste de nous quand il ne reste rien. Elle nous survivrait, c'est la version officielle, mais les preuves manquent et qui en réclame passe pour vulgaire. Je crois à l'âme des vivants, elle est notre conscience ou elle n'est pas, les animaux n'ont pas d'âme.

Si j'évoque celle de Stéphane, c'est qu'il me l'a offerte en m'embrassant, en jouissant sous mes doigts. Son âme est morte avec lui, c'est son souvenir qui me hante et me donne la force d'avancer, pas sa réalité. L'âme de Stéphane ne flotte pas gentiment sur le cimetière de Saint-Pardoux, quand je pose sa casquette sur le marbre, elle ne s'envole pas.

« Objets inanimés, avez-vous donc une âme ? » Cette interrogation anxieuse est d'un poète. Les poètes se nourrissent de leurs angoisses et nous en profitons parfois, même si nous savons bien avec eux que non, les objets inanimés n'ont pas d'âme. Quelques joyeux drilles font tourner les tables, des femmes en turban parlent avec leur cafetière, tout cela est très réjouissant, mais nous n'avons pas de temps à perdre. On aura l'âme en paix ou la conscience tranquille, selon qu'on croit au ciel ou que l'on n'y croit pas. Cela ne change rien, nous sommes innocents et malheureux, définitivement.

Morterolles, 7 juin

Nous voulons d'abord que les livres que nous lisons nous parlent de nous. Quand il écrit : « Je n'avais aucun goût pour les contes de fées. Si une grande personne me racontait une histoire, je m'inquiétais de savoir si c'était "pour de vrai". Je refusais les nains et les géants », François Mauriac parle pour moi, il dit mieux que moi le refus de s'en laisser conter qui fut le mien dès l'enfance.

Pierre S. a été bien inspiré de me conseiller ces *Mémoires intérieurs* où, dans une langue admirable, l'écrivain s'interroge et se souvient. On le voit au soir de sa vie, le menton posé au creux de sa main droite, dans cette pose familière que nous prenons parfois nous aussi pour regarder le monde et nous en désoler. François Mauriac a écrit des romans qu'il voulait plausibles et qui le sont, mais c'est quand il se raconte « pour de vrai » que nous l'entendons bien.

Ai-je jamais été un enfant ? Ma mère serait effarée si je lui posais la question, elle aurait des preuves à opposer à mon scepticisme. J'ai pourtant des doutes. Si j'ai aimé mon enfance, je ne l'ai pas goûtée comme je le raconte parfois ; impatient je voulais un carrosse. Je n'ai pas vu la balançoire. J'ai le carrosse. Il me traîne parmi des ruines. Le jardin d'Antony est en fleurs, mais je n'ai pas assez regardé les roses d'autrefois que ma mère chérissait.

Le raisin de la vigne sauvage qui courait sur la tonnelle, je le trouvais acide, l'était-il vraiment ? Son souvenir ne m'agace pas les dents, il me donne des regrets.

La chanson du temps qui passe est un peu monotone. Tous les enfants rêvent d'être grands, je l'étais avant l'âge, je n'ai rien aimé de ce qui les entoure, rien compris à leurs jeux.

Mes sœurs jouaient à la marelle. Etait-ce cela « les verts paradis des amours enfantines » dont on nous vante l'innocente beauté et que je n'ai pas vus ?

Morterolles, 8 juin

Je ne fais pas de Stéphane ce que je veux. Je ne fabrique pas un roman pour distraire les jeunes filles. Ne pas tricher, ne pas mentir, dire les choses comme elles sont, sans artifice ni poudre de perlimpinpin, serait déjà bien. Dire d'abord ce qui est important pour nous, que les autres après y trouvent ou pas leur miel n'est plus notre affaire.

« On doit pouvoir écrire tout ce qu'on veut. Le résultat moral ou immoral n'a aucun intérêt. » Léautaud prêchait pour sa paroisse, mais son sermon a du bon.

Georges Simenon, lui, était persuadé que son infirmière « étant donné la vie qu'elle mène et les gens qu'elle rencontre dans des situations sans défense » pouvait écrire « des choses passionnantes » dans le journal qu'elle tenait secrètement depuis dix ans. Je ne crois pas que cela soit suffisant. Faire bien les piqûres et les pansements peut vous valoir l'indulgence de Simenon, ce qui est beaucoup, mais certainement pas le Nobel.

L'infirmière n'y prétendait pas plus que moi, ce qui sans tomber dans la complaisance me met à l'abri d'interrogations oiseuses sur l'importance de mon travail. Je fais de mon mieux.

Le journal intime est-il un genre littéraire majeur ou mineur ? Ce débat éternellement recommencé est vain. En quoi le roman serait-il plus noble ? Le peintre est-il à la merci de la peinture à l'huile ou de la peinture à l'eau ?

Roland Barthes n'a pas tort quand il « croit pouvoir diagnostiquer cette "maladie" du journal : un doute insoluble sur la valeur de ce qu'on y écrit ». Mais connaît-on jamais la valeur de ce qu'on écrit ? Qui en décide ? Pierre S. vient dimanche prochain à Morterolles, nous parlerons de tout cela, qui nous lie désormais. La seule fois où il est venu ici, c'était il y a cinq ans, Stéphane lui avait servi du vin sur la terrasse. Le manuscrit du livre que je venais de lui remettre s'appelait *Tous les bonheurs sont provisoires*.

Morterolles, 9 juin

Charles Trenet à l'instant au téléphone. La voix est hésitante, mais l'esprit est là.

— Je te dérange, tu te reposes ?

150

— Non, c'est quand tu n'appelles pas que tu me déranges.

Pour sa dernière pirouette Charles n'aura pas besoin de béquilles, il s'en ira sur un bon mot qu'il improvisera dans l'urgence ou qu'il aura préparé de longue date.

— Je vais aller à Aix la semaine prochaine, là-bas je pourrai marcher, me dit-il. J'ai fait poser des barres métalliques dans les allées du parc... c'était une démarche prémonitoire.

Trenet rit, un pauvre rire cassé mais il rit. Il n'ira pas à Aix, le voyage et la chaleur lui seraient fatals, Georges, son secrétaire si dévoué, me l'a dit.

— Appelle-le, ça lui fera plaisir. Il est dans une maison de rééducation à Louveciennes.

Notre conversation fut brève, empreinte de l'affection qu'il me témoigne depuis mes vingt ans.

— Elles sont belles, tes émissions, propres, léchées, très fraîches et puis les bords de Marne... toute ma vie... et ces vieilles chansons, quel délice !

Pas un mot sur sa souffrance physique, sur les tourments de son âme. Charles Trenet ne se plaint pas, il plaisante. A quoi pense-t-il, à qui, cloué sur un lit, lui qui a tant aimé la mousse des bois ? Nous n'en saurons rien, il aura chanté nos jeunesses éblouies au bord de l'eau, nos folles amours avec des fils de gendarme et, pour finir, nos chagrins « devant le feu qui s'éteint », mais il n'aura jamais parlé de lui. Charles Trenet mourra en emportant ses secrets et nos dernières illusions.

Morterolles, 10 juin

— Tous ces amis qui vous trahissent, quelle honte quand même !

Je ne sais plus lequel de nous s'était exclamé ainsi autour de la table familiale pour dire le sentiment général, mais je souviens très bien en revanche de la réponse agacée de François Mitterrand :

— Mais enfin, qui voulez-vous qui me trahisse sinon mes amis ?

Il faut toujours nous rappeler cette évidence. Les amitiés qui durent sont très rares, celles qui méritent ce nom. Nous aurons maintes fois au long d'une vie l'occasion de nous en plaindre. Notre déception (le chagrin est réservé à l'amour) vient de ce que nous nous emballons trop vite en nommant amitié ce qui n'est rien qu'un rapprochement de circonstances, une sensation, un caprice dans l'euphorie d'un moment. Après quoi, nous tombons des nues, pauvres nigauds que nous sommes, vexés de nous être trompés, une fois de plus.

En dépit de la prudence qui est la mienne, du discernement dont je me crois capable, je suis défait moi aussi par la vilenie de mes « amis » d'hier encore.

Pas plus que l'amour, l'amitié ne se proclame. Elle se prouve. Rendons-lui ce qu'elle a d'exceptionnel, de sacré.

Ceux qui nous salissent n'ont pas les mains propres, il est heureux finalement qu'ils ne nous embrassent plus.

Morterolles, 11 juin

Le théâtre de marionnettes en contreplaqué démontable, que ma mère m'avait fait construire par un voisin menuisier, repose depuis quarante ans sous la poussière du grenier à Antony.

— Il y a aussi des livres à toi, des disques, des magazines... tout ce fourbi me rend malade, me dit ma mère. Il faut que tu montes faire le tri, je n'ai plus le courage.

Comment lui dire que je redoute moi aussi cette confrontation avec la poussière qui recouvre ce qui reste de ma chambre d'adolescent ? Mes sœurs ont rangé dans des boîtes en carton Guignol, Pinocchio, le Petit Cochon et le Loup qui leur faisait peur quand je les convoquais à la séance du jeudi. Si je ne devais retenir qu'un souvenir de mon enfance ce serait celui-là où l'on me voit décider du sort du monde une poupée de plâtre et de chiffon au bout des doigts. Je ne sais plus du tout ce que je faisais raconter à mes marionnettes, mais je les prenais très au sérieux. Je n'ai jamais joué « pour de rire », le sens du tragique m'habite depuis que je pense.

Morterolles, 12 juin

J.C., le jeune CRS avenant et joyeux qui passe régulièrement à Montmartre me dire bonsoir autour de minuit et qui s'attarde un peu si j'ai l'humeur vagabonde, vient de m'adresser un joli faire-part pour la naissance de son troisième enfant.

C'est un bébé aux joues rondes qui ressemblera peut-être à son père. Il a des fossettes qui ne trompent pas. J.C. a le sens du devoir et des convenances, il m'avait invité il y a dix ans à son mariage (je n'étais pas libre ce jour-là, on s'en doute) et ne manque jamais depuis de m'informer de la santé de sa petite famille, de l'ambiance à la caserne et des progrès de son fils aîné qu'il entraîne au parachutisme.

— Il n'a peur de rien, il est comme moi, m'annonce-t-il triomphant. Regarde un peu...

Après les politesses d'usage et de brèves considérations sur le temps qu'il fait, J.C. se met à l'aise et sort de son portefeuille les photos de sa progéniture et de sa femme en maillot de bain.

— Elle aime bien tes chansons, elle te regarde à la télévision, nous parlons souvent de toi.

Que peut-il lui raconter qui puisse l'intéresser, cette jeune femme ? Qu'il monte la garde chez moi au-delà des heures de service ?

— Elle n'est jalouse que des filles, me dit-il. Elle n'a aucune imagination...

J.C., qui a trente-trois ans et mesure plus d'un mètre quatre-vingts, a de la vie et des femmes une idée charmante ; son adorable simplicité est très reposante pour moi. La République a de bons gars pour la défendre, il ne faut pas s'inquiéter forcément des descentes de police.

Morterolles, 14 juin

On peut toujours s'occuper des oiseaux, les reconnaître à leur plumage, les distinguer selon leur chant court ou pointu, grave ou saccadé, les imiter pour leur répondre ; Stéphane faisait cela très bien. Où avait-il appris à parler aux oiseaux ? On peut aussi compter les carpes qui vont, dolentes, à fleur d'eau, mais on se lasse vite. Il fait trente à l'ombre, c'est beaucoup trop. Si je ferme la baie vitrée de mon bureau, j'étouffe, si je l'ouvre, les guêpes me tueront. Il y a un essaim entre les tuiles et la charpente, j'attends depuis deux jours qu'on vienne le dénicher. L'été est vraiment une saison détestable ! Mes femmes peuvent bien lever les yeux au ciel, exaspérées par mon outrance, elles restent terrées derrière leurs volets clos, punies d'avoir médit de moi qui maudit le soleil.

Que serait ma vie si je devais la perdre à contempler le ciel ? « Le beau temps est un préjugé de la jeunesse », constate François Mauriac au soir de sa vie, sur la terrasse à Malagar en souvenir des « étés brûlants d'autrefois ». Même si l'on s'en plaint, le temps qu'il fait n'est rien, c'est le temps qui passe qui nous tue plus sûrement que les guêpes. On a beau savoir cela, on continue d'espérer que demain il fera meilleur. Nous courons à notre perte en avalant les heures sans les goûter, notre mère nous le reprochait quand nous voulions grandir plus vite que la musique. Il n'en est pas moins vrai, malgré tout, que défaits de nos impatiences nous sommes morts.

Paris, 16 juin

Le biologiste Jean-Didier Vincent soutient que « l'homme est un animal entièrement animal, tout est inné, nous sommes tous déterminés génétiquement, tous ». Moi qui ne suis pas très savant, j'ai dès mon enfance compris cela qui chagrine tant les philosophes.

Françoise Giroud conclut, fataliste : « Il avait déjà fallu s'habituer à descendre du singe, il faudra se faire à quelques idées encore plus dérangeantes. » Je le crois aussi.

J'aimerais tant parler avec Françoise Giroud de cela et d'autres choses, tout le monde veut parler avec elle, mais elle m'intimide et je ne suis pas sûr que les « faiseurs de chansons » soient les bienvenus dans son salon. Elle en a pourtant écrit de jolies, des chansons, autrefois, quand elle était déjà belle. Ah, ce sourire plissé qui la rend lumineuse et nous interdit d'être bête ! Je ne m'y aventurerai pas.

Jules Roy est mort, il nous menaçait depuis vingt ans de cet événement considérable : sa mort, la nôtre.

A ce petit jeu, on est sûr de gagner tôt ou tard. Il avait quatre-vingt-douze ans. On le voit pousser le portail de sa maison à Vézelay et disparaître. La télévision n'avait pas de temps à lui consacrer hier soir, il y avait du football. Si Anelka ne meurt pas dans les cinq ans qui viennent (ce qui est peu probable), mais très vieux, il y aura du football à la télévision et Jules Roy sera vengé. Sa disparition rend-elle caduques les pages de ce journal, l'hiver dernier, où je dis l'agacement qu'il m'inspire ?

Paris, 18 juin

Je crains de m'être un peu embrouillé hier à table en répondant à Jean-Christophe qui me demandait comment il devait se comporter dans certaines situations où il doit donner son avis, prendre position. Il me disait hésiter entre la vérité qui dérange et le mensonge qui arrange (c'est moi qui traduis), il n'est pas le seul. Je lui ai suggéré le silence un peu lâche, mais pratique, pour lui recommander dans le même temps de dire ce qui est ou ce qu'il croit, j'ai justifié aussi le mensonge, pieux. Bref, tout et son contraire en espérant qu'il fasse le tri.

Pour finir, je me suis abrité derrière Camus qui nous propose de « ne pas croire nos amis quand ils nous demandent d'être sincère avec eux ». Ce conseil de prudence, pour judicieux qu'il soit, n'est pas d'un grand secours : jamais personne ne nous demande d'être sincère et, si nous l'étions, il n'y aurait plus de vie en société.

Ne nous mentons pas à nous-même, ce sera déjà beau. J'ai été sincère, toujours, avec Stéphane, mais Stéphane c'était moi.

— Tu as vu, Tonton, tout est faux ici !

156

Non, je n'avais pas vu. Nous étions installés sous le parasol d'une pizzeria située au bord de la départementale nº 4, dans une de ces bourgades au nord de Roissy-en-France qui se ressemblent toutes : en toc. Je ne les regarde plus, je les traverse, désolé. Parfois une église résiste à la laideur préfabriquée qui la cerne et l'on est tenté un instant par l'idée folle de croire en Dieu.

La salle des fêtes où j'allais chanter avait été terminée dans la nuit, la peinture de la loge qui m'était réservée n'était pas sèche, j'ai donc préféré patienter deux heures sous le parasol d'une pizzeria. Il faisait une chaleur moite et la serveuse amorphe écoutait du rap, elle m'a pris pour un demeuré quand je l'ai priée de nous épargner ce bruit. Le silence est une chose inconcevable pour une pauvre fille qui n'apprécie même pas la chance qu'elle a de servir des pizzas à mon chauffeur et à Zinzin.

Tout était faux en effet : la vigne et les grappes de raisin en plastique, les géraniums, les palmiers en plastique également, les verres et les assiettes en carton, les volets de bois n'étaient pas en bois, la fontaine sans eau.

Le carré de pelouse se vend au mètre dans les supermarchés. Tout était faux : même la serveuse.

Jean-Christophe a vingt-quatre ans, bientôt il ne s'étonnera plus. Le monde qui vient a déjà mauvaise mine.

Paris, 19 juin

Mon père peut lire de nouveau, il marche. Il ne court pas, mais il marche dans le jardin. Même sans canne, pour nous épater. La médecine n'est pas sans rapport avec ce miracle, ma mère non plus. Il nous faut de l'amour toujours et des poignées de pilules un jour ou l'autre pour avancer.

Paris, 24 juin

Jean Daniel salue la mémoire de son ami Jules Roy, l'hommage est intitulé : « Notre Julius ». On s'attend au pire, et c'est pire encore : « Injuste, capricieux, désespéré, désespérant, insupportable ! »
Je suis couvert.

Les rues de Paris retentissent aujourd'hui de cris et de sambas, on voit des ostrogoths se trémousser sur des chars, la liberté a les fesses à l'air. Les garçons qui préfèrent les garçons n'ont pas à se vanter d'une telle disposition, ni d'ailleurs à en avoir honte. Il ne s'agit ni d'une maladie contagieuse ni d'une grâce divine. Il n'y a rien là d'extraordinaire, c'est l'amour, on le sait, qui est extraordinaire. Hier encore il fallait se couvrir la tête de cendres. J'entends dire qu'il faut désormais rouler tambours, mettre un chapeau pointu et défiler devant les populations ébahies. Du cirque que tout cela ! On n'est pas remarquable parce qu'on se fait remarquer, que chacun s'exprime comme il veut, comme il peut, je ne juge pas, mais qu'on ne compte pas sur moi pour mener la parade ou la suivre. Si je ne marche pas les yeux baissés, je n'ai aucun goût pour le déguisement, l'exhibition.

Paris, 25 juin

Vendredi soir, à Divonne-les-Bains, un jeune homme mince s'est assis au pied de la scène pour m'entendre. Il avait l'air d'un premier communiant égaré au music-hall sans la permission de ses parents. J'ai chanté pour lui. Dans la foule, il était celui qu'on distingue d'emblée parce qu'on ne l'attend pas là. Son regard ne m'a pas lâché un instant, j'ai dû faire un effort pour ne pas oublier les hommes et les femmes de mon âge qui formaient la majorité du public. Moi que l'on croit si sûr de moi et qui le suis parfois, je reste intimidé par les passions affectives ou amoureuses que je déclenche chez les femmes autour de quarante ans et leurs fils.

Laurent T., c'est son nom, a vingt-quatre ans, des cheveux bruns coupés court et des mains fines. Il faudra qu'il mange beaucoup de gâteaux pour me tenter, qu'il prenne des joues et des cuisses. Je l'ai invité à dîner avec nous au restaurant du casino, il a accepté aussitôt sans faire de manières, comme si c'était écrit. Il m'a dit : « Je savais en prenant ma place, il y a déjà plus de six mois, pour votre concert que je vous rencontrerais et que nous pourrions parler un peu. »

Comme je le craignais, Laurent T. ne mange pas, il grignote quelques toasts de saumon et du blanc de poulet, il boit de l'eau et ne fume pas.

Notre table dominait la salle de jeu où glissaient des hommes en costume sombre qui s'appliquaient en silence à perdre quelques sous sans risque de se ruiner. L'argent ne console pas, il calme. Jean-Christophe, qui n'en avait jamais tant vu, ne boudait pas son plaisir.

— Tonton... je me crois dans un rêve, au cinéma...

Il a des goûts de luxe, le gaillard. Comme moi, il aime l'ambiance des casinos, là où ne traînent ni les chiens ni les chats ni les enfants. Laurent T., que j'avais installé à ma droite, était plus intéressé à reconnaître autour de moi les personnages de ma vie, de mon livre.

— Lulu n'est pas là ?

Ah, ce Lulu ! On ne m'imagine plus faire un pas sans lui.

— Vous savez, me dit Laurent, je connais par cœur des chapitres entiers de votre journal. Je l'ai offert à mes amis, je l'ai noté...

Nous avons parlé doucement tous les deux. Pour Normand qu'il soit, Laurent T. a pris l'accent de Genève où il vit seul loin de sa famille depuis cinq ans.

— Elle ne me manque pas, mon père et ma mère ne m'ont jamais désiré, je suis parti le jour de mes dix-huit ans sans qu'ils s'en aperçoivent et je me suis débrouillé...

Laurent T. dirige un grand salon de coiffure, il est très fier d'avoir coupé les cheveux à Madeleine Albright, mais c'est la danse musette qui le bouleverse par-dessus tout.

Où est-il allé chercher cette passion qu'on attrapait plutôt rue de Lappe avant guerre ? J'ai beau le regarder, je ne parviens pas à l'imaginer si frêle tournoyant sur le parquet ciré du Balajo.

— C'est le paso-doble que je préfère, m'avoue-t-il, extatique. Je pourrais le danser des heures entières sans m'arrêter.

A partir de là, on peut imaginer que le monde n'est peut-être pas aussi désespérant qu'on le croit puisqu'il reste un jeune homme qui ne se plaint de rien et veut seulement danser le paso-doble.

Nous nous sommes séparés juste avant de nous égarer en des confidences prématurées.

— Nous reverrons-nous ? me demanda-t-il à mi-voix.

— Rien ne presse, cela dépendra de toi.

— Alors, nous nous reverrons.

160

Laurent T. sait ce qu'il veut. Je lui laisse l'avantage.

Ces messieurs de la Fédération française de football auraient recommandé aux joueurs de ne plus sauter dans les bras les uns des autres ni de s'embrasser à chaque but. Ces messieurs ne veulent plus d'effusions sentimentales sur les stades. Que veulent-ils ? Du sang ? Préfèrent-ils que les garçons se tapent dessus ou sur l'arbitre pour encourager les supporters à faire de même ? Les champions du monde sont donc priés de ne plus se laisser aller à ces intempestifs débordements de fraternité qui pourraient devenir contagieux. Il était temps de dénoncer ces drôles de façons.

Clément et Laurent K. s'embrassent maintenant, sur les joues mais ils s'embrassent. Ces deux-là en étaient presque venus aux mains, je les guettais, ils en restèrent aux mots. Chacun me pressait d'intervenir, de trancher.

— Il faut que tu fasses quelque chose, me disait-on.

Je n'ai rien fait, naturellement. Rien dit. On a toujours raison de ne pas se mêler des chamailleries des gamins. L'un aime les filles, l'autre pas, mais ils s'embrassent maintenant, c'est un bon début.

Paris, 27 juin

Un ancien préfet de la Manche, à peine aimable, m'a vendu un manuscrit inédit de Jouhandeau que lui avait offert José Cabanis. Le document de trente pages à l'encre violette est en bon état, intitulé : *Raoul ou Charmide ?* Il est daté de 1938 et dédicacé à Cabanis le 3 février 1959. Que vaut ce texte ? Beaucoup pour moi qui m'abreuve de la prose enivrante de Jouhandeau. Je vais prendre le temps de la goûter ligne par ligne, sûr de trouver de quoi nourrir ma mélancolie.

Raoul ou Charmide ? Le titre en forme d'interrogation n'est pas très explicite, en revanche les cinq dernières lignes le sont : « A peine cependant m'étais-je retourné, il avait repris son air de ne pas y toucher et lui parlais-je de ce qu'il venait de faire, il fit l'étonné, m'assurant qu'il n'en était rien, que j'avais rêvé ou cédé à quelque hallucination, due à l'initiative d'un démon : — Vous êtes possédé, mon cher. »

Jouhandeau a cinquante ans et il n'a pas fini d'être possédé par les garçons.

Paris, 28 juin

« Dites-moi, chère amie, quel jour et à quelle heure exactement dois-je déclarer la guerre ? »

Les hommes qui peuvent sans rire poser cette question amusante à une diseuse de bonne aventure ne courent pas les rues de la planète. François Mitterrand était de ceux-là, semble-t-il. On le savait séducteur, on ne l'imaginait pas hésitant, à la merci des songes d'une dame certes pimpante, mais pas forcément qualifiée pour décider du sort de l'armée française.

Et si elle avait dit non, la dame ? Si elle avait eu l'audace de répondre au Président qu'il n'y a pas de bon jour pour faire la guerre ? On tremble devant tant d'incertitudes. Si François Mitterrand était très indulgent avec les femmes, quitte à faire semblant de prendre leurs avis, qui peut croire que c'est leurs fariboles qui l'intéressaient ? Moi, je veux bien tout ce qu'on veut. Je sais qu'il faut remplir les journaux pour amuser la galerie, tout cela n'est pas méchant, mais je voulais dire quand même qu'on se trompe toujours quand on prétend expliquer François Mitterrand. Moi le premier. Nous n'en finirons jamais avec lui qui nous a tant fascinés et reste pour cela la cible de nos fantasmes. Il l'aura voulu.

Paris, 29 juin

Alain Paucard m'avait proposé d'aller dîner dans un bistrot où nous serions « sûrs de ne pas tomber devant un poste de télévision allumé pour la coupe d'Europe de football ». Manqué ! Malgré les promesses du patron, les serveurs n'y tenant plus, nous avons eu droit aux clameurs du stade. La France était aux prises avec le Portugal et dans ces moments-là il faut être vraiment mauvais coucheurs pour gâcher le plaisir enfantin d'un peuple. Paucard, le dos tourné à l'écran, dégustait un vin rouge de Touraine imbuvable, en m'annonçant avec gourmandise qu'il partait bientôt « donner une conférence sur l'érotisme au Monténégro ».

— Elle est pas bonne, celle-là ?

Je ne dîne pas tous les soirs avec d'aussi braves gens que lui, assez compétents pour se voir confier la mission périlleuse d'initier les populations du Monténégro à l'érotisme. On ne fera jamais assez pour les pays sous-développés, et l'ami Paucard n'est pas le dernier quand il s'agit de payer de sa personne. Quelques espionnes de Milosevic pourraient en témoigner.

Alain est un convive très plaisant, les turpitudes du monde font nos délices et les livres notre bonheur.

Tandis qu'il m'entretenait de ses futurs exploits érotiques, je suivais en douce la danse des garçons sur la pelouse, une danse oui, prenante et surprenante à chaque envol du ballon, confuse et déliée brusquement par la grâce d'un seul qui s'échappe vers le ciel, torride quand les corps se confondent et sursautent dans l'extase du but. Quel chorégraphe saurait organiser ces marches en ordre des princes avant l'assaut, ces passes désespérées quand rien ne va plus, ces voltiges improbables ? Qui saurait inventer après la débandade d'aussi charnelles fêtes ? Dieu ! Je ne vois que lui. Le voilà justement qui s'avance là où on ne l'attendait pas, il veut passer, il passera, le voilà qui court maintenant, guépard incontrôlable, prisonniers de ses jambes, nous ne lui échapperons plus, nos cheveux sont trempés de sa sueur, il prend notre tête pour le ballon, il nous malmène mais nous aimons cela, il frappe une fois comme une brute et nous sommes morts à ses pieds. Morts d'amour. On l'appelle Zidane, les femmes et les enfants disent Zizou, et quand, apaisé, il sourit enfin, timide et dominateur, nous rendons grâces au roi du Monténégro.

C'était hier rue Montmartre, à Paris, Alain Paucard a dû croire que je m'intéressais au football alors que je regardais danser les footballeurs.

Paris, 1ᵉʳ juillet

Dans le parc d'un château qui fut celui de Bernard Buffet du côté de Pontchartrain, Sheila mariait son fils hier après-midi. Que peut-on dire à des jeunes mariés qui ne soit convenu, banal ? Qu'ils sont beaux ? Ils l'étaient. Pour le reste on peut toujours leur souhaiter d'être heureux, mais rien n'est moins sûr que le bonheur, « on court après le reflet d'un mot », disait Chardonne. Ludovic et Rosa s'aiment, cela ne va pas leur simplifier la vie. Est-elle jamais simple la vie ? Sheila, qui fit la joie de nos jeudis, portait une robe de mousseline signée Galiano, ficelée dans son dos comme les corsets de nos grands-mères. Les couturiers « modernes » ne le sont jamais long-temps, un jour ils marient leurs enfants et rien n'est plus pareil. J'ai eu quinze ans à la même heure que Sheila. De loin, j'avais pour elle de bons sentiments, comme un pressentiment que j'aurais à les lui présen-ter un jour. Nous ne nous sommes pas encore tout dit, ça viendra. Je suis parti avant le repas de noces qui allait s'éterniser. Je ne sais pas me tenir à table trop longtemps.

Nous avons dîné, Michel et moi, sur la route du retour au bar-tabac d'un village près de Neauphle-le-Château. Le patron m'a fait signer la nappe en papier qu'il va mettre sous verre, à côté de celle déjà dédica-cée par Marguerite Duras qui « venait parfois prendre un ballon ».

— Et Khomeiny, vous vous en souvenez, il venait ?

— Oh, celui-là, ne m'en parlez pas, on n'a pas gardé de bons souvenirs par ici. Il n'a fait travailler aucun entrepreneur de la région et, en plus, il a laissé une ardoise salée à la boulangère. Elle est encore furieuse...

Il n'y a pas de crime parfait, un jour ou l'autre une boulangère parle et l'Histoire n'est plus vraiment la même.

Paris, 2 juillet

Serge T. fut-il l'amant de Jouhandeau ? Je n'ai pas osé le lui demander. Il fut de ses amis, ce qui n'est pas si mal, et l'amant de Céline, sa fille adoptive, pour être agréable à Elise qui le lui avait ordonné.

— Elle était terrible, cher Pascal. Vous n'imaginez pas, on ne pouvait pas lui résister, elle décidait de tout. Marcel n'a rien exagéré dans ses livres.

Il tremble encore, le fringant septuagénaire qui est devant moi, en me racontant comment il faillit céder aux injonctions d'Elise pour se reprendre au moment fatal.

— Je n'en dormais plus, cher Pascal. (Vous permettez que je vous appelle Pascal ?) J'étais sous son emprise. Un jour, elle m'envoie un télégramme : « Téléphonez-moi immédiatement », ce que je fais bien sûr, et savez-vous ce qu'elle m'annonce ?... mon mariage pour le mois suivant. « Mon petit Serge, j'ai une bonne nouvelle pour vous, voilà vous allez épouser Céline... je m'occupe des formalités, ce sera parfait, vous serez mon jardinier et la petite tiendra nos maisons. » Eh bien, cher Pascal, j'ai dit oui.

Incroyable non ? Ce n'était pas Marcel le diable, c'était elle.

Serge T. parle vite, il s'embrouille un peu, ne sait plus quel âge exactement avait Céline quand elle lui fut promise, les souvenirs se bousculent sur ses lèvres. Si ce n'était une affreuse moustache qu'il porte en « hommage à Proust », il ressemblerait à Jouhandeau, la même malice gentille dans le regard frappe d'emblée. Et ces mines de prélat effarouché par son audace qui ne peut pas tout dire, mais qui en sait beaucoup. Du Jouhandeau craché !

Serge T. transpire, il est venu chez moi en autobus chargé de ces sacs en plastique qu'on donne dans les supermarchés et que trimbalent partout avec eux les pauvres gens, comme les escargots leur coquille.

— Il y a des trésors pour vous là-dedans, des preuves.

Serge ne ment pas, il me propose sa jeunesse en vrac, griffonnée sur des photos, soulignée sur des pages de livres introuvables, au dos d'enveloppes froissées.

— Regardez, me dit-il, à quoi j'ai échappé : le faire-part de mon mariage, et cette photo du 26 juillet 1965 avec Marcel dans le parc à Rueil-Malmaison. Vous me reconnaissez bien sûr ?

Le futur gendre commis d'office pose, souriant, à côté de l'écrivain très digne, blazer gris perle, pull-over col roulé en cashmere noir, pochette assortie.

— Je crois que ça l'amusait, Marcel, de me voir me débattre dans cette comédie. « Je ris sous cape », me disait-il en se recouvrant la tête de celle, rouge, qu'il portait parfois pour se donner un genre lucifé-rien. On était vraiment au théâtre là-bas, cher Pascal. Pensez donc, la première fois que j'ai vu Elise, elle courait entièrement nue dans le parc en hurlant comme une chiffonnière après des romanichels tandis que Marcel jouait de l'harmonium pour couvrir ses cris. C'étaient des personnes invraisemblables, elle surtout, alors moi j'étais attiré malgré tout, je me disais : « Mon petit Serge, tu ne peux pas décevoir du si grand monde. » J'étais ébloui et j'avais peur aussi, à mesure que la date du mariage approchait. Je faisais des cauchemars, je ne me voyais pas vivre en couple sous la surveillance d'Elise, à ses ordres, et puis pour tout vous dire, cher Pascal, Céline ne m'attirait pas plus que cela, j'aurais préféré qu'elle parte avec le jeune maçon italien qui la reluquait depuis les échafaudages de l'immeuble voisin, et qui finira par la mettre enceinte.

Serge T. s'éponge le front, avale une gorgée de thé et fouille dans le sac qu'il tient serré sur ses genoux pour retrouver une photo de Céline qu'il me montre. La pauvresse a les cheveux taillés à la Jeanne d'Arc par le ciseau vengeur d'Elise, une mèche disgracieuse lui barre le front, et l'on chercherait en vain une lueur d'intelligence dans ce regard vide d'enfance.

Je n'écris pas cela sans hésiter, tant Jouhandeau l'a aimée, cette petite, vénérée même, lui prêtant une grâce que lui seul pouvait voir.

— Elle mesurait à peine un mètre soixante, précise Serge, sans méchanceté, juste pour que je comprenne son désarroi huit jours avant le mariage. C'était le dimanche précédant la cérémonie. Céline devait venir me retrouver dans un petit studio à Jussieu pour que nous allions ensemble à Rueil organiser les préparatifs. Il fallait que je trouve vite une idée pour la dégoûter de moi, alors, tenez-vous bien, je suis allé ramasser un soldat américain en permission complètement soûl au métro Pigalle et, à force de discussion, j'ai réussi à le traîner jusque dans ma chambre où il s'est écroulé tout habillé en travers du lit. J'ai dormi par terre, osant à peine bouger de peur qu'il ne se réveille et parte avant l'arrivée de Céline... vous comprenez ? Je voulais la scandaliser, qu'elle s'imagine, enfin... vous voyez quoi. Le scénario a failli tourner court car elle m'a d'abord félicité d'héberger un pauvre militaire fatigué, j'ai donc dû mentir en m'inventant une nuit scabreuse pour qu'enfin elle se mette à hurler, à me traiter de tous les noms et à pleurer. Croyant à une querelle de famille avec ma sœur, le soldat effaré a pris la fuite, il ne nous restait plus qu'à nous rendre à Rueil où j'allais devoir affronter Elise, sous l'œil rigolard de Marcel qui préférait de toute façon le jeune maçon italien. Dans un volume des *Journaliers*, il écrit, pour s'en offusquer, que sa fille avait trouvé un soldat américain nu dans le lit de son futur mari, mais au fond il était enchanté qu'Elise perde ses illusions. Eh bien, cher Pascal, vous n'allez pas me croire, alors que je m'attendais à être injurié et chassé comme un malpropre, Elise a jugé que la situation n'était pas si grave. « Céline s'habituera, m'a-t-elle dit. J'ai bien épousé Marcel, moi, et ça ne marche pas si mal finalement. » Un culot inouï, rien ne la démontait, j'ai dû m'enfuir, quelle histoire ! J'en aurai d'autres à vous raconter, si vous saviez... Je voyais Marcel en cachette... si vous saviez !

Serge T. plonge de nouveau dans ses sacs, fébrile et fier de m'intéresser.

— Il n'y a plus que vous pour parler de Marcel aussi joliment. Tenez je vous offre des documents précieux...

Il étale sur mon bureau des photographies, des coupures de presse : Jouhandeau les mains posées sur la nuque d'un éphèbe accroupi à ses pieds, Jouhandeau et Madame endimanchés pour la messe, Céline entre eux.

— Qu'est-elle devenue ?

— Oh, je ne sais pas, la déchéance sûrement. Mon Dieu ! On dit que son fils Marc, qui aura bientôt quarante ans, a un garage du côté d'Eymoutiers, il n'aime que les voitures. A-t-il seulement lu un livre de son père ?

Serge T. s'exclame, se lamente, s'emporte passionnément, s'excuse de me déranger alors que c'est moi qui l'ai invité. Il y a quelque chose de touchant chez cet homme, d'émouvant même, quand il me résume son existence en deux phrases.

— Je suis orphelin depuis le jour de ma naissance à Limoges en 1932, ma famille ce sont les écrivains... et j'en ai rencontré beaucoup, je les admire, alors ils m'ont adopté, tenez...

Il me tend des photos, encore et encore, où on le voit allongé sur un canapé près de Nathalie Sarraute, dans les bras de Simone de Beauvoir, au cou de Violette Leduc ; il y a Montherlant et Roger Peyrefitte dans sa galerie, Arrabal aussi ; cet homme d'apparence normale aime les monstres au-delà du possible, elles sont violentes, ces photos.

— J'en ai d'autres, je ne peux même plus rentrer chez moi, il y en a partout.

Serge T. est retraité de la Cour des comptes. Autrefois il dessinait des anges sur de la porcelaine, aujourd'hui il réalise des collages « surréalistes » et il photographie des flaques d'eau sur les trottoirs de Paris.

Acheter un réfrigérateur est une épreuve insurmontable, je suis découragé par avance devant ces distractions qui occupent tant de gens normaux, le samedi de préférence.

Il faut l'autorité d'Aïda, son sens du pratique, pour mener à bien les grandes manœuvres qui consistent à comparer, mesurer, puis à choisir un appareil qu'elle se fera livrer, à l'heure dite, le jour voulu, non sans avoir convoqué le directeur du magasin pour s'assurer qu'il ne manquera pas une vis à la livraison et que les livreurs sauront installer l'engin neuf, emporter l'ancien, sans ravager la cuisine.

Malgré tant de précautions, il aura fallu une semaine de palabres et d'allers-retours pour qu'enfin tout soit en place. Par chance, Aïda ne se noie pas dans un verre d'eau.

En trente ans bientôt, je ne l'ai jamais vue se démonter, ni céder face à un problème domestique, elle a une haute idée de sa fonction et je ne vois qu'elle autour de moi à qui je puisse confier cette impossible mission : acheter un réfrigérateur.

« Aller faire des courses », Stéphane adorait cela.

— Donne-moi des sous, me disait-il, et je m'occupe du reste, j'ai des idées pour la maison.

Je pouvais lui faire confiance aussi. Je n'aime pas bouger. Une fois l'an, à Noël, je l'accompagnais à Limoges, mais je n'ai pas marché dans Paris depuis vingt ans. On me dépose là où je dois aller, au studio ou dans les coulisses des théâtres où je chante, on me raccompagne le soir chez moi. Je vis en dehors de la vie dont s'accommodent tant de gens qui seraient bien punis s'ils n'avaient pas de problème avec leur réfrigérateur.

J'ai vu Charles Trenet vivant. Il m'attendait dans le vestibule de son appartement à Nogent-sur-Marne où, contre l'avis médical, il est revenu s'installer la semaine dernière.

— J'ai signé une décharge pour avoir le droit de me prendre en charge.

Le ton est faussement enjoué, l'élocution est lente, molle. Trenet bave les mots plutôt qu'il ne les dit, mais on le comprend. Il fait peur, mais je n'ai pas eu peur en l'embrassant. Ce masque, Charles le porte depuis deux ans déjà. Le maquillage a viré mais le regard est là, rond comme sur les affiches, vif ou halluciné d'un instant à l'autre. Il me sourit comme il souriait à la fin d'une chanson triste.

— On y va ? Je suis prêt.

Je me demande comment il va se lever, il se lève pourtant, géant voûté et bancal, engoncé dans un costume pied-de-poule qui date d'avant nous. Va-t-il marcher ? Je lui offre mon bras qu'il accepte.

— Je ne veux pas de canne, me dit-il. Je veux aller à Cannes.

L'avait-il préparée, cette réplique de théâtre qui sonne comme un défi quand nous le croyons mort ? Georges, le fidèle, le fils inventé, sera jusqu'au bout celui qui bouge et qui rit quand Charles Trenet veut rire et bouger.

— Il pleure aussi sur sa jeunesse et les amis d'autrefois, me confie Georges. Avant sa maladie, Charles ne pleurait pas...

Je ne pensais jamais le revoir. Il y a deux mois toutes les radios, les télévisions, les journaux en alerte préparaient son enterrement, et nous sommes là,

Georges et moi, à l'aider à s'asseoir dans une voiture de sport rouge qu'il a choisie sur catalogue parce qu'il la trouvait jolie pour l'été.

— C'est la troisième en dix jours qu'il me fait acheter, et maintenant il veut pour demain une BMW décapotable bleu marine pour partir dans le Midi.

Georges n'en peut plus de courir les garages :

— Alors que nous avons des voitures partout... que veux-tu, ça le distrait.

Et puis nous avons traversé le bois de Vincennes qu'il a si bien chanté pour aller déjeuner dans un restaurant chinois de Saint-Mandé où il a repris ses habitudes. Je l'ai regardé, attendri, comme je regarde mon père quand il se régale. Je l'ai vu presque gai, une serviette autour du cou devant une soupe aux vermicelles et une bière chinoise.

— Là-bas, j'en avais assez, je me rasais toute la journée, maintenant je me rase tout seul chez moi le matin.

Content de son effet, il m'a tendu sa joue pour que je constate qu'il disait vrai.

— Là-bas, je me fatiguais, ces endroits qu'on appelle maisons de repos ne sont pas du tout reposantes, et elles sont mal remboursées par la Sécurité sociale...

Entendre Charles Trenet se plaindre de la pingrerie de la Sécurité sociale le jour même où la Sacem vient de lui verser des droits d'auteur qui devraient lui permettre de s'offrir une pharmacie est un plaisir surréaliste.

Charles m'a dit d'autres choses encore, moins primesautières, plus tendres sur mes vingt ans, quand nous avions rendez-vous avec lui à Aix-en-Provence où il veut retourner aussi, avant qu'il ne soit trop tard. Ça, il ne le dit pas, il le pense, et c'est pour cela qu'il pleure quand nous ne le voyons pas. Je l'ai laissé finir de déjeuner sans moi qui ne déjeune pas, Georges veillant sur un fantôme qui ressemble à Charles Trenet.

— J'ai été content de te voir marcher, lui dis-je.

— Oui, une marche funèbre.

Il m'a dit cela doucement à l'oreille, en confidence, un mot encore, un mot de parade, la musique viendra. Les tambours grondent.

Morterolles, 8 juillet

Je suis seul ici depuis trois jours. C'est très bien ainsi. Lulu viendra quand il l'aura décidé, Lily s'en va chanter en Grèce où la canicule la tuera sûrement et Prudy, qui se gave de soleil et d'oursins à Marseille, n'est pas pressée de venir me rejoindre.

Autrefois, quand il n'y avait plus personne autour de moi, Stéphane était là lui, sans autre désir que moi. S'il lui est arrivé de s'égayer ailleurs, c'était à ma demande et pour mieux me revenir. Je dois faire un effort pour ne pas mettre en doute la sincérité des sentiments de ceux qui ne se rendent pas disponibles quand je le suis. Oui, je m'étonne toujours que mes proches puissent avoir de plus urgentes préoccupations que moi. On pourra dire que je suis plus égocentrique qu'il n'est permis, je répondrais que je suis plus sentimental qu'il n'est raisonnable.

J'aurais pu rester à Paris, attendre le bon vouloir de l'un ou l'autre. Non ! Je ne suis pas à la merci du premier qui passe ou de celles qui croient pouvoir me consoler, certes je suis sensible aux avances de quelques-uns, mais quand ils sauront que mes amours ne vont pas sans exigences, alors ils s'enfuiront, et ils auront raison.

174

Il faudra une force d'âme peu commune à celui qui voudra m'aimer et soutenir la comparaison avec Stéphane. On m'a toujours pris pour un autre, seul Stéphane me prenait pour moi, ce qui n'est pas simple tous les jours, mais il m'aimait plus que lui, et je l'aime toujours plus que moi.

En attendant, je suis seul et préfère le rester. Françoise est venue dormir à la maison jeudi, mais j'ai eu honte qu'elle laisse au Moulin l'une de ses amies de passage juste pour céder à mes enfantillages. Stéphane se serait moqué de moi, lui qui habita ici seul sans faire tant d'histoires. C'est en pensant à lui que je dors seul à mon tour et je suis fier, même s'il n'y a pas de quoi.

Morterolles, 10 juillet

Je vais devoir reprendre mon testament rédigé et signé le 20 juillet 1999 pour en être débarrassé, pensais-je. Revu et corrigé deux fois déjà depuis ce jour, me voilà à nouveau contraint de le relire, de rayer des noms sur une liste en peau de chagrin.

Ceux qui ont déserté ma vie pour des raisons que j'ignore, et que j'avais désignés avec la conviction de bien faire, m'obligent à revoir mes dernières dispositions en leur faveur. Je me suis trompé, ils ne valaient pas si chers.

J'étais pourtant convaincu il y a un an d'avoir réglé les choses au mieux, le plus équitablement possible. J'avais désigné sans trop hésiter des hommes et des femmes que je voulais meilleurs qu'ils ne le sont. Pauvre de moi ! Tout est à recommencer, je suis comme le gamin déçu qui a raté son dessin, trop de couleurs, de fleurs piquées au corsage de femmes infidèles. Pour rédiger un testament sans mourir aussitôt il faut un peu d'optimisme malgré tout, faute de quoi il n'a pas de raison d'être, mais l'optimisme, même raisonnable, conduit à l'imprudence. Alors quoi faire ? On n'échappe pas à ce dilemme : ou l'on ne fait rien, prenant ainsi le risque de semer la discorde après nous, la haine quand on a voulu l'amour, ou l'on se résigne à se choisir en s'abîmant le cœur des héritiers dont on espère qu'ils ne seront pas indignes de nous.

Même pour qui ne se fait guère d'illusions sur le genre humain, c'est toujours une défaite que de revenir sur ses dons. Je veux dire les dons de soi. Je suis un nigaud, lucide, dit-on, mais nigaud quand même, bien malheureux devant l'or de mes chansons qu'il me faut distribuer alors que je n'ai peut-être pas fini de chanter. Tout cela me dégoûte, mais je n'ai pas le choix. Si je proclame volontiers : « Après moi le déluge », je ne suis pas indifférent à la qualité supposée de mes héritiers, je voudrais qu'ils se tiennent convenablement chez le notaire. Etre juste, « ne pas donner du lard au cochon », selon le conseil de ma mère, qui pour être trivial n'en est pas moins sage, éviter si possible qu'on s'étripe sur ma tombe, ne pas exciter l'appétit des rats... pour cela je vais revoir ce sinistre document qui pour l'heure m'aliène plus qu'il ne me délivre.

Si j'étais conséquent, je léguerais tout à des associations humanitaires, mais comment être sûr qu'un margoulin ne partira pas avec la caisse pour s'offrir une piscine et entretenir des poules sur la Côte d'Azur.

Je n'aime pas l'argent, j'aime en gagner. Ma faiblesse se niche là, dans cette subtile différence, je soupçonne de vice ceux qui ne la voient pas.

Je frémis à l'idée que le testament que je vais raturer ou réécrire pour qu'il soit incontestable aurait pu être exécuté aux bénéfices de quelques-uns qui n'en seraient pas revenus de cette espièglerie, sans avoir honte pour autant d'en profiter, il aurait suffi qu'un avion s'écrase ou que je meure d'un arrêt du cœur pour qu'ils fassent fortune par inadvertance. Un comble ! Maître D. vient mercredi à midi, nous verrons ensemble comment prévoir l'imprévisible, en sachant que ce qui est vrai aujourd'hui ne le sera plus demain. Je ne lui apprendrai rien, tous les héritiers sont illégitimes, les miens le seront aussi. Seul Stéphane aurait pu prétendre à ce titre discutable, mais Stéphane ne prétendait à rien.

Morterolles, 11 juillet

« La pensée de la mort ne nous trompe pas, parce qu'en fait nous ne pensons jamais à la mort, même quand nous nous y efforçons. Peut-être mourrons-nous sans avoir jamais été confrontés fût-ce une seconde à l'idée de ce moment, le dernier. »

François Mauriac a raison. Et d'ailleurs la vie ne serait pas tenable sans cette part de légèreté qui nous protège du désespoir absolu. Je n'admets pas la mort de Stéphane, mais je l'éprouve chaque jour davantage, en revanche je ne crois pas vraiment à la mienne. Sans cela comment aurais-je fait ce matin encore pour trier, jeter, annoter, répertorier les devis du marbrier de ma tombe, des bordereaux de concessions à perpétuité, les notes d'honoraires du géomètre, les extraits du registre des délibérations du conseil municipal attestant que m'appartiennent des chemins où il ne passe plus ? Et les factures des pompes funèbres ? Je les brûlerai bientôt avec le reste.

En voulant mettre de l'ordre (mon divertissement favori), je suis tombé aussi sur les chemises en carton de couleur où Stéphane classait les carnets de santé de ses chevaux, des contrats d'assurance, en vrac quelques photos de nous et des prospectus de publicité. Il y avait une lettre aussi pour moi, encore une, j'en retrouve partout sans les chercher, elles me déchirent le ventre et le cœur. Pourquoi ne me l'a-t-il pas envoyée ou remise celle-là ? Elle est signée « Ton Ours » et datée de juillet 1998, lettre d'amour triste, de reproches, de passion ? Il suffirait que je la lise pour le savoir, mais je ne le ferai pas, l'imprudence n'est pas mon fort. Tous ces mots qu'il ne peut plus me dire, auxquels je ne peux plus répondre auraient raison de moi. Ils me tueraient. Stéphane m'écrivait inlassablement, la nuit plutôt, en cachette, comme les enfants, « tandis que tu dors mon amour en rêvant de moi ». L'imaginer malheureux, mon amoureux, assis en tailleur sur son lit, le front penché sur ces pages qui me font peur aujourd'hui est un chagrin inouï. Le lire donc, l'entendre me parler à l'oreille serait une douleur insurmontable. Je n'ai jamais douté de ses sentiments, je n'ai donc pas besoin de les vérifier, il m'a tant donné de preuves. Je range ses lettres sans les ouvrir, les toucher même me brûle les doigts. Pas une fois je n'ai eu la tentation de fouiller ses poches ou ses tiroirs, il me suffisait de le regarder vivre, rire. Il ne pouvait rien me cacher, Stéphane ne savait pas mentir longtemps, son nez bougeait.

Morterolles, 14 juillet

J'ai refusé les propositions qui m'étaient faites d'aller chanter à Antibes et en Corse le mois prochain. Il fait trop chaud là-bas, on se bouscule aux ports et aux aéroports, on s'ennuie en troupeau au bord de l'eau. Je veux rester là, au bord de l'eau moi aussi, mais seul à l'ombre de Stéphane. C'est la nuit du 14 juillet en 1987 que nous avons dormi à Morterolles la première fois. Comment ne pas y penser ce matin, treize ans plus tard, où je me réveille sans lui ? Tous ces 14 juillet de notre vie comme autant de lampions éteints claquent dans ma tête. Celui où il défila à cheval derrière les majorettes, si fier, si beau qu'on ne voyait que lui sur la place, celui où il tira un feu d'artifice sur l'étang pour faire plaisir à Jean-Christophe, mon neveu, son copain, leurs rires fusaient mieux que les feux de Bengale. Le 14 juillet de ma Légion d'honneur inattendue : « C'est normal, me dit-il. Je vais prévenir tes ânes. » Je le revois bondissant dans les prés en braillant. Il allait mieux cette année-là, presque bien... Le 14 juillet de 1993, celui de tous les désastres où il fallait le porter de son lit à la chaise longue. Il ne pesait pas cinquante kilos. Le médecin de Paris m'avait dit : « Je ne vois plus qu'un miracle, emmenez-le à Morterolles. » Ce que furent ces jours et les semaines qui suivirent, je renonce à le dire. Ses hurlements de douleur me tétanisaient. Il allait remarcher pourtant, chanter, monter à cheval, faire l'amour. Je l'appelais « mon ours », mais c'était un lion. On le guettait les soirs de bals et de défilés dans les villages alentour, on se répétait qu'il était sauvé. Je l'ai cru autour du 14 juillet 1996, je le croyais encore il y a deux ans, malgré un mauvais pressentiment que je m'efforçais de combattre en m'accrochant à son cou redevenu disons gracile pour ne pas dire maigre.

Tout paraît possible quand plus rien ne l'est. On envisage les pires choses, les meilleures parfois, ce sont les plus inattendues qui sont les plus probables.

Une fanfare au loin joue *In The Mood*, voilà qui n'est pas inattendu, toutes les fanfares jouent toujours *In The Mood*. Cet air, d'une platitude écœurante, Stéphane le trouvait gai, il était comme tout le monde, Stéphane, unique, mais comme tout le monde prêt à descendre dans la rue une cocarde à la main pour accompagner le défilé.

— Viens, me disait-il. Ils seront contents de te voir.

J'y allais pour le voir content, lui.

Qui saura m'entraîner aux réjouissances populaires que je me contente désormais d'apercevoir ? Lulu ? Oui, Lulu, mais il aura sa vie à lui bientôt et beaucoup de 14 juillet sans moi.

Morterolles, 15 juillet

Michel B. a mis en vente les deux cents lettres d'amour que Marcel Jouhandeau lui écrivit entre le 28 mars 1966 et le 20 août 1969. Dans le luxueux catalogue n° 3, Pierre-Adrien Yvinec nous les propose pour cent cinquante mille francs. A ce prix-là, on imagine qu'il s'agit des mots en or d'une folle passion.

Jouhandeau « amateur d'imprudences » connut beaucoup de folles passions. Il s'abandonnait sans discrétion, aussi aurait-il été le dernier scandalisé que l'on laisse en pâture sa prose la plus intime. Peut-être même qu'il y pensait en écrivant ? Si les démons de la chair ne sont pas incompatibles avec ceux de la littérature, on n'est pas obligé de passer aux aveux. Jouhandeau aura réussi ce miracle, vivre à genoux devant Dieu et devant les hommes sans jamais s'humilier. Et si je les achetais, ces lettres d'un vieillard à un garçon de vingt ans qui ne les méritait pas ? Sait-on jamais à qui l'on écrit « je t'aime » et d'autres choses moins graves, mais scabreuses ?

On ne trouvera pas une lettre de moi de ce genre, même à Stéphane, à personne je n'ai écrit « je t'aime ». Est-ce la crainte qu'on puisse faire commerce un jour de mes élans, de mes émois qui me retient ? La pudeur de mes faiblesses ? Celles de Jouhandeau pour Michel B. valent cent cinquante mille francs, c'est trop ou pas assez.

Il faudra croire mes amoureux sur parole, ils n'auront pas de preuves. Si Stéphane était encore entre mes bras, je n'aurais pas écrit pour le dire. Aussi longtemps qu'il m'aurait retenu sur sa bouche, je me serais tu. Ce journal est celui d'un homme qui ne sait pas écrire des lettres d'amour.

Morterolles, 16 juillet

Je voulais tout acheter, je vais vendre. C'est la même impatience qui me pousse aujourd'hui à me rassembler plutôt qu'à m'étendre. Ces maisons qui entourent la mienne sont mortes avant d'avoir vécu, elles m'appartiennent si peu que je passe sans les voir. Derrière leurs volets clos, elles attendent qu'on leur invente une autre histoire. Je ne les avais pas désirées, je les ai trouvées là, au milieu des champs, dont Stéphane rêvait pour ses chevaux. Je veux me défaire de tout ce qui ne sert à rien. J'ai la hantise de l'inutile, de ces papiers que l'on entasse dans des tiroirs jamais rangés, des bibelots de fêtes foraines, des cendriers par dizaines, des verres, encore des verres pour donner à boire à un régiment, des tournevis, des bouts de ficelle... Si je m'écoutais, je jetterais tout tout le temps, c'est un besoin physique irrépressible. Rien ne convient mieux à ma nature anxieuse que de venir à bout de l'encombrement d'un placard, de sortir vainqueur du fouillis, des factures et autres relevés de banque.

Ce mot fouillis fera sourire qui me voit vivre. J'appelle fouillis : les journaux du matin qui ne sont pas à la poubelle avant midi, un chandail qui traîne, une petite cuillère mélangée aux couteaux, un livre à l'envers dans ma bibliothèque. Chaque chose à sa place et moi à la mienne, que rien ni personne ne saura déranger. J'appelle fouillis tout ce qui menace ma santé mentale. On comprendra que je me tienne à distance des gens qui récupèrent des pneus de voiture pour faire joli devant leur maison au printemps avec des bégonias, et que me rassure le craquement des mâchoires d'acier des bennes à ordures. Elles ne se présentent que deux fois par semaine à Morterolles, mais qui s'en plaint à part moi ? On aimerait que les éboueurs, tels des miliciens armés de fourches et de jets d'eau, traquent chaque jour dès l'aube la pourriture du monde et fassent avaler leurs immondices à ceux qui se vautrent dessus. Leurs odeurs suffisent à les dénoncer. La plupart des gens d'ici ou d'ailleurs veulent mourir accroupis entre leur cave et leur grenier, ou à la rigueur dans un embouteillage du côté de Valence ou de Montélimar un 31 juillet.

De quelle infirmité suis-je victime pour ne pas supporter ce que chacun accepte allègrement : la mort et la merde ?

Je vais jeter, donner, brûler, vendre tout ce qui me tombera sous la main dont je saurai que faire. Trop de choses et de gens me cernent de trop près.

Je n'ai besoin de rien, que d'une petite chambre et d'un bureau bien rangés où je passerai le temps qui me reste à écrire que le monde est foutu et moi avec.

Morterolles, 17 juillet

Il neige au Brésil ! C'est la seule information rafraîchissante un peu originale de l'été. Les journaux télévisés pourraient rediffuser les images de l'an dernier, nous n'y verrions que du feu. Ça brûle dans le Midi, on se demande comment il reste encore un arbre là-bas et des hommes assez dévoués pour s'en aller périr dans les flammes de l'enfer. Ça brûle en Italie, dans les Balkans et en Grèce où il fait quarante à l'ombre. Que les pauvres fous qui ne jurent que par le soleil ne viennent pas se plaindre. De la neige aussi sur le Tour de France et des hordes d'abrutis sur le bord des routes qui se jettent dans les jambes des coureurs sans voir leurs gosses tomber sous les roues des caravanes publicitaires. Un enfant est dans le coma. Les vacances continuent.

Morterolles, 18 juillet

La Corse aux Corses, la Bretagne aux Bretons, le Pays basque aux Basques, le Berry aux Berrichons. Et la France ? A qui ? Aux enchères ! Jean-Pierre Chevènement sauve l'honneur de la République (je vais le lui écrire) en dénonçant les marchandages.

Et pourquoi pas la Savoie aux Italiens et l'Alsace aux Allemands ?

Morterolles, 19 juillet

Se relire est une épreuve, un exercice périlleux. Je viens de passer deux jours à débusquer les adverbes, les répétitions, les tics d'écriture que je ne corrige pas sur l'instant, emporté par ce que je veux dire, mais qui me découragent quand je les retrouve comme des cailloux plus ou moins gros, plus ou moins ronds, entre les lignes de ma vie. Alors je trie, j'inverse, je raye, mon crayon noir laisse des traces, des cicatrices. « Ces mots toujours les mêmes », dit Mauriac qui les place si bien, je les surveille de mon mieux, ils m'échappent, me malmènent et me sauvent. Comme mes tiroirs, mes pages doivent être rangées, débarrassées du superflu pour que je voie clair en moi-même. Ne pas se perdre de vue. Il s'agit d'éviter la complaisance ou le dénigrement systématique et de reprendre vite, malgré les doutes, un fil qui casse régulièrement.

Si l'on s'attarde un peu trop, le découragement nous guette. A quoi bon ? Pourquoi noter telle pensée mélancolique ou joyeuse ? Pour qui ? Avant de m'interrompre pour réfléchir à cela, j'ai laissé un enfant dans le coma au bord de la route du Tour de France. Il est mort et enterré aujourd'hui. Il y a des journalistes spécialisés dans les accidents de la route, on doit résister à l'émotion immédiate, à la colère, si l'on veut pouvoir se relire sans trop se désoler. Commencé à Quiberon en décembre dernier devant la mer en furie, ce récit des jours comme ils vont aura la valeur que les autres lui donneront, je ne dois pas m'en préoccuper plus que de raison, ou alors j'arrête de tourner autour de moi, je ravale mes larmes, je range mon stylo.

Qui oserait écrire : « Le temps est à la pluie de nouveau : mon mal de tête, ce matin, n'a sans doute pas d'autre cause. Hier matin, après des semaines de pluie, il a fait beau : aussitôt je me suis senti mieux. » Les maux de tête de Gide ne suffiront pas à excuser les nôtres. Bientôt nous serons vieux et si nous avons mal quelque part, nous l'écrirons quand même. La littérature sert à cela : nous guérir et nous consoler un peu.

184

Des hommes et des femmes qui occupaient hier encore une place considérable dans ma vie s'en sont allés, s'en vont comme des voleurs. En douce. D'autres provoquent des courants d'air et s'étonnent qu'ils les emportent.

Tant d'inconscience, d'inconstance accable. Moi qui n'envisage l'amitié et l'amour que dans la durée, je m'en veux après coup de m'être livré sans fard, les bras ouverts à ceux-là qui repartent le ventre plein, les lèvres closes. Il ne faut rien attendre de ceux à qui l'on donne tout, encore heureux s'ils nous pardonnent de les avoir aimés.

« Que sont mes amis devenus que j'avais de si près tenus et tant aimés ? » La chanson, commencée avec Rutebeuf, continuera après nous. Prudy la fredonnait hier tandis que nous jouions aux cartes et que, pour une fois, elle gagnait. Que sera-t-elle devenue Prudy dans six mois, dans un an, quand elle en aura eu assez de perdre aux cartes et que l'auront reprise ses démons marseillais ? Où Lulu se cachera-t-il, dans les bras de quel godelureau oubliera-t-il mes baisers ? Sur quelle java Zinzin prendra-t-il la tangente ? Et Jean-Claude et Martine ? La liste serait fastidieuse à dresser, sinistre à consulter, hérissée de points d'interrogation comme autant de doutes. Je n'ai jamais été sûr que de Stéphane. Encore aucune défaillance des sentiments chez ceux que je viens de citer, mais je ne prendrais pas de pari fou. J'en ai tant vu depuis trente ans, depuis deux ans surtout, défaillir follement, que rien ne pourra me surprendre.

Ce sont les gens les plus éloignés de moi, des inconnus qui m'ont le mieux lu et parlé le plus simplement de ce livre où je me tiens nu contre Stéphane, sans défense.

Hormis quelques-uns qui ont fait des tentatives touchantes, aucun de mes proches n'aura eu les mots que j'attendais. Rien : des bêtises, pire, des banalités.

Ils vont sursauter en lisant cela, qu'ils sachent que je leur trouve des excuses. Ils étaient là quand Stéphane est parti et ils l'ont aimé vraiment. De Julien seul, s'il n'avait pas déserté, j'aurais pu espérer mieux que des paroles convenues, il m'aurait cherché et accompagné dans ces pages où il passe sous un faux nom, il m'aurait appris par cœur et répété partout.

Morterolles, 21 juillet

Laurent T., le jeune homme rencontré à Divonne et qui aime tant danser le paso-doble, est arrivé hier. Les femmes sont contentes, elles le trouvent « propre et bien élevé ». Christiane lui a acheté du jus d'orange pur fruit. Examen de passage réussi donc pour lui qui rêvait de venir à Morterolles sur mes pas autour de l'église, de passer devant les fenêtres de la femme du Duc et de voir si Prudy ressemble bien au portrait que je fais d'elle dans ce livre qui ne me lâche pas.

Il l'a lu, il l'a bu, il en connaît tous les personnages, toutes les larmes. Que veut-il de moi maintenant ? J'ai essayé de le dissuader de me rejoindre, lui promettant l'ennui, le silence, le soleil, quelques vaches et trois moutons. Je lui ai répété que Morterolles n'existe pas, que c'est une invention de Stéphane, rien n'y fit, il est là et il a bien l'intention d'y rester. Que vais-je faire de lui ? Mon amant ? C'est réglé, il n'a pas eu la patience d'attendre que je termine ma sieste hier après-midi. Laurent T. a des allures de premier de la classe qui dévergonde le curé après les cours de latin. Il ne m'appelle pas Papa lui, même si c'est un père aussi et une terre qu'il cherche, un point fixe. Pourvu qu'il ne tombe pas amoureux. Je ne voudrais pas le voir pleurer.

J'avais mis la chemise jaune de Stéphane qui me donne bonne mine et Laurent m'a dit que j'étais beau. Faut-il que je le croie ? Je préfère éviter les miroirs qui le démentiraient. Face à face avec ce jeune homme qui me voit beau, je n'ai pas le choix : il faut que je le sois.

A l'encre verte. Alain Delon m'a écrit à l'encre verte une lettre datée du 14 juillet que je viens de recevoir à l'instant. On doit s'attendre à beaucoup de choses dans la vie, mais certainement pas à recevoir une lettre d'Alain Delon qui a peut-être d'autres occupations que nous. On a beau être revenu de tout, on la lit plusieurs fois, mais en prenant bien garde à ne pas nous croire pour autant « le phénix des hôtes de ces bois ».

« Quelques mots, cher Pascal Sevran, pour vous exprimer ma gratitude suite à l'extrême émotion ressentie à la lecture de *La Vie sans lui*, cet hymne à l'amour pour l'autre, cette mélodie bouleversante de sensibilité, de sincérité, de chagrin contenu, d'une profondeur d'âme hors du commun, ne peut laisser indifférent. Pas moi du moins !! Aujourd'hui je vous connais (un peu) grâce à Stéphane, votre cher regretté. Vous êtes quelqu'un d'admirable alors je vous admire. Point final. »

C'est un souvenir qui a dicté ma réponse à Alain Delon, un souvenir qu'il me donnait l'occasion inattendue de lui rappeler.

« Je n'ai pas oublié ce jour de mars 95 à l'Elysée où je vous ai vu surgir de l'assistance, la main tendue. Je vous entends encore me dire : "Vous ne l'avez pas volée", et je vous vois disparaître aussitôt, me laissant ému au garde-à-vous devant vous, devant François Mitterrand qui venait de me remettre cette Légion d'honneur qui bouleversa mes parents et Stéphane. Et ce matin votre lettre avec le prénom de Stéphane si joliment dessiné sous votre plume. Cette gloire immense qui est la vôtre, vous ne l'avez pas volée. Mais qui le nie ? Ce livre, s'il est beau, c'est parce qu'il ressemble à Stéphane. Merci de m'avoir si bien lu, si bien compris. Peut-être accepterez-vous d'être mon invité à dîner un soir de l'automne prochain ? Je partage avec vous tant de colères et de tendresses mêlées. Quoi qu'il arrive, cher Alain Delon, je voulais vous dire que je vous aime et que cela ne date pas d'hier. »

Je n'ai jamais été choqué d'entendre parfois Delon parler de lui à la troisième personne, c'est le privilège des rois. A quelle heure du jour ou de la nuit a-t-il lu mon livre ? L'a-t-il acheté ? Le lui a-t-on offert ? Peut-être préférera-t-il ne rien ajouter à sa lettre qui se termine par un « point final » qui pourrait signifier alors que tout est dit.

Morterolles, 23 juillet

Laurent T. a fait danser le paso-doble à la femme du Duc, la valse et la rumba aussi à ma sœur Jacqueline et à Prudy. C'était hier soir entre les tables de l'auberge limousine perdue dans les bois près de Saint-Pardoux où nous dînions.

Ce garçon plutôt réservé a une autorité époustouflante quand il s'agit d'improviser un bal n'importe où. Les filles à qui j'avais promis un cavalier émérite ne m'avaient pas cru, elles n'en sont pas revenues d'avoir tourné si bien avec lui sur un tapis de corde non prévu pour la danse. Laurent a les yeux gris-bleu, son regard la transparence des eaux vives des montagnes. Ce qu'il pourrait y avoir non pas de féminin mais d'enfantin dans son allure disparaît aussitôt qu'il s'adonne à la danse. Se dégagent alors de lui une force et une prestance insoupçonnées une seconde encore avant qu'il ne se lève. Quelques trilles d'accordéon le chavirent.

— J'ai le musette dans le sang, dit-il en s'élançant.

Le Duc et moi, assis devant nos bières, avons goûté en amateurs ces passes de toréador inspiré. Les clients partis, les patrons de l'auberge et leurs serveuses se rapprochèrent de la fête. Elle fut charmante. On croit avoir tout vu, tout entendu ou presque et puis non, un garçon qui s'ennuie à Genève vient vous dire sans rire : « J'ai le musette dans le sang », et l'on constate en effet qu'il n'y a rien de plus pressé pour lui dans la vie que de faire danser Prudy et la femme du Duc.

Elle lui a demandé s'il comptait rester un peu à Morterolles. « Aussi longtemps que Pascal le voudra », lui a-t-il répondu.

En me répétant cela sur l'instant, la femme du Duc, je l'ai compris, prenait date pour d'autres bals.

Laurent plaît et se plaît ici.

Il me vouvoie encore.

Morterolles, 24 juillet

Ne pas récupérer mes cauchemars, ni maudire le temps qu'il fait pour alimenter ce journal, ne pas geindre sur cette laryngite qui de nouveau me picote la gorge et le palais, ne pas, ne pas...

Il y a des matins pourtant où c'est mentir que de

parler d'autre chose. Alors je me tais. Pourquoi écrire cela qui n'aura plus d'objet demain ? Vers qui m'épancher en étant sûr de ne pas lasser ? J'en connais d'assez gentils prêts à m'écouter gémir, mais la pudeur m'étouffe, leurs tourments valent les miens, et ceux que je m'invente en prime ne pouvaient attendrir que ma mère et Stéphane. Aller me réfugier dans le giron de ma mère est un bonheur hors de saison, retrouver l'épaule de Stéphane un désir inaccessible. Pour moi, ils auront incarné l'amour absolu.

Morterolles, 25 juillet

De très nombreuses lettres parmi celles que je reçois quotidiennement mériteraient d'être publiées pour ce qu'elles révèlent de grandeur et de solitude.

Ces hommes et ces femmes que l'on croise dans la rue, chez l'épicier, dans les gares, que rien ne distingue de nous, qui achètent des timbres et du pain, comme ils sont blessés et dignes.

Ce que l'âme humaine est capable d'endurer dépasse l'entendement. S'ils se confient à moi, c'est, croient-ils, que je suis en état de les comprendre, de les aimer comme ils m'aiment. Je le suis, mais quelles douleurs certains jours ajoutées à la mienne. Quel chahut dans ma tête.

Morterolles, 26 juillet

Laurent T. n'est pas un garçon ordinaire. Sa mère ne l'a jamais embrassé.

— Je ne l'ai vue sourire qu'une fois, quand je suis parti à dix-huit ans. C'est le plus beau jour de ma vie, m'a-t-elle dit, plus loin tu seras de moi, mieux ça vaudra...

190

Il y aura une semaine demain qu'il est arrivé. A bon port ? Je ne l'entends même pas respirer, on le dirait assommé de bonheur mais il est là, vraiment là. Imperceptiblement, il se love au creux de la maison, de mes habitudes. Je le regarde faire son nid sans hésitation ni doute, avec méthode. J'ai l'impression qu'il veut se fondre en moi, ne plus jamais bouger d'ici. Laurent ne parle pas, il écoute de l'accordéon dans sa chambre en lisant mes premiers romans ou il s'en va se promener seul.

— Je suis seul depuis toujours. Mes parents faisaient moins attention à moi qu'à un chat, ils partaient en vacances sans me dire un mot, ils me laissaient les clés, je ne savais pas s'ils reviendraient. Je n'ai jamais mangé à table avec eux.

Il m'a dit cela doucement, non pas pour se faire plaindre mais pour répondre à mon étonnement de le voir se poser dans ma vie en douce, comme si c'était la chose la plus simple du monde de se poser dans ma vie, occupée par un autre si violemment.

Laurent n'entre pas dans mon bureau sans demander la permission.

— Je peux ?

Sa fragilité me bouleverse, mais sa force aussi qui lui a fait surmonter le désespoir. Des larmes de sa petite enfance il ne m'a rien dit. Pas encore.

Je voudrais le voir rire maintenant.

Morterolles, 27 juillet

Il y a une petite lampe en acier chromé dans un placard de l'hôpital Saint-Antoine que je n'irai jamais rechercher. Je l'avais prise dans le bureau de Stéphane, ici, pour la poser sur le chevet de sa chambre, là-bas où le néon blessait ses yeux. Elle aura éclairé

191

doucement sa dernière nuit. Je l'allumais chaque soir quand il allait s'endormir pour ne pas le laisser seul dans le noir et je tenais la porte ouverte pour que les filles du service le voient en passant dans le couloir qui mène à leur bureau. Elles l'appelaient Stéphane et firent la ronde autour de son lit aussi longtemps qu'il fut possible d'espérer, c'est l'une d'elles qui a éteint la petite lampe au lever du jour ce 16 octobre. Les femmes qui nous mettent au monde et nous aident à passer, Stéphane voulait qu'on les respecte.

Je voudrais en souvenir de lui tenir leurs visages dans mes mains, elles furent nos mères, nos sœurs, nos amantes. Elles me manquent. Stéphane les connaissait par leur prénom, il avait ses préférences, j'avais les miennes, nous nous arrangions très bien elles et nous. Nous, vivants.

En presque dix ans de séjours répétés, de rendez-vous d'urgence ou de routine, nous aurons eu une vie à l'hôpital Saint-Antoine, dans les rues et les cafés qui l'entourent, nous aurons été heureux et mal-heureux.

J'ai la nostalgie de ces jours où je remontais le faubourg de mon enfance avec lui qui allait mieux ou plus mal, avec lui sur une civière ou debout deux heures plus tard. Et cette fièvre incontrôlable qui dura dix semaines au printemps 1993, les draps qu'il fallait changer toutes les heures, les perfusions en rafales, les médecins qui inventaient chaque jour un nouveau cocktail d'antibiotiques, Stéphane qui fondait à vue d'œil et ces minutes interminables à ma montre, il en fallait quinze au moins pour que le Daffalgan à haute dose produise ses premiers effets. Au-delà, mon cœur s'affolait. Mes lèvres sur son front brûlant me brûlent encore aujourd'hui.

Et Martine, si menue, qui tremblait en cherchant

une veine encore intacte sur ses bras meurtris pour planter une aiguille censée le soulager. Quand elle n'y parvenait pas, elle pleurait.

Ces heures, insoutenables de brutalité, restent les plus secrètes et les plus fortes de notre amour. Je l'ai aimé à en perdre la raison sur ces lits d'hôpital où jamais il ne m'a paru plus grand, plus beau. Mon bonheur quand il se relevait, le bonheur fou, indicible, je l'ai connu quand je pouvais enfin m'abandonner aux larmes, la tête collée à la paroi métallique de l'ascenseur de service de l'hôpital Saint-Antoine. Ces jours-là, les plus denses de ma vie, comptent double. La petite lampe en acier chromé est éteinte. Il n'y a plus d'espoir. Je ne pleurerai plus jamais de bonheur.

Morterolles, 28 juillet

Zinzin, qui rentre de Moscou où il a donné un bal à l'ambassade de France, a dîné avec nous chez Françoise hier.

L'idée m'avait effleuré que nous irions ensemble retrouver Stéphane à Saint-Pardoux, nous asseoir sur le petit mur de pierre devant lui et poser nos mains jointes sur le marbre. Il l'aurait voulu mais je ne le lui ai pas proposé. Aussitôt la démarche m'a paru inconsidérée, théâtrale. Nous n'aurions pas tenu deux minutes, le chagrin nous aurait disloqués. Il ne faut pas jouer à se faire mal. Je suis parti pour commander une table en chêne dans un magasin de La Souterraine sur laquelle j'écrirai dès l'automne prochain. Zinzin est allé à Saint-Pardoux seul puis nous avons bu du vin de Cahors près du feu de la cheminée du Moulin. Fin juillet, c'est un cadeau du ciel.

Je ne l'ai pas vu arriver dans ma vie, je ne l'entends pas monter l'escalier de mon bureau. Laurent T. s'installe exactement là où je ne l'attendais pas, sur le bord de mon cœur, sans se faire remarquer, avec la prudence d'un Sioux.

Une brave mère de famille explique à la télévision que le bonheur pour elle consiste à écrire des romans pornographiques sous le portrait de Jean-Paul II et qu'elle ne fait aucune différence entre les plaisirs de la chair et ceux de la prière. A genoux dans les deux cas ! Voilà une bonne dame qui eût enchanté Léautaud. Il l'aurait troussée sans précaution au nom de Dieu.

Plus sérieusement, une femme écrit à Montherlant : « Vous êtes étrange à parler du bonheur ! Ce sont les femmes d'ordinaire qui bêlent sur le bonheur et c'est affaire de petites gens. » Un peu méprisant, mais bien vu. Il y a en effet dans le bonheur une gravité qui échappe à celles qui s'étourdissent de son illusion.

Coco Chanel est encore plus radicale : « Je ne crois pas à la faiblesse des femmes, je ne crois qu'à la force de leur faiblesse. On donne beaucoup trop d'importance aux femmes, on ferait mieux de leur donner un homme. Une femme qui n'est pas aimée est une femme perdue. »

La claque est sévère mais salutaire dans un monde où l'on voit des pauvres petites courir à la caserne, sur les champs de tir, sur les rings, sur les stades de football. Elles n'ont plus d'autre ambition que de se mêler à des jeux qui ne sont pas pour elles. Mademoiselle Chanel serait scandalisée comme nous le sommes devant ce spectacle dégoûtant. Il faut avoir

perdu le sens commun pour se réjouir de cette dis-
grâce fatale qui commence au milieu des années
soixante-dix quand monsieur Giscard d'Estaing, qui
veut faire le moderne, envoie les garçons à l'école des
filles, dérègle l'ordre des choses et du temps, défie les
lois naturelles de la vie, change les heures du jour
et de la nuit et s'étonne après d'être remercié sans
ménagement.

Simone Veil, heureusement, aura sauvé l'honneur
de sa présidence plus utilement en rendant aux
femmes le droit de s'abandonner sous le portrait du
pape sans avoir honte de leur ventre.

Morterolles, 30 juillet

Je n'écris plus de chansons depuis deux ans. Le
petit magnétophone à cassettes qui a tant servi autrefois n'a plus de piles. Ce ne sont pas les piles qui me
manquent, c'est l'envie de mettre des mots en
musique. Les mots que je cherche ne chantent pas, je
les trouve dans le silence qui est tombé pour toujours
sur cette maison quand Stéphane l'a quittée.

Le vertige de la page blanche est un des effets
secondaires de l'abus des mots. Des maux ? On a
beau le savoir, la même angoisse nous saisit chaque
fois qu'il nous prend la tentation du vide. Si rien
ne sert à rien, autant se jeter à l'eau ! Nous sommes
des pêcheurs à la ligne que le courant emporte ou
désespère, mais qui ne bougeront pas avant la fin du
jour.

L'épicière de Saint-Pardoux vendait *Cinémonde*, un journal à la mode où l'on parlait de Marilyn Monroe qui venait de mourir à Hollywood. C'était l'été de mes quinze ans, un jour comme aujourd'hui, quand les vaches ont des mouches plein les yeux et que les petits garçons font la sieste avec leurs cousines. Je ne faisais pas la sieste, je collais des photos d'actrices et de chanteurs sur des cahiers à petits carreaux où j'inscrivais mon nom en lettres majuscules. Mon père considérait que ce n'était pas une occupation normale quand j'aurais pu jouer au volley-ball ou l'aider à rentrer du bois pour l'hiver. Stéphane n'était pas né. J'allais à Saint-Pardoux à vélo et je passais devant le joli cimetière le cœur léger en chantant des airs de twist. Je rêvais de Cannes et de Monte-Carlo, si loin de Limoges. Je pourrais me divertir là-bas aujourd'hui, traînant après moi une clique de jeunes gens empressés et gourmands. Je n'en connais pas un qui résisterait à une suite au Carlton où nous croiserions quelques émirs en djellaba et des pin-up de M6. Rien de nouveau ? Si, la mafia russe, me dit-on. Drôle de monde en vérité qui fascine les gogos qui croient tout ce que racontent les journaux et la télévision.

Michel vient de m'appeler au téléphone, il part en vacances... à Saint-Tropez naturellement.

— Vous venez avec moi, monsieur ? Ça serait super...

Il n'y a plus que les chauffeurs pour s'amuser à Saint-Tropez et s'en vanter à leurs patrons. Michel se fera inviter à la dernière nuit blanche d'Eddie Barclay, il me représentera très bien. Il a du chic et des plaisirs démodés. Il y a bien longtemps que je ne rêve

plus de ces contrées mirobolantes alors qu'il me suffirait de donner le code de ma carte bancaire pour me
les offrir et m'en aller faire l'intéressant sur des
plages privées où s'entassent comme du bétail des
millionnaires et des campeurs. Ce mélange écœurant
de rosé de Provence et d'ambre solaire, ils appellent
cela « faire la fête ».

Elle est finie, Barclay le sait bien, lui qui s'en va
planter ses choux ailleurs. Il vend sa légende. Nos
premiers 45-tours portaient son nom en lettres jaunes,
nous les avons perdus avec notre jeunesse.

Morterolles, 1ᵉʳ août

Le comportement de la plupart des gens m'est incompréhensible. Je les regarde, affligé, aller, venir et finalement se perdre. Des toupies folles. Ils ne font pas ce qu'ils disent, ils ne disent pas ce qu'ils font. Le savent-ils ?

La manie du secret, la mythomanie sont les signes cliniques de ceux qui n'ont rien à faire, rien à cacher, on les reconnaît facilement : ils sont débordés. Ils rient pour rien et geignent pour la même chose, ils boivent l'apéritif, déjeunent en plein soleil, ralentissent sur l'autoroute pour voir si l'accident est grave et leur chat saute par la fenêtre. Ils disent que tout va bien et ils le croient. Personne ne se reconnaîtra, mais c'est plus fort que moi, je ne décolère pas contre le genre humain qui me fait pourtant monter les larmes aux yeux plus souvent qu'à mon tour. Je suis ainsi fait : sensible aux autres et pour cela intransigeant quand ils se tiennent mal, la bave aux lèvres devant les cours d'assises et qu'ils réclament la mort quand l'assassin est parmi eux.

Si je voulais être cynique sans me forcer trop, « taquin », dirait ma mère (qui sait de qui elle parle), j'écrirais sans hésiter : seules les foules qui m'applaudissent trouvent grâce à mes yeux. Ce à quoi j'entends Stéphane me répondre aussi sec : « Tu ne manques pas d'air, mon coq ! »

198

Pourquoi mentir ? Aux démagogues de l'Eglise et de l'Etat, à ceux des stades et des music-halls qui chantent la gloire du genre humain, à Jean-Jacques Rousseau qui les protège, j'oppose le désordre et la violence du monde. Sauf le respect que l'on doit au promeneur solitaire, il nous promène.

La misanthropie n'est pas un défaut, c'est une précaution.

Morterolles, 2 août

Le matin, je ne veux voir personne, les amis de passage doivent s'organiser sans moi. Christiane qui connaît leurs habitudes tient salon dans la cuisine. Un murmure, des rires parfois parviennent jusqu'à ma chambre où je dissipe mes cauchemars à la lecture des journaux pour retarder l'instant de plonger dans ma vie. Je regarde les optimistes qui bondissent de leur lit comme un infirme les athlètes sur le stade. Je pense à Stéphane dans sa splendeur, triomphant dès son réveil, offert à la vie, au jour nouveau. Stéphane disposé au bonheur comme je n'ai jamais su l'être.

Morterolles, 3 août

Je soupçonne Laurent T. d'avoir appris par cœur « Morterolles, mode d'emploi ». Il n'a pas fait un geste, pas dit un mot qui ne soient en harmonie avec le décor et mon âme. J'attends qu'il se lasse des rites et de la monotonie des jours qui se suivent et se ressemblent à ma convenance, à ma cadence. Il faut la prendre ou me laisser. Il s'applique à ne paraître étonné de rien, on pourrait croire qu'il ne remarque rien, alors qu'il est attentif à la moindre fleur qui flanche, à la barque qui prend l'eau, aux volets mal fermés, au fond de vin blanc qui reste dans la carafe. Laurent ne pose pas de questions, il ne se demande pas pourquoi il est là. Il invente une place qui n'existait pas avant lui.

Je lui avais dit : « Ne viens pas, l'idée que tu as de Morterolles et de moi n'est sans doute pas la bonne, tu seras déçu... »

— Tout ici est comme je l'imaginais, même vous.

Ce fut tout. Laurent ne fait pas de phrases, ne s'exclame pas de joie. Ce garçon qui n'a de son enfance que des souvenirs de bals musettes cultive le genre réservé que l'on prend dans les pensionnats chics de la Suisse protestante. Il m'intrigue.

Morterolles, 4 août

Sur le grand pan du mur à gauche de l'escalier qui monte vers le bureau de Stéphane, nous avions accroché des affiches de spectacles. Nos visages et nos noms se confondent, se répondent là depuis treize ans. Des images et des jours qui nous racontent lui et moi. Je vais les faire enlever, j'ai tout dans la tête : salles de fêtes introuvables aujourd'hui, théâtre de l'Eldorado où il était si beau, l'Olympia de Paris, la foire des jardiniers amateurs à Fontenay-aux-Roses, l'Elysée-Montmartre sur un ring. Barcelone, Vierzon, Charleroi, Montreuil-sous-Bois. Farandoles d'autrefois. Dans la loge de Maurice Chevalier au Casino, dans une roulotte mal chauffée, dans un hangar, n'importe où, j'ai été heureux comme il n'est pas permis de l'être. Les foules nous attendaient, il venait de chanter juste avant moi, je l'avais embrassé à sa sortie de scène et repoussé pour qu'il retourne se faire applaudir. Comme il chantait bien ! Il arrangeait le col de ma chemise, il m'embrassait encore et c'était mon tour de « gloire ».

J'écris cela tandis que René, le peintre, perché sur sa grande échelle, dépose une à une ces affiches passées de notre vie en couleurs. À la Toussaint, nous changerons le papier gris pour du bleu nuit, et nous mettrons à leur place un portrait de Stéphane, seul dominant le vide.

Morterolles, 5 août

— Il faut penser à vous maintenant, hein !

Je suis allongé. Le docteur T. va pratiquer sur moi une échographie abdominale, examen de routine auquel je me soumets, non sans appréhension, chaque été à la même date, à la même heure. Presque un rituel.

Le docteur T. ne m'a pas fait attendre longtemps seul, deux minutes à peine, juste le temps pour moi d'appeler Stéphane à mon secours, de l'adorer ici, dans cette pièce étroite où il commença de mourir, de le revoir allongé là, sur la même petite table d'opération où il passa si souvent, plus confiant, plus courageux que moi.

Clinique François-Chenieux, avenue de la Libération. On longe la Vienne et l'on tourne, quatrième rue à droite après les jardins de l'Evêché. Nous venions ensemble aux visites, plus souvent pour lui que pour moi, mon angoisse était la même, et ensemble nous repartions soulagés, le cœur content. Ah, ces virées dans Limoges ces jours-là pour acheter tout et n'importe quoi, des éclairs au chocolat, des fleurs par brassées, des bougies, des porte-parapluies et d'autres choses inutiles quand le docteur T. nous relâchait avec ses compliments.

Un jour, il y aura deux ans à la fin du mois, il n'a relâché que moi. Je suis rentré seul à Morterolles où Stéphane ne devait jamais revenir.

Je n'avais plus revu le docteur T. depuis ce jour où il signa l'autorisation de transfert de Stéphane pour l'hôpital Saint-Antoine. Sa poignée de main est cordiale, le ton énergique.

— Il faut penser à vous maintenant, hein !

Il me dit cela alors qu'évidemment nous pensons à lui tous les deux au même instant, et que je vais continuer moi d'y penser le reste de ma vie.

Je ne bronche pas tandis qu'il promène sur mon ventre une caméra ronde et douce qui filme mes entrailles nouées.

— Impeccable, me dit-il, impeccable...

Je respire maintenant. Il me tend des serviettes en papier du genre de celles qu'on utilise après l'amour pour que j'essuie le gel gluant qui comme le sperme devient liquide sur nos ventres apaisés. C'est fini. Laurent T., qui a voulu absolument m'accompagner, s'étonne de me voir réapparaître si vite, il fait les cent pas dans le hall.

— Déjà ? Et alors ?

— Ça va, me voilà rassuré pour trois heures au moins, lui dis-je afin qu'il ne se méprenne pas sur mon apparente insouciance.

— Ça nous laisse quand même le temps d'aller faire des courses à Limoges, non ?

Laurent T. a de l'humour. Je ne pouvais pas lui refuser ce plaisir. Nous avons dévalisé un magasin de luminaires et un marchand de fleurs. Remake. On me passera le mot. Je n'en vois pas d'autre.

Morterolles, 6 août

J'ai vendu à des bouquinistes de la région un millier de livres, des affiches, des photos, des magazines de cinéma et de chansons. Des « trésors » devenus inutiles que j'entassais au presbytère avec l'idée qu'un jour peut-être j'éprouverais un besoin physique de les toucher. De les savoir là, à ma disposition, me rassurait. Ce n'est plus le cas, ces piles, ces paquets, ces rouleaux m'inquiètent, m'encombrent. A quoi servent les livres, les journaux qu'on ne lit plus, les disques qu'on n'écoute plus ? A se salir les mains, à s'abîmer le cœur si l'on songe que c'est notre jeunesse qui s'éparpille quand on croit la rassembler. Je me sens plus léger ce matin, plus disponible à la vie. J'ai vu partir sans regret des centaines de kilos de papiers qui vont tomber dans d'autres mains accueillantes. Tout cela pesait trop lourd pour moi, un poids mort. Lorsque la tentation du nettoyage par le vide, par le feu, me reprend, ce n'est pas le renoncement qui me pousse mais une vitalité retrouvée qui m'entraîne. C'est une manie de vieux d'entasser pour plus tard, de posséder pour posséder, des draps, des fourchettes, des phonographes, des briquets, mais il est déjà trop tard, on n'a plus de dents, plus d'appétit, il fait froid et l'on contemple, chancelants, nos illusions dans la poussière. Il faut vendre vite, tout brûler et jeter par les fenêtres les draps qui nous serviront de linceul.

Il est trop tôt pour mourir.

Morterolles, 7 août

— Je resterai à Morterolles aussi longtemps que vous le voudrez.

Il m'a dit cela sur le ton le plus naturel qui soit, sans se départir de ce quant-à-soi qui lui va si bien. Cette manière paisible qu'il a de passer aux aveux en douceur me confond. Du grand art ! Son regard clair s'éclaire encore et s'agrandit quand il me fixe et me dit :

— Je resterai à Morterolles aussi longtemps que vous le voudrez...

Laurent T. ne m'a pas encore dit : « Je vous aime. » Timide et prudent, il considère sans doute que cela va sans dire.

A deux ou trois reprises depuis qu'il est là, j'ai failli l'inviter à me tutoyer pour me raviser aussitôt. Au fond, je crois que ce vous lui convient parfaitement, qui lui permet de se placer sur un registre qui n'était pas celui de Stéphane et qui n'est pas celui de Lulu.

La marge est étroite, mais elle sera son privilège. Pourvu qu'il puisse danser au moins une fois par semaine, Laurent sera content. Nous lui trouverons des bals dans la région et les femmes se battront pour l'approcher.

Morterolles, 8 août

L'odeur aigrelette et rousse de la confiture d'abricots que ma mère tourne avec une cuillère en bois dans une grande bassine de cuivre, les abeilles qui s'affolent autour d'elle, l'odeur piquante, rousse également, de l'encaustique que l'on frotte sur la table et les buffets de la cuisine. L'été autrefois. Le seau en fer-blanc rempli de l'eau glacée que mon père vient de tirer du puits, le vin qui goutte au tonneau dans le hucher où pend un jambon « de pays », nos vélos, nos Vélo-Solex. Ma mère. Mon enfance ici à l'âge idiot des vacances quand on ne sait pas quoi faire de sa peau, que nos chemisettes nous collent à la peau et qu'il est l'heure de mettre le couvert alors que nous rêvons justement de tailler la route.

Morterolles, 9 août

Le cimetière de Guéret est situé sur la partie haute de la vieille ville. Il descend en pente douce sur le versant ouest et domine ainsi des prés, des collines et des bois qui séparent la Creuse de la Haute-Vienne. Un chef-d'œuvre de douceur et d'harmonie. La France elle-même dans sa splendeur ! Hier en fin d'après-midi, à l'heure où le soleil est le moins brutal, nous avons cherché longtemps le caveau de famille des Blanchet-Jouhandeau. Je voulais m'arrêter un instant devant la pierre sous laquelle sont enterrés les chers parents de l'écrivain, marcher dans les allées qui guidèrent ses pas et virent défiler le petit monde de Chaminadour au début du siècle qui s'achève.

Que d'ombres familières pour moi entre ces tombes où je vois passer en un cortège impeccable Prudence Hautechaume, madame Pô, les sœurs Pincengrain, Clodomir l'assassin, sœur Ildefonse, d'autres, tant d'autres dont les noms s'effacent sur la pierre qui s'effrite. Des femmes, surtout, en habit noir, le chignon correctement retenu sous leur chapeau, des femmes qui montaient après les vêpres visiter leurs morts là où elles reposent à leur tour, oubliées, décomposées sous des concessions à perpétuité que l'on croirait avoir été bombardées.

Marie Jouhandeau, née Blanchet, raconte très bien dans les lettres à son fils la lancinante procession qui la conduisait chaque jour de l'église au cimetière, elle se gausse des rivalités de chaisières qui font le charme des enterrements où chacune se faisait une gloire de paraître. Ah, on ne s'ennuyait pas ici « dans les temps », si l'on voulait se changer les idées, le cimetière offrait aux femmes une occupation convenable et finalement plaisante.

Je pensais à tout cela en découvrant les lieux mêmes qui devaient inspirer à la mère et au fils quelques pages choisies de la littérature française.

J'avais proposé à Alain Paucard, que nous venions d'aller chercher à la gare de La Souterraine, de commencer son séjour en Limousin sur les traces de ce bon Marcel.

— J'allais t'en prier, me dit-il.

Un quart d'heure plus tard, Prudy achetait un panama chez la jeune modiste qui vient d'ouvrir boutique devant la boucherie où est né Jouhandeau.

Dans quelle autre ville de France ouvre-t-on une boutique de modiste à l'aube du troisième millénaire ? On voudrait croire qu'il reste à Guéret quelques dames assez originales pour se faire remarquer à la foire, tête haute, en chapeau, mais rien n'est moins sûr, il n'y a plus de foire, il n'y a plus de vêpres, il n'y a plus que moi pour vouloir que Guéret se distingue du reste du monde. Personne ne sait de qui je parle quand je prononce ce nom propre : Jouhandeau.

— Comment dites-vous ?

— Jouhandeau avec un J et un H.

Sans être trop optimiste on pouvait au moins espérer que le préposé aux écritures du cimetière ne tomberait pas des nues.

— Vous êtes bien sûr du nom ?

L'homme manipule des fiches de carton blanc où sont répertoriées, numérotées, les sépultures.

— J'ai un Jouaneau allée principale, carré 31, à droite. Jouaneau, c'est sûrement lui.

Comme Paucard et Prudy veulent vérifier les fiches eux-mêmes, il les leur arrache des mains en criant au sacrilège. Je répète :

— Jouhandeau, avec un J, monsieur, avec un H au milieu.

— Alors non, il n'y a pas de H dans les fiches, vous devez faire erreur...

Un sketch ! Une honte ! Mais d'abord la confirmation de ce que nous savons : nous ne sommes rien et ceux qui viendront nous visiter là où nous serons quand nous ne serons plus devront vérifier l'orthographe de nos noms. Mais qui viendra ?

Après avoir quadrillé le périmètre du vieux cimetière qui s'enfonce par endroits, où des tombes brisées par le gel se chevauchent, nous allions repartir. Je m'éloignais avec Paucard aussi affligé que moi quand Laurent T. nous rappela, il venait de trouver à dix mètres de l'entrée, à gauche de l'allée centrale, la pierre grise mousseuse mais solide où s'inscrit en lettres dorées juste repeintes : Blanchet-Jouhandeau. Pas de date, aucune autre précision, pas de fleurs, rien, seulement nous devant la tombe « sacrée » que l'écrivain faisait rouvrir en 1963 pour une cérémonie qu'il intitula : « Confrontation avec la poussière ».

J'ai posé mes deux mains à plat sur la pierre qu'un maçon de la Creuse tailla « dans les temps », quand il y avait des modistes à Guéret, un archevêque et des enterrements tous les jours.

Jouhandeau aurait aimé que ce soit un jeune homme qui nous conduise sur la tombe de ses parents.

Morterolles, 10 août

— Attention, me dit-il, le beau style ne doit pas se voir.

Pierre S. a raison de me rappeler cette règle d'or. Il juge un peu « trop balancée » la page du 6 août que j'ai eu l'imprudence de lui lire par téléphone. Quand je lis, je chante et je cadence les phrases, ce qui accentue encore un lyrisme mal contrôlé. Comme le chic anglais, la prose française demande beaucoup de discrétion. Je vais surveiller la mienne.

Morterolles, 11 août

Roulez tambours, cloches sonnez, Lulu est arrivé !

En moins de temps qu'il n'en faut pour le dire, il plongeait au milieu de l'étang où Laurent T., qui le guettait, l'a rejoint aussitôt.

Et les voilà en barque sous ma fenêtre, déjà copains, à discuter des mérites comparés de leurs bronzages et de la qualité de l'eau transparente où les carpes s'alanguissent. C'est Laurent T. qui rame.

Depuis hier après-midi ils ne se quittent plus, d'emblée ils se sont reconnus : fils élus, fiers et joyeux d'être là, sûrs que personne ne viendra leur disputer ce privilège. Aucune rivalité entre eux n'est envisageable, ils se croient uniques et pour cela ils le sont.

Sans laisser deviner son impatience, Laurent brûlait de connaître enfin ce Lulu que précèdent désormais là où il passe les trompettes de la renommée.

— Je reçois des lettres de partout à cause de toi, Papou.

— A cause de moi ?

— Oui enfin grâce à toi, que des choses belles sur nous deux...

Je crains parfois de l'avoir auréolé d'un prestige qui ne serait pas à sa mesure, mais non, je le regarde voler comme un ange à la hauteur de sa réputation. « Arsouille » et dragueur, irrésistible. Je l'ai trouvé à midi, devant la maison, à l'heure de l'embauche, tenant la jactance à mes jardiniers, visiblement enchantés par tant de grâce. La présence de ce garçon modifie le comportement de ceux qu'il approche.

— Vous avez raison, il est magnifique, Lulu.

Laurent n'est pas jaloux, il a une belle âme. Ils sont beaux tous les deux, allongés torse nu sur la moquette de leur chambre. Poids et haltères à bout de bras, ils font leur gymnastique en écoutant des disques d'Edith Piaf et de Sylvie Vartan.

Lulu dit que Laurent est « super gentil » et qu'il va lui apprendre à danser le tango.

Morterolles, 12 août

Marie-Christine a l'âge où les femmes sont défaites ou splendides, un peu avant ou juste après quarante-cinq ans. Elle vient d'épouser en secondes noces Jacky, mon pianiste. Ce n'est pas grave, on les dirait fiancés. Il a bien fait de toute façon de lui dire oui. Elle était splendide la nuit dernière sur la terrasse, dans les bras de Laurent T. qui la serrait de près en dansant une valse sous le tilleul, devant ma chambre.

Marie-Christine a les cheveux courts, blond cendré, et de longues robes imprimées qui volent façon gitane sur ses pieds nus. Lulu dit qu'elle ressemble à une actrice dont il a oublié le nom.

Extérieur nuit en été : pas un souffle de vent, pas un papillon autour de la lampe jaune accrochée dans le lierre, l'étang retient la lune dans l'eau et l'éclaire le temps d'une valse. Du cinéma en effet ! Laurent et Marie-Christine dansent, couple imprévu une seconde avant la musique. Presque rien, juste un instant de grâce qu'on ne peut pas organiser. Aurions-nous voulu l'écrire, cette séquence de film, qu'elle nous aurait paru trop belle, trop parfaite pour être vraisemblable, mais il était dit depuis la veille déjà que Lulu nous épaterait en dansant le tango.

Morterolles, 15 août

Bernard Morlino se souviendra de moi. S'il en est un à qui l'on pourra faire confiance quand je ne serai plus là pour me défendre, c'est bien à lui, qui m'a vu écrire mes premiers livres et les connaît mieux que moi. Il faudra le croire s'il lui arrive de répondre à qui voudra savoir ce qui m'emportait à trente ans. Je les ai eus avant lui, près de lui qui ne me quittait pas, nous avons beaucoup parlé tous les deux de l'amour, de la mort en écoutant Léo Ferré. La mort obsède Bernard plus encore que moi si c'est possible. Celle de l'écrivain Louis Nucéra, fauché par une voiture sur le bord d'une route du vieux Nice où il se promenait à bicyclette, l'a mis en état de choc. Je savais qu'ils se connaissaient, j'ignorais à quel point ils étaient liés.

— Il me lisait son dernier livre page après page, à mesure qu'il l'écrivait, comme toi autrefois. Je lui imitais Chardonne, il adorait cela. C'était quelqu'un Louis, je t'assure, un peu Fausto Coppi, un peu Louis Guilloux, un vrai, un pur, un fils du peuple comme nous qui n'était pas plus politiquement correct que nous. Un fils de communistes avec son certificat d'études comme toi, vous auriez dû mieux vous connaître...

Bernard est bouleversé, il attend un médecin qui lui confirmera que les violentes douleurs qui l'oppressent à la poitrine sont dues à l'angoisse, en l'attendant il veut que je pleure Nucéra avec lui. Il n'a pas oublié le jugement effronté que je portais il y a longtemps déjà sur la littérature de son ami. Il me cite mot pour mot, mais ne me reproche rien, il veut seulement me convaincre de le relire mieux et de ne pas me braquer sur les chats.

— Je lui avais dit moi aussi : « Louis, tu m'emmerdes avec tes chats », il ne m'en a plus jamais reparlé, quelle classe il avait ! Oublie les chats, oublie Nice, crois-moi c'était un écrivain de ceux qu'on aime. Je te dérange ?

Non, il ne me dérange pas, je l'écoute avec tendresse, mais ses filles piaillent à côté de lui tandis qu'il me dit son chagrin, sa colère devant la mort et je n'ose pas lui demander de faire taire ses filles, car je suis sûr qu'il ne les entend pas.

Bernard a eu des filles avec une femme très belle, émouvante, qui avait déjà une fille. Je ne voudrais pas être à sa place. Il va parfois en vacances avec elles dans le Vaucluse comme si Nice ne suffisait pas. Aucun homme pourtant n'est plus proche de moi que lui.

— L'enterrement a été atroce, cette avalanche de mots inutilement grandioses du curé, c'est tout ce que Louis détestait.

J'avais rendez-vous avec Nucéra en septembre à la télévision pour qu'il évoque les fantômes du Lapin agile, ce cabaret dans les vignes, au coin de la rue Saint-Vincent où flotte encore l'écharpe rouge de Bruant, fanion misérable de nos mélancolies.

Nous avons beaucoup aimé les chansons de la Butte, Bernard et moi. Il était ému de croiser Dalida, ma voisine, et nous prenions chaque matin des nouvelles de madame Simone et de Violette Leduc.

— Tout est foutu d'avance, on en est sûr maintenant !

Comme les vrais pessimistes, Bernard est sincère quand il dit cela mais il écrit des livres sur Philippe Soupault et Roland Garros, il photographie Samuel Beckett de dos à l'enterrement de Roger Blin et connaît par leur prénom les strip-teaseuses du boulevard de Clichy, il se ferait damner pour Eric Cantona. C'est un amoureux fou. Avec moi, il a rencontré Emmanuel Berl (dont il est le biographe inspiré) et Mitterrand, que nous avons appris par cœur.

Sans moi, il a pris le train avec Jean-Marie Le Clézio, dérivé la nuit avec Claude Nougaro, attendu au guichet de la poste avec Alphonse Boudard qui lui disait : « Toi, tu n'as pas l'amitié périphérique » ; il raconte cela parfois dans des journaux. Bernard a beaucoup fréquenté les comédiennes, les footballeurs, et moi. Si nous ne dînons plus ensemble, il poursuit par téléphone notre conversation commencée il y a vingt-cinq ans, quand nous étions payés pour inventer des malheurs à la reine d'Angleterre et que nous courions le soir rue Montpensier écouter Berl nous parler de Blum et de Paul Reynaud. Il jubile :

— Il n'y avait que nous pour nous intéresser à Hélène de Portes, à Josette Clotis, à Mary Marquet, ces femmes de ministère qui enchantèrent notre jeunesse. Il n'y a plus que toi au monde pour t'occuper de Jouhandeau et des joueurs d'accordéon...

Bernard ne viendra me rejoindre ni à Guéret ni au bal musette, il continuera de me suivre de loin. Il passera peut-être l'hiver prochain à Montmartre un matin pour m'embrasser. Ce n'est pas certain. S'il a pris du ventre, il ne voudra pas que je le voie.

Morterolles, 16 août

Je n'irai pas sur la tombe du maréchal Pétain la semaine prochaine à l'île d'Yeu. Didier sera déçu car il se réjouissait de m'entraîner chez lui en Vendée « où l'air de la mer te fera du bien ». J'avais promis, l'idée m'amusait, mais je renonce à bouger, il fait trop chaud et l'on me dit que par là-bas aussi il y a des gens qui se trimbalent en short dans les cimetières en sortant des supermarchés. L'été est vulgaire partout où il y a la mer et des parasols.

Dommage, cela m'aurait distrait de scandaliser les crétins en écrivant : « Je suis allé visiter la tombe du maréchal Pétain. » Pétain un héros pour nos grands-parents, un traître pour nos parents, une mine d'or pour Bernard Frank. Personne pour Lulu et Laurent qui ne savent même pas qui est de Gaulle. Ils sont partis se baigner au Moulin chez Françoise.

Morterolles, 17 août

Dans un autoportrait paru en 1981 à l'Age d'Homme sous le titre *Critique et autocritique*, Pierre Gripari se présente à nous en deux mots : « pessimiste et athée ». Le pléonasme est un peu gros, voulu sans doute, mais il me va bien. Sans la vigilance d'Alain Paucard qui réussit même à le faire éditer en Russie, qui se souviendrait d'un écrivain inconnu et mort depuis dix ans ? *Pierrot la lune* est un livre fort. Je viens d'envoyer deux cents francs à l'association des Amis de Pierre Gripari. Des gens bien.

Il y avait une brocante dans les rues de Saint-Pardoux samedi dernier. Des groupes folkloriques chantaient et dansaient devant la mairie, à moins de cent mètres de la tombe de Stéphane. Je n'ai pas pleuré. J'ai flâné une heure parmi la foule en souriant à ceux qui venaient vers moi gentiment, la main tendue, j'ai tiré à la carabine pour épater Lulu et Laurent. Autour de l'église les marchands d'un jour, qui avaient vidé pour cela leurs greniers et leurs buffets de grand-mère, proposaient des pendules arrêtées, des pots de confitures vides, des soldats de plomb, des miroirs brisés. Je pensais que Prudy aurait dû profiter de l'occasion pour nous débarrasser de son fourbi, je faisais un effort pour paraître m'intéresser à ce bric-à-brac dont Stéphane aurait fait son affaire avec entrain. En réalité je me traînais, escorté de deux anges ; les gens qui nous regardaient passer ont pu croire que j'allais bien, certains m'ont vu lancer des boules de son sur des boîtes de conserve. Lulu vise mieux que moi, il a gagné une bouteille de cidre. Comment ai-je pu me laisser aller à ces divertissements légers sans tomber à genoux à quelques pas de lui qui n'entend plus la fête ?

Est-ce bien moi que l'on salue ? Suis-je bien celui qui chante ? La vie sans lui, ce n'est pas seulement le titre d'un livre, c'est une marche à pas comptés, sans repères, sans but. Je tourne autour de moi.

Morterolles, 19 août

Sept noms. J'ai rayé sept noms hier après-midi dans la nouvelle version du testament que je veux remettre à maître D. avant la fin du mois. Comme je ne laisserai pas la loi du plus fort régner sur ma tombe, je me condamne jusqu'à mon dernier souffle à revoir une liste que je veux impeccable. Au moins que l'on ne se moque pas de moi !

Ce petit jeu qui consiste à reprendre ce que l'on a

donné ne me convient pas du tout, je n'éprouve aucun sentiment de puissance, mais au contraire un sentiment d'échec. Ce pouvoir-là est déjà celui d'un mort. Je m'en passerais bien.

Hier donc au lieu d'écrire ce journal, j'ai fait cela : réviser mon testament à la lumière de ce que je sais maintenant du comportement de certains, contraint aussi par la dérobade d'autres, plus intimes, que je voulais irréprochables. J'ai trié le « bon grain de l'ivraie » en sachant bien que, tôt ou tard, j'aurai à me reprendre. On peut même imaginer des retours en grâce imprévisibles à ce jour. Au point où j'en suis, je dois m'attendre à tout.

Combien y aura-t-il au bout du compte de versions de ce texte trop sentimental au fond sinon dans la forme ? Je crains qu'elles ne s'égarent, se mélangent et, comme elles se contredisent forcément, qu'on les oppose pour les utiliser contre ma volonté.

La placidité de maître D. ne me rassure qu'à moitié, j'ai beau avoir confiance en lui, après tout ce n'est peut-être pas lui qui aura à le révéler. Qui me dit que son successeur ouvrira le dernier en date ? Quitte à l'agacer (encore qu'il lui en faille beaucoup), je vais lui demander de me rapporter ces chiffons de papier que je veux déchirer moi-même. Il y a une part de nous un peu pathétique dans ces décisions solennelles que l'on prend seul. Je ne veux pas me montrer dans cet état, que l'on me surprenne le nez dans mes illusions. Une tristesse insondable m'envahit quand je me revois, si content, si sûr de moi, le jour où j'ai rédigé celui que je n'aurais pas eu à retoucher et qui tenait en deux pages destinées à mes sœurs et à Stéphane.

N'ayant aucun goût pour le secret, je dois me mordre la langue pour ne pas dire à certains ce que j'ai inscrit à côté de leurs noms. Ces choses-là ne se disent pas, maître D. est formel, je respecterai la consigne, mais je suis frustré de ne pouvoir donner ces preuves d'affection voire d'amour qui doivent rester posthumes. Quoi que je fasse, je n'en sortirai pas, mes dernières volontés seront toujours les avant-dernières.

Morterolles, 20 août

Laurent T. s'en va ce matin comme il est arrivé il y a un mois : sans faire de bruit. On n'entendra plus les airs d'accordéon qu'il faisait tourner dans la buanderie le matin pour la joie de Christiane, enchantée qu'il lui tienne compagnie tandis qu'elle repassait, qu'il l'aide à plier les draps.

— Il va manquer ici, je m'étais habituée, me dit-elle sobrement, ce qui pour elle signifie beaucoup.

Laurent ne fut pas un visiteur ordinaire, nous garderons de lui le joli souvenir d'un garçon calme, attentif qui aura su trouver sa place discrètement sans déranger nos habitudes. D'emblée il a eu pour cette maison des attentions de propriétaire et pour moi des prévenances inattendues. J'ai été bouleversé de le voir s'endormir sur le canapé du salon, là où Stéphane s'endormait. Il ne m'a pas dit : « Je vous aime », mais hier encore, il posait avec précaution des rideaux neufs dans la chambre qui fut la sienne et qu'il quitte à l'instant. Avec moi il a choisi des papiers peints, des moquettes, des meubles comme si c'était pour nous, comme s'il devait habiter un jour ici définitivement. Et il part. Emu ? Il ne me l'a pas dit. Laurent a parlé avec Christiane, mais à moi il n'aura rien dit ou presque. J'eus souvent l'impression qu'il voulait m'intriguer. Il y a réussi.

« Lunatique », m'avait dit Prudy. Je m'étais fâché, mais elle avait bien vu. Lunatique et charmant tout aussitôt, Laurent reste mystérieux pour moi. Un peu trop.

Reviendra-t-il à Morterolles ? Chacun le croit, le souhaite, tout dans son comportement le laisse à penser et pourtant je n'en suis pas certain. Quelque chose m'échappe, me paralyse aussi. Laurent a voulu me voir, il m'a vu et peut-être assez vu. Je n'en serais pas surpris ni malheureux. Je ne lui ai pas demandé de venir ni de repartir, mais il est assez fin pour comprendre qu'il ne disposera pas de moi au gré de son humeur.

J'ai dans l'idée qu'il n'y aura pas de suite à cet intermède impromptu et tendre. Nous ne sommes prêts ni l'un ni l'autre (pour des raisons différentes) à nous embarquer dans une histoire qui finalement nous fait peur. Il s'en est fallu de peu qu'elle nous emporte. L'été est si trompeur.

Morterolles, 21 août

Il faut me mériter ! Je m'efforce bien, moi, de mériter l'amour des autres. Pourquoi devrais-je me tenir prêt à leurs désirs, s'ils ne répondent pas aux miens comme je l'espère ?

Je parie plutôt sur l'amour, mais je n'ai pas envie de perdre à chaque fois, alors, oui, il faut me mériter. On ne vaut pas rien quand on est un homme.

Morterolles, 23 août

Je ne me souviens pas avoir vu Stéphane dessiner, alors pour quoi, pour qui avait-il acheté la belle boîte de couleurs qui se trouve sur son bureau ? Etait-elle destinée à sa filleule Amandine ? La lui avait-on offerte ? Il y a des mois que je la regarde sans y toucher, hier je me suis décidé à l'ouvrir. J'avais besoin de crayons pour colorier sur le cadastre les parcelles du domaine que le géomètre a tracées avec précision. Comme un général d'armée devant une carte d'état-major vérifie l'avance de ses troupes, j'ai mis du bleu sur les plans d'eau, du vert sur les bois et les prés, et des points d'interrogation sur ceux que Stéphane envisageait d'annexer. Je me suis appliqué moins d'un quart d'heure, après quoi j'ai voulu en finir vite. Mon coloriage est devenu barbouillage. Ces jeux d'enfants n'ont jamais été de mon âge. J'avais voulu me « changer les idées » je n'ai réussi qu'à me chavirer le cœur devant l'ampleur des dégâts pas seulement dus à ma main maladroite.

Tant d'espaces où il a couru ! Pour qui maintenant ?

Morterolles, 24 août

Tout part de lui pour revenir à lui. Qui puis-je ? Dois-je, sous prétexte de ne pas lasser, retenir ce qui me blesse, ne pas m'attendrir sur sa boîte de crayons de couleurs, son chapeau de paille, ses sabots... Dans la vie je me contrôle, personne ne pourra me reprocher des épanchements intempestifs, un manque de tenue.

Mais ce journal n'a pas d'autre objet que lui, si l'on me cherche c'est lui qu'on trouvera, montant la garde à mes côtés. On n'est pas obligé de venir à notre rencontre.

Certains matins quand même, le découragement me saisit. Cette plainte, si douce soit-elle, qui voudra l'entendre ?

218

Depuis quelques jours, par exemple, je me propose d'évoquer ici le naufrage du sous-marin russe et je me reprends chaque fois. Que dire ? Que j'éprouve devant la mort de ces hommes « une grande tristesse », que les beaux visages rougis par les larmes de leurs jeunes veuves et de leurs mères me bouleversent ? On s'en doute évidemment.

Je n'ai rien dit non plus de l'accident du Concorde dont le fracas m'a horrifié. A quoi bon ? On ne fait pas de littérature à si peu de frais. Ces tragédies somptueuses qui occupent les mornes soirées d'été à la télévision ne m'inspirent rien que de banal. Spectateur impuissant, je préfère me taire.

A propos d'Elsa Triolet, François Nourissier écrit qu'elle avait « un visage si mal fait pour l'indulgence ». On voudrait viser aussi juste pour en finir avec l'inquiétant monsieur Poutine que les Russes ont choisi pour guide.

Décidément ces gens-là se trompent toujours.

Morterolles, 25 août

« Je peux demander un service à Gaston Gallimard, comme je suis fâché avec lui, il me le rendra. » La clairvoyance, le cynisme de Chardonne n'en finissent pas de faire mes délices.

Il ne faut rien demander en effet à nos amis, puisqu'ils le sont. Ils se croient dispensés d'avoir à nous le prouver. Ils attendent en revanche que nous restions à leur disposition sans défaillance, nous vérifions cela tous les jours.

Au fond, ajoute Chardonne, « les gens que l'on n'aime pas, c'est plus commode. Ils ne comptent pas. Ce sont les autres qui comptent et qui pèsent ».

Il y a des gourdes et des ballots parmi mes proches,

ils me pèsent, ils m'insupportent, je les rabroue et je m'en veux de les aimer quand même. Ma faiblesse est patente, je me la reproche. Pour un type comme moi qui fait profession de mépriser la bêtise, ce n'est pas glorieux. Je n'ai d'autre choix que celui de la solitude absolue. Des hommes ont ce courage, moi pas. Pas encore.

Quand Stéphane chantait, j'avais tous les courages, la suite de ma vie dépendait de lui, il aurait mené la course en tête, mon tour serait venu de le suivre.

« La plupart des paroles ne valent ni d'être dites ni d'être écoutées. » Nous parlons pourtant, nous écoutons aussi, souvent désolés, des histoires inutiles. Il se peut même que nous acquiescions à des balivernes. Il s'agit de la vie en société et nous devons nous accommoder de ce brouhaha qui la fonde ou la fuir. Ce n'est pas si simple.

Mais enfin de quoi parlez-vous ? Chaque fois que je pose la question sur un ton agacé ou plaisant aux bavards sans mesure que je devine même dans mon dos, j'obtiens à peu de chose près la même réponse interloquée : « Nous ? » Chacun accusant l'autre d'un regard d'avoir commencé : « Oh, de rien. De la pluie et du beau temps... »

S'il y a des grands-mères dans le groupe, la question est inutile : elles parlent de leurs petits-enfants ; s'il y a des garçons, c'est leur téléphone portable qui les préoccupe, les filles plus rarement. Bref, nous parlons pour ne rien dire. Cela m'arrive aussi, mais avec l'intention de me faire mieux comprendre.

Morterolles, 26 août

Le romancier mène le jeu, mais il arrive que le héros se défile, que l'héroïne refuse d'épouser celui qu'on a choisi pour elle, que les personnages s'évanouissent dans la nature. C'est plutôt le signe qu'ils sont vivants. Je me souviens avoir eu des problèmes avec Vera Valmont, ma chanteuse de *Vichy Dancing*, qui avait assez de caractère pour me résister parfois. J'entends encore Emmanuel Berl me dire : « Patrick est embêté avec sa fille » ; comme Modiano que je venais de croiser dans l'escalier de l'immeuble de la rue Montpensier n'avait pas d'enfant à cette époque, je comprenais que la fille en question était une de ses créatures évanescentes et qu'il finirait par la rattraper.

Il n'en va pas de même quand on se mêle de dire la « vraie vie ». On ne peut pas arranger le caractère des gens à notre convenance, ni les rattraper quand ils s'échappent. Dans la « vraie vie », la couleur du ciel ne dépend pas de nous, les amants se dispensent de notre permission, on n'a pas le pouvoir de faire mourir qui nous embête sous peine de finir en cour d'assises. Nous prenons la part qui nous revient dans la comédie humaine, mais elle a ses limites.

Le romancier a tous les droits. L'imagination est une fille facile. Nous n'avons qu'un souci : la vérité. Quelle gloire si nous parvenons à l'approcher ! Inventer quoi ? Il suffit bien de regarder le monde pour être surpris, émerveillé, scandalisé. La beauté et l'abjection sont au cœur des hommes, un romancier peut noircir ou embellir le tableau, il ne peut l'inventer tout à fait.

Nous non plus, qui nous contentons de le peindre avec des mots qu'on voudrait mieux choisis. Nous nous interdisons les retouches. Je ne peux pas empêcher Lulu de faire des bêtises, ni Prudy de parler, ce n'est pas moi qui fais dérailler les trains. Stéphane est mort le jour de ma naissance, on le sait. C'est l'inimaginable qui est vrai.

Morterolles, 27 août

Des jours d'angoisses insoutenables. Les pires de ma vie. Il y a deux ans ici, notre dernier été ensemble, trente-huit degrés à l'ombre et la fièvre qui l'emportait. J'ai raconté cela l'an passé pour faire honte au soleil et au Bon Dieu de nous avoir fait tant de mal. Je ne vais pas recommencer, mais la douleur est aussi vive. Non, je ne m'habitue pas. Il y a quelques mois la maison était chargée encore de sa présence, il venait juste d'enjamber la rampe de l'escalier qui mène à sa chambre pour que j'applaudisse sa souplesse retrouvée, je pouvais suivre la trace de ses pas dans les allées du parc, l'entendre rire près de la cascade, son odeur persistait sur les coussins du canapé du salon. Son hamac, celui qu'il tendait entre deux hêtres dans le petit bois près des ânes, s'effiloche dans le garage. Seize heures sonnent au clocher du village, l'heure à laquelle je montais le réveiller. Je l'ai cherché partout, je le chercherai longtemps, même à genoux s'il le faut aux portes des églises. Je ne sais pas où il est, mais je vois bien où il n'est plus.

Morterolles, 28 août

Mon bureau sera tendu de velours rouge comme les music-halls et les bordels d'autrefois. Je ne peux plus supporter le gris et le noir si modernes qui dominent cette pièce ouverte sur la nature où j'ai passé des milliers de jours et d'heures à écrire, heureux vraiment, malheureux définitivement.

J'ai besoin maintenant de toucher des meubles en chêne, ma table de travail aura sa couleur et sa densité. Je veux du cuir roux, du cuivre, ma lampe sera en terre cuite.

En début d'après-midi, les tapissiers seront à l'œuvre, je leur laisse la place, je vais descendre m'installer dans une pièce au rez-de-chaussée. Ces mots sont les derniers que j'écris dans ce décor que Stéphane traversait obligatoirement pour aller dans sa chambre ou en sortir et qu'il découvrait chaque matin en ouvrant les yeux.

Je ne suis pas triste, impatient plutôt de voir renaître l'endroit au monde où je vais continuer de vivre le plus clair de mon temps. Je ne veux pas m'attarder en regrets, je fais avec les choses comme avec les gens, je ne prolonge pas les adieux, on ne m'a jamais vu avec un mouchoir sur un quai de gare, je suis trop émotif pour cela. J'entends les marteaux qui cognent à l'étage sur les murs nus de mon repaire, un souvenir déjà. Christiane, qui a décroché les portraits de Stéphane, m'a demandé de lui offrir une photo où je suis en train d'écrire sur le bureau gris (démonté à présent). J'ai les cheveux longs, un peu trop blonds, je porte un polo couleur lilas. Elle date de cinq, six ans peut-être. C'est la seule image qui restera de moi là-haut aux jours bénis de nos amours.

Morterolles, 29 août

Jean-Pierre Chevènement quitte le gouvernement. L'homme est digne, sa sortie lui ressemble. Il a une certaine idée de la République. Nous aussi.

Je pense ce matin à la jeune femme venue vers moi après un spectacle que je donnais en Corse l'an passé :

— Merci, m'avait-elle dit, merci d'avoir chanté à Bastia, en France...

Je n'ai pas rêvé, il me semble bien avoir entendu

mon ami Joseph Franceschi chanter *La Marseillaise*. Il fut chef de la police sous François Mitterrand et quand il allait en Corse, là où il est né, il était comme chez lui. Furibard ! Il serait furibard lui qui aimait tant Tino Rossi.

Nous voulons tout, mais nous n'avons besoin de rien. Un jour le superflu nous détourne de l'essentiel, il faut y revenir d'urgence.

En faisant place nette autour de moi, je retrouve des émotions d'adolescence quand je n'avais que quelques disques à faire tourner sur mon pick-up, que quelques livres à apprendre, à caresser. Assez pour nourrir ma soif de musique et de mots.

Je ne veux plus de ces photos que l'on ne peut regarder sans que les larmes nous brouillent la vue, de ces fauteuils dans lesquels on ne s'assoit plus, de ces breloques de foire. Je ne veux plus rien de trop. Je vais ramener pourtant du presbytère un prie-Dieu trouvé parmi les gravats, quand j'ai acheté cette solide bâtisse il y a dix ans. Il fera s'exclamer les visiteurs, il ne sera pas de trop dans mon nouveau bureau, j'y mettrai à genoux les enfants de chœur qui voudront bien se confesser, à portée de ma main je pourrai le toucher ce bois vieux de deux siècles, peut-être m'inspirera-t-il de bonnes pensées. La forme même du prie-Dieu invite à l'érotisme, l'utilisation qu'on peut en faire et ce qu'il évoque de souffrances et de vices, de silences, affolent nos imaginations.

A genoux, tête baissée, n'est-ce pas une position charmante pour le libertinage ? L'Eglise catholique doit beaucoup de son succès à ses prie-Dieu.

Morterolles, 30 août

Je tutoie le nouveau ministre de l'Intérieur. Ce n'est pas une gloire mais c'est ainsi, nous nous sommes connus autrefois au parti socialiste. Ses parents, charmants, habitaient rue Saint-Vincent. J'espère qu'il sera moins bonhomme qu'il n'en a l'air. Daniel Vaillant est un bon gars, on peut espérer qu'il préférera les bons gars aux voyous.

D'une femme « mal peignée », ma grand-mère disait : « C'est une souillon. » On n'emploie plus de ces mots savoureux qui sont le miel de la langue française. Voyous ne se dit plus beaucoup, on pourrait multiplier les exemples. Jean Dutourd serait plus qualifié que moi pour en dresser la liste.

Si la parole qui court les rues des banlieues aujourd'hui est à écouter (elle est amusante souvent, voire ingénieuse) pour ce qu'elle révèle d'une époque, était-il urgent de faire entrer « teuf » dans un dictionnaire ? Ils sont redoutables ces universitaires qui veulent « faire moderne », ridicules aussi parce que soumis à la loi des rues. Je ne sors pas assez. Si j'étais plus moderne, j'intitulerais ce journal : *Des lendemains de teufs*.

Morterolles, 31 août

Je campe. J'ai cédé à Sheila la chambre où je m'étais réfugié depuis trois jours pour écrire et je me retrouve ce matin au milieu du salon où j'ai improvisé un coin-bureau en attendant de récupérer le mien. La lumière ici ne me convient pas, elle est trop violente. Je suis perdu au milieu du ciel qui tombe sur la verrière. A l'étage, les tapissiers s'activent de leur mieux pour en finir.

Je ne sais pas vivre dans un chantier, si les choses et les gens ne sont pas à leur place, je me sens égaré. Comment font les nomades pour réfléchir en bougeant tout le temps ?

Prudy n'a pas de complexes, voilà sa gloire. L'entendre expliquer aux électriciens qu'il ne faut pas mettre les doigts dans une prise de courant, aux jardiniers à quoi sert une brouette, à un garagiste comment changer une batterie me rend fou, elle est possédée du démon. A la reine d'Angleterre, elle donnerait des leçons de maintien, au pape des conseils pour sa garde-robe. Je force à peine le trait, le ton plaisant que je prends ne doit pas tromper : il s'agit d'une calamité.

Bientôt les forces me manqueront pour l'affronter. Je n'éprouve aucun plaisir à la rappeler constamment à l'ordre de la modestie, parfois vertement, lorsque je n'en peux plus de la voir tenir tête contre l'évidence à des enfants, à des savants.

Prudy ne doute de rien. J'ai réussi à la faire se coiffer et à s'habiller normalement (très bien même), pas à la faire taire et je n'y parviendrai jamais. Elle est là malgré tout depuis quinze ans, malgré Stéphane, malgré mon père et la plupart de mes amis, parce que j'ai la naïveté de croire qu'elle est bonne fille au fond, même si j'ai froid dans le dos à l'idée qu'elle pourrait, par extraordinaire, se retrouver un jour juré en cour d'assises et faire condamner un innocent moins par méchanceté que par ignorance.

« Madame Je-sais-tout ne sait rien », avais-je noté dans mon journal l'an passé. Je croyais avoir été clair, eh bien non, elle vante la pertinence de mes jugements et s'en régale seulement s'ils ne la concernent pas. Désespérant. Le fil qui nous relie peut casser, je ne sais même plus par quoi, ni pourquoi il tient.

J'ai une sincère affection pour Prudy, comme on en a pour une sœur aînée, fatigante, mais peut-être indispensable. Elle a de l'affection pour moi. Elle peut.

Morterolles, 1er septembre

On ne fonde pas une amitié, un amour, sur l'indulgence ; c'est l'exigence au contraire qui doit nous guider. Je ne me satisfais pas de ces sautillements affectifs dont se contentent ceux pour qui la solitude est le pire des maux.

« Laissez l'homme en face de lui-même, vous ne pouvez le punir davantage », dit Chardonne. C'est un grand malheur en effet que nous ne soyons pas toujours capables de nous suffire à nous-même. Il faut pourtant nous préparer à cela, s'entraîner mentalement et presque physiquement à tenir debout face à nous. Si la main que l'on nous tend n'est pas celle que nous cherchons, passons, reprenons la route à notre pas. Quel triomphe de savoir marcher tout seul, alors que l'on voudrait tant marcher avec elle, avec lui.

Après m'avoir ausculté, le docteur E. a été formel. Je n'ai provisoirement aucune maladie grave. C'est moi qui rajoute : « provisoirement », pour que mon soulagement ne soit pas parfait. Il m'a prescrit une cure de magnésium, ce qui enchantera ma mère qui me l'avait bien dit : « C'est bon pour la santé le magnésium. »

— Le mieux pour toi, disait Stéphane, serait de vivre avec un docteur...

228

C'était lui évidemment mon docteur.

Je viens de passer deux nuits d'épouvante à l'appeler à mon secours, une course folle, interminable dans des couloirs sans fin d'hôpital, puis de palaces, de théâtres et d'hôpital encore. Stéphane me serrait dans ses bras à m'étouffer, j'éprouvais son étreinte, je sentais vraiment ses lèvres sur mon cou, il était beau, les épaules rondes, les joues de l'enfance, j'étais certain de ne pas rêver.

Je n'ai rien dit à personne ici. Christiane a bien vu en entrant dans ma chambre mon visage ravagé, elle ne m'a pas demandé si j'avais bien dormi.

Quand Stéphane était là, je ne rêvais pas de lui. Il était là.

Morterolles, 2 septembre

Sheila ne doute pas d'avoir été la maîtresse de Toutankhamon dans une autre vie. Elle aime le soleil et la mer, les fêtes populaires. Le président Chirac l'a embrassée la semaine dernière pour son anniversaire, c'était dans un palace de l'île Maurice où elle a quelques copains toujours contents de la voir. Moi aussi.

Je n'étais pas encore levé quand elle est repartie. Elle a laissé ses sabots dans le vestibule.

— Ils m'attendront là, je reviendrai, a-t-elle dit à Christiane qui l'espère déjà.

Personne n'est moins compliqué que cette femme qui ne manque pas de caractère pour autant. Son naturel emballe les gens d'ici qui la voient courir autour de la propriété et s'en aller donner du pain à mes ânes.

J'écris ce matin sur une table de ferme en chêne massif. Combien d'années vais-je m'asseoir devant elle, qui sera là, intacte, quand je n'aurai plus de mots à lui offrir en partage ? Il me faudra un peu de temps pour être à sa hauteur, mon fauteuil est trop bas, je vais devoir en changer ou m'habituer, les proportions ne sont plus les mêmes, les perspectives ont bougé, il n'y a plus un cadre, plus une photo aux murs, mon regard les cherche.

Le cliché de Doisneau, mes parents à l'Elysée avec Danielle Mitterrand, le joli sous-verre bleu marine où dansent les signatures de Guitry, Cocteau, Maurice Chevalier, Picasso, je ne les remettrai pas dans ce bureau à la même place, je me ferai violence, mais je vais enfouir dans des boîtes en carton des dizaines de photos posées au fil des ans pêle-mêle sur des tableaux aimantés et que je ne voyais plus à trop les regarder ou que je voyais trop. Assez !

Je ne veux plus de ces attroupements autour de moi, les jours de tournage, les soirs de gala où l'on reconnaît des gens de music-hall occupés à me fêter et qui aujourd'hui se soucient de moi comme d'une guigne, d'autres avec des gens qui ne me rappellent rien ou si peu de choses que je préfère les oublier.

Des photos de moi encore, trop blond, trop jeune, souriant aux anges, ça va comme ça.

Je vais choisir parmi celles de Stéphane les plus tendres, certaines avec ma mère, avec moi, nous allions si bien ensemble.

Les images de ma vie en couleurs, je les ai dans la tête, elles ont beaucoup servi, j'en espère de nouvelles à présent.

Il sera bientôt l'heure pour moi de rompre avec

moi : celui qui se montre et se regarde. Je resterai « fidèle à des choses sans importance pour vous », comme le chante Trenet, mais je ne veux pas m'enfermer dans un musée où nos sourires d'antan deviendraient grimaces. Stéphane aura toujours l'âge de grimper aux arbres et de danser le french cancan, moi pas.

Morterolles, 5 septembre

Le bonheur à Barbezieux hier après-midi, ou quelque chose dans l'air qui lui ressemblait. J'étais invité dans une foire genre comices agricoles à signer mes livres et mes chansons. J'y suis allé le cœur content, ce fut parfait. Le soleil était raisonnable, les gens qui m'attendaient bien élevés. Je venais de Limoges en voiture. Je les aime ces départementales impraticables qui nous mènent de Haute-Vienne en Charente comme si nous avions tout notre temps. Saint-Junien, Chasseneuil, Jarnac où je reviendrai bien sûr, Cognac que je pourrais chanter. L'ordre règne dans les vignes, pas de maisons biscornues par ici, pas de tôles ondulées, là commence la France qui se tient convenablement au moins jusqu'à Bordeaux. Un voyage rassurant pour les inquiets de mon espèce que le moindre champ en friche scandalise.

Barbezieux enfin, plus imposante peut-être qu'on ne l'aurait cru, mais de pierres blanches et grises comme on le sait. Carrée, respectable. Là où prend sa source une prose française incomparable, Barbezieux qui n'a pas honte de Chardonne, qui s'en glorifie, jumelée avec la ville suisse qui lui donna son nom.

— Oui, bien sûr que nous sommes fiers. Il habitait là-haut, près du château...

Même s'ils ne l'ont pas lu, ils savent de qui je parle quand je leur dis Chardonne pour leur dire bonjour.

Barbezieux qui fait honte à Guéret qui doit tant à Jouhandeau et préfère l'oublier.

L'un chante les jeunes filles, l'autres les garçons bouchers. On ne me fera pas croire que les gens de Creuse sont bornés à ce point. Il faudrait que j'écrive une lettre au maire de cette bonne ville pour lui demander de quoi il a peur.

Paris, 7 septembre

Michel me pose ses conditions : il veut bien m'emmener voir les filles, mais il ne veut pas que je l'écrive dans ce journal car, dit-il, cela lui causerait des ennuis avec ses copines.

Ce pluriel m'amuse et m'autorise, éventuellement, à ne pas tenir ma promesse de discrétion.

« Rentrée des classes en ordre parfait », répètent à plaisir la presse, la radio, la télévision. Jack Lang au tableau noir ne boude pas le sien. Il a du talent, qui peut le nier ? Jospin doit le bénir ce matin où la France s'énerve autour des pompes à essence. Les routiers, les agriculteurs et les chauffeurs de taxi menacent de bloquer le pays. Un vent mauvais se lève sur ce gouvernement triomphant avant l'été. Jospin est tenu à l'impossible, il va lui falloir donner sa mesure.

Un de mes amis tombe des nues parce que son fils fume d'étranges cigarettes dans la cour du lycée et avale des pilules blanches qui ne sont pas des bonbons à la menthe. Les parents sont de gros bêtas, innocents bien sûr. Les enfants sont des monstres de perversité qui se jouent de nous pour nous confondre. Ils veulent des bises et des fessées. Tout cela est

232

louche, si nous nous y laissons prendre nous voilà
satyres ou bourreaux.

Paris, 9 septembre

Place de la Madeleine, rue du Faubourg-Saint-
Honoré, les quartiers chics où je n'étais pas descendu
depuis trois ans. Une brusque envie hier après-midi
d'aller voir de plus près la mode de Paris, la « tendance », dit-on. Michel garé en double file, Aïda à ma
suite, j'ai acheté des chemises, des vestes, des pantalons de velours, des chaussures, des pull-overs en
cashmere. Pendant trois heures je n'ai fait que cela
acheter, acheter encore, sans penser à rien d'autre
qu'à moi et à lui qui savait si bien choisir pour moi
les couleurs et les tissus qui m'iraient le mieux. Je ne
pouvais plus m'arrêter. Comme un joueur au casino,
qui double la mise pour le plaisir du geste, j'ai
dépensé sans compter, à m'étourdir.
Ce luxe inouï, ce superflu pour me distraire un peu,
je n'en ai pas honte, je n'en suis pas dupe non plus,
j'avais besoin de l'éprouver pour me sentir vivant.
Affronter les miroirs des cabines d'essayage ne fut
pas facile, je disais : « Oui, c'est parfait, ça ira très
bien », pour les fuir. J'ai beaucoup vieilli cet été, les
rides autour de mes yeux qui se creusent sous mes
doigts seront bientôt des sillons. Personne ne me féli-
cite pour ma bonne mine, le compliment n'est pas de
saison. Qu'importe, je me ferai beau quand même,
comme s'il était là pour me voir.

Les premiers mots de ma mère qui ne m'avait pas vu depuis deux mois :

— Tu as les traits tirés, mon garçon !

Si j'avais eu quelques illusions, j'aurais pu être dépité. Elle ne me loupe pas, ma mère, je peux lui faire confiance. Elle, en revanche, était resplendissante dans la robe mauve qu'elle portait à l'Elysée le jour de ma Légion d'honneur. Quant à mon père, on se dit en le voyant l'œil vif, le teint frais, qu'un miracle est toujours possible. Le voilà qui marche sans canne et peut de nouveau enfiler un costume. Soirée de gala donc hier, à Antony, dans un restaurant de poissons où mes sœurs avaient retenu une table pour nous cinq.

Rien ne peut rendre mon père plus heureux que d'être à table, entouré de sa femme et de ses enfants. Il avait les larmes aux yeux. Plus rien ne comptait au monde que lui et nous réunis comme avant, quand nous étions petits. Nous sommes grands maintenant, ils sont vieux, les perspectives ont changé, l'avenir date d'hier, mais les taux de diabète et de cholestérol étant redevenus raisonnables, nous avons bu un peu de champagne et du sauternes.

— Bon assez parlé de maladie, où en sont tes finances ? Et la Bourse ? Ils disent qu'elle monte à la télé...

Ce couplet entendu cent fois, mon père l'a rejoué hier pour scandaliser mes sœurs et ma mère qui le lui avaient interdit, mais surtout pour associer à ce dîner Stéphane qui s'en amusait tant. Cette allusion brève à Stéphane, il savait qu'elle me toucherait, il s'est trahi. J'ai l'impression que, finalement, il n'a pas résisté à lire mon dernier livre, celui où je dis ce qu'il voulait savoir de ma vie sans oser me le demander.

Pierre S. n'aime pas que je raconte notre travail en commun.

— Cela n'a aucun intérêt pour le lecteur, me dit-il chaque fois que je rapporte l'une de nos entrevues.

Il a évidemment raison. Il m'a invité à déchirer une dizaine de pages, toutes celles où je pleure Stéphane un peu trop fort, où je laisse aller mon chagrin.

— Vous l'avez déjà dit.

Oui, je sais, je l'ai déjà dit. Je vais couper les passages qu'il me montre du doigt.

Paris, 11 septembre

Lulu est perturbé, il m'avoue que le regard des gens le rend coupable de mon amour pour lui :

— C'est dix fois par jour, Papou. On me parle de toi, on me pose des questions indiscrètes, ou alors on me supplie de te protéger. Ça fait beaucoup de responsabilités sur mes épaules...

Lulu investi d'une mission divine, que l'on regarde comme l'ange de ma vie, adoré par les uns, jalousé par les autres, qui voudraient bien savoir ce qu'il a de plus qu'eux, est venu me confier ce qui lui serre le cœur.

— Quand je parle avec toi, après ça va mieux...

Lulu a peur d'être confondu avec Stéphane, avec des passants de ma vie. Il ne le sera pas. Lulu, qui rêve de gloire, doit maintenant mériter celle que je lui offre et prendre garde à ne pas me faire mentir.

Paris, 12 septembre

Le calendrier me rappelle ce matin que je suis aussi chanteur. J'ai tant aimé cela, chanter, que je n'ai pas le droit de me plaindre.

On m'attend dans une bourgade près de Cambrai et à Bruxelles jeudi. Il est temps que je remonte sur scène pour perdre les deux kilos qui m'empêchent de fermer mes pantalons convenablement. Si je veux faire le mariolle en public, danser un peu, il faut que je me tienne. Ma voix ? Je l'avais perdue cet été, lorsque j'écris je ne parle pas, je ne chante pas non plus, alors elle baisse, se voile. J'ai passé deux mois à m'inquiéter d'elle, introuvable certains jours. Je me suis fait peur tout seul, comme d'habitude. Incapable de me raisonner, j'ai dû appeler le médecin une fois par semaine pour l'entendre me dire que je n'avais rien de grave. Les gélules de soufre et de magnésium qu'il m'a prescrites semblent produire leur effet, je vais pouvoir reprendre mon micro.

Cambrai, 13 septembre

Caudry exactement. Quatorze mille habitants. Pour que je comprenne bien qu'il ne s'agit pas d'une bourgade, le maire m'a offert une jolie nappe, spécialité de sa ville où l'on brode à l'ancienne.

Avec les cosmétiques (Lancôme possède ici une usine), la dentelle est l'orgueil de Caudry. J'ai levé mon verre en l'honneur des dentellières et je recommencerai à l'issue du deuxième spectacle prévu à seize heures trente cet après-midi. J'ai retrouvé mes réflexes et les paroles de mes chansons, me voilà rassuré. La mécanique ne s'est pas enrayée.

— C'est sa gourmette ?

— Oui, c'est la sienne.

La jeune femme qui voulait savoir saura-t-elle jamais le bien qu'elle m'a fait en me posant sa question plus tendre qu'indiscrète ? J'aime tant qu'on ne l'oublie pas, lui, quand on m'applaudit, quand on m'aime. Elle s'est perdue dans la foule avant que je puisse lui dire merci. Elle se reconnaîtra peut-être si elle lit ces lignes. Qu'elle sache que sa gourmette ne me quittera pas.

Cambrai, 14 septembre

Les Français étaient contents, de tout, ils ne sont plus contents du tout, leurs téléphones portables ne portent pas partout et l'essence sera bientôt au prix de la vodka. Il y a un mois à peine leur moral était au plus haut, jamais ils n'avaient été plus heureux. Ces gens-là sont décidément impossibles. Ce qui était vrai la veille ne l'est plus le lendemain, d'où la difficulté de suivre la courbe de leur humeur. Je dois garder mes distances avec les emballements de l'actualité sous peine de réduire ce journal à une rubrique de chiens écrasés. C'est le travail des journalistes et plus tard des historiens que de s'occuper des mouvements sociaux et des élections municipales, des sondages du gouvernement.

Un comité de « sages » vient, après enquête, de rendre son rapport sur la démocratie et les libertés en Autriche. Conclusion des « sages » : tout va bien, il n'y a aucune raison objective de maintenir ce pays au banc d'infamie. Autant dire que ceux qui avaient voté sa mise en quarantaine étaient des fous. Les masques ne sont donc plus indispensables pour aller au bal à Vienne. En février dernier, au plus fort de la crise, j'écrivais : « Nous irons en vacances au Tyrol, comme d'habitude. » J'étais sage.

Que de gesticulations, d'hystérie, pour finalement battre en retraite piteusement six mois plus tard. Une règle : ne jamais hurler avec la meute, ne pas ajouter la haine à la haine.

Christine Angot se présente elle-même comme
« une Marguerite Duras tendance Villemin ». Elle
ressemble en effet à Christine Villemin, une beauté
sombre, sèche, qui inspire des fantasmes indicibles.
Je n'ai pas lu *L'Inceste*, l'enfance martyrisée je ne
peux pas, c'est au-delà de mes forces. Si je
comprends qu'on veuille la dire, le cri me dérange. Il
m'est impossible de l'entendre sans malaise. J'ai
acheté à la librairie place de Clichy *Quitter la ville*,
le nouveau livre de la terrible madame Angot que tant
de beaux esprits nous recommandent déjà.

L'« écrivaine » (elle emploie ce mot ridicule)
raconte à sa manière, haletante, la publication de
L'Inceste et l'état dans lequel l'a mise son retentisse-
ment. Nous saurons tout, du scandale chez Pivot et
de l'encre qu'il fit couler, de ses remords, de la
courbe des ventes au jour le jour, de ses nuits d'insomnies à l'idée de perdre la cinquième place au pal-
marès de *L'Express*, de Montpellier, sa ville qui ne lui
parle plus. On n'imaginait pas que c'était si violent la
vie d'un auteur (d'une auteuse ?) à succès.

Entre contentement et dénigrement de soi, Christine Angot cherche l'équilibre. Elle le trouve parfois,
le ton est emporté, mais juste souvent. Si ce livre
touche un grand public, mon ami Pierre S., qui a une
haute idée de la littérature, sera confondu, lui qui la
semaine dernière m'invitait à supprimer quelques
courts passages de ce journal où j'avais eu la faiblesse
de noter des critiques élogieuses, de rapporter nos
séances de travail, mes doutes autour d'une phrase.

— De la cuisine tout cela, de la cuisine qui n'intéresse que nous.

Il me propose d'écrire des livres, pas des recettes.

Un possible succès de madame Angot ne l'impressionnera pas. « Effet de mode », me dira-t-il. Je vais pour m'amuser suivre la liste des best-sellers des hebdomadaires, et je serai ravi pour elle si elle y figure.

Il m'est arrivé, à moi aussi, de téléphoner chez mon éditeur pour savoir où nous en étions des tirages, mais jamais je n'ai eu la tentation d'en informer les foules, pas plus que de préciser mes classements de deuxième dans *Le Nouvel Observateur*, de quatrième dans *L'Express*. La modestie me perdra. Après tout madame Angot a raison, il faut écrire ce que l'on veut, aux autres de s'arranger avec nous.

Paris, 17 septembre

Mon danseur de paso-doble a quitté Genève pour « monter » vivre à Paris. Son imprudence m'inquiète.

— J'avais décidé cela avant de vous rencontrer, me dit-il pour me rassurer. Et puis j'ai besoin de me rapprocher de vous, si vous le permettez.

Sanglé dans un costume noir, style Thierry Mugler, Laurent T. ressemble à un premier communiant. Il paraît plus fragile que cet été, perdu déjà dans la grande ville où il n'a pas d'autre repère qu'un dancing du côté de la place de la République où il ira ce soir s'abandonner aux rythmes du musette.

Et après ? Quand les lumières du bal s'éteindront, ce soir, demain et tous les autres jours de la vie, il faut manger, dormir, se lever, se laver, se vêtir...

Où ira-t-il, Laurent, que personne n'attend nulle part ?

Je n'ai pas de chambre pour lui ici, l'appartement de Stéphane est vide. Aïda y range mes livres, mes disques, mes costumes, il faudrait les enlever, les mettre où ? Acheter des meubles ! Je réfléchis à ce que je pourrais faire pour l'aider tandis qu'il me parle de Morterolles, des beaux souvenirs qu'il a : « Des jours heureux, là-bas avec nous », de son désarroi à peine avait-il franchi le portail.

— Le manque a été immédiat. Je me pose beaucoup de questions depuis mon départ de Morterolles...

Laurent ne me demande rien, ni argent, ni travail, ni logement, il dit qu'il va se débrouiller seul comme il l'a toujours fait, mais il me veut dans les parages ou plus près, si possible. A l'heure qu'il est, il ne peut pas se passer de moi. Pour combien de temps ?

Je résiste car j'ai peur qu'un jour vienne où ce soit moi qui ne puisse me passer de lui. Je ne peux plus prendre le risque infernal d'être à la merci d'un jeune homme qui voudra aller danser quand je voudrai dormir.

Ma mère au téléphone me prie de suivre son conseil.

— Voilà, me dit-elle, tu vas acheter un concombre, le découper en rondelles et les appliquer sur ton visage chaque soir pendant une demi-heure, les crèmes ne servent à rien, ce sont des attrape-nigauds. Le concombre te fera une belle peau, écoute-moi pour une fois...

C'était donc pire que je ne le pensais, elle m'a trouvé défait samedi dernier. Je ne crois pas au concombre pour effacer les griffures du temps, mais je lui promets d'essayer. Cela ne me fera pas de mal.

— Tu m'en diras des nouvelles, à ton âge j'étais moins ridée que toi...

Aïe !

Saint-Lô, 20 septembre

La patronne est ronde et blonde, vive. Exactement faite pour tenir un hôtel en province. Si j'avais dû la choisir, c'est elle qui aurait obtenu le rôle. Pour savoir où l'on va dormir et manger, il faut d'abord regarder la patronne. Les maisons bien tenues le sont générale- ment par des femmes pas trop minces, qui viennent d'avoir cinquante ans ou un peu plus. La soirée fut plaisante, j'avais placé Zinzin à la table des ban- quiers, sûr qu'il saurait les distraire. Je peux toujours compter sur lui quand il s'agit d'organiser la bonne humeur. Les jeunes cadres dynamiques du Crédit agricole ont bien ri, Zinzin est imbattable pour le baratin, même si d'ordinaire il ne fait pas rire autant ses banquiers. Avec le numéro qu'il leur a fait hier, il peut ouvrir un compte dans la région et obtenir sans difficulté une autorisation de découvert qui devrait lui permettre d'acheter tous les téléphones portables de la création, des chemises et des pantalons par dizaines.

Paris, 21 septembre

Six mille personnes seront donc venues m'entendre chanter. Enivrant ! Impensable ! Si je suis découragé certains jours, je ne suis pas blasé. Ces mouvements de foule m'impressionnent, leurs grondements me donnent une énergie introuvable la minute d'avant ; tous les pauvres fous qui comme moi montent sur scène pour qu'on les aime connaissent cette étrange sensation.

Lulu en rêve. Il a signé des autographes aux lycéennes et aux grands-mères qui l'ont reconnu cavalant dans les travées du Parc des Expositions. Il ne s'est pas fait prier pour faire la bise à ses premières admiratrices.

— La prochaine fois, Papou, tu me feras chanter ?

Paris, 23 septembre

J'avais écrit : « Photos impubliables » sur une grande enveloppe dans laquelle je les avais rangées il y a vingt ans. Pourquoi ne les ai-je pas détruites à l'époque ? Insupportable narcissisme ! Je vais brûler tout cela avec soulagement. C'est déjà comme si j'étais au milieu du pré à Morterolles. Je sais où exactement. Un beau feu. Mon ami et collaborateur André B., président des Amis de Sacha Guitry, sera fâché quand il l'apprendra. C'est un collectionneur impénitent, il ramasse dans ma poubelle le moindre de mes gribouillis, un réflexe. Depuis l'âge de seize ans, il entasse des riens qui deviennent des trésors avec le temps. Il ne fera rien de mes brouillons, mais je vais sauver pour lui quelques photos inédites. Je ne saurais pas lui faire plus plaisir. Oui un grand feu !

Vendre, jeter, brûler, c'est le même désir qui m'emporte. Je veux renaître de mes cendres.

Paris, 24 septembre

Je n'irai pas voter, je pars chanter en Lorraine. Ce soir, le ministre de l'Intérieur me comptera parmi les abstentionnistes, il y en aura beaucoup, disent les journaux de ce dimanche. Peu m'importe, la République se passera très bien de moi. Ce qui me réjouit en revanche ce matin, c'est le portrait que trace Florence Muraciolle de Daniel Vaillant ; on apprend avec « stupeur et tremblement » que le premier métier du successeur de Jean-Pierre Chevènement est, ouvrez les guillemets, « technicien biologiste », et la journaliste de préciser (pour moi sans doute) « piqueur de fesses ». Je suis très démodé car je ne savais pas, je l'avoue, qu'on disait « technicien biologiste » pour infirmier. Ce qui change tout naturellement.

Paris, 26 septembre

La dernière fois que j'avais dîné avec Gilles Pudlowski, je portais des bottes grises (c'est lui qui curieusement s'en souvient). C'était dans une gargote du côté de la place de la République au milieu des années soixante-dix. Gilles faisait partie, à l'époque, des jeunes gens enthousiastes qui réfléchissaient autour de Jean Poperen, et moi, déjà, de la garde rapprochée de François Mitterrand. Un quart de siècle plus tard, il est devenu le critique gastronomique le mieux inspiré de France. Pour nos retrouvailles, à table, je lui ai naturellement laissé le choix des fourchettes et des couteaux. Il a pour la cuisine un goût aussi sûr que pour la littérature.

C'est donc au Plaza-Athénée pour l'inauguration du nouveau restaurant d'Alain Ducasse qu'il m'avait donné rendez-vous hier soir, ce qui prouve bien que nous n'avons plus vingt ans. De ce temps-là, Gilles a gardé sa fraîcheur ébouriffée et une gourmandise insatiable pour la camaraderie. Ce mot oublié lui convient parfaitement, il a une bouille de bon camarade. Il jure que je n'ai pas changé, ce qui n'est pas vrai, je ne porte plus de bottes grises, mais lui n'a pas pris de ventre. Une élégance de gastronome distingué. Bref, nous nous sommes trouvés bien allègres pour des « quinquas ». Ducasse nous a fait les honneurs de ses cuisines : un monde en ordre, pas une tache sur les tabliers blancs, pas une odeur louche. TF1 filmait une armée de marmitons impeccables qui répondaient « oui chef » à un Monsieur Piège qui a la carrure d'un rugbyman et ne plaisante pas avec les langoustines au caviar. De New York à Monte-Carlo, Alain Ducasse fait la loi sans dire un mot et la cuisine sans faire un geste. Du grand art ! Il a composé notre menu à sa guise et nous n'avons pas demandé notre reste. Gilles est malicieux, fier de nous.

— Tu te rends compte, nous ici, moi, le petit juif, fils d'immigrés polonais, toi, le fils de prolétaires.

Il n'a plus ses parents, il m'envie.

— Tu verras, c'est terrible, me dit-il.

Il était chroniqueur aux *Nouvelles littéraires* le jour où j'ai reçu le prix Roger-Nimier et se souvient très bien de Blondin, de Dutourd, de la Dormann qui ne voulaient pas me le donner. Nous avons ri de la bonne blague faite à ceux qui ne prennent pas au sérieux les amateurs de chansons. Gilles aime autant que moi Trenet et Chardonne, il récite par cœur des pages du *Bonheur de Barbezieux* et apprend Trenet à ses filles. Entre le homard et la volaille, il m'a chanté sans oublier un couplet *La tarentelle de Caruso*, un chef-d'œuvre que personne ne connaît hormis lui et moi.

Comment avons-nous pu ne pas nous voir pendant si longtemps ? C'est en lisant l'hiver dernier le journal de Jules Roy qui m'a tant agacé que j'ai eu envie de retrouver Gilles, que l'aviateur aimait comme un fils.

— Il était pour moi ce que Berl fut pour toi. Tu comprends ? Et puis si beau, si théâtral avec des bottes de Berlutti bien avant Roland Dumas.

Décidément Gilles est fixé sur les bottes, ou alors c'est moi qui vois le mal partout.

Je donne des rendez-vous à 13 h 52, je fixe des départs à 15 h 17, je me lève parfois à 9 h 36. Mon obsession de l'exactitude ne va pas sans espièglerie et pourtant elle étonne !

Il faut n'avoir jamais pris un train pour me reprocher ce qui réussit si bien à la SNCF.

Les chanteuses auront tenu une belle place dans ma vie. De Lily pour moi tout seul depuis mes dix-sept ans à Dalida qui les rassemble toutes, je les aurai beaucoup aimées. La liste serait interminable de celles qui m'entourent et que je regarde pleurer en coulisses. Les femmes qui chantent m'émeuvent facilement, je reste un enfant dans leurs voix.

De Dalida je croyais avoir tout dit. Avant l'été, *Paris-Match* m'avait commandé un papier qui vient de paraître en cachette, je le livre ici à ceux qui auraient voulu le lire :

« La gloire et les larmes ! Mme de Staël nous avait prévenus : les femmes qui prétendent aux bravos doivent faire leur deuil du bonheur.

« Que voulait-elle exactement ? L'amour des foules ? Elle l'a eu. L'amour d'un seul ? Elle l'a rêvé. Quand on s'offre à tout le monde, on n'appartient à personne, on ne s'appartient même plus. On court après son ombre et l'on tombe en tirant les rideaux de sa chambre. Dalida est tombée le jour qu'elle a choisi : un dimanche en matinée, quand il faisait beau et qu'elle était belle. Un dimanche, notre jour, quand nous étions contents d'être en vie dans la salle à manger espagnole, autour d'une lourde table en bois, devant des verres en cristal aussi grands que les piscines dont nous rêvions. Il y avait Antoine et Nono si purs, un autre Pascal, si fragile au piano et qui s'est envolé depuis, me laissant seul déjà, Anna, Danielle, Rosy, les confidents, un Max nonchalant que j'appelais Manuel et qui vice-préside aujourd'hui une radio tonitruante et un club de rugbymen vainqueur, un Bertrand passait parfois, qui deviendra peut-être maire de Paris. Et Orlando, bien sûr, le frère tapageur qu'elle appelait tendrement par son vrai nom "Brouno". Nous l'appelions maman, nous fûmes bien malheureux et vaguement orphelins ce dimanche-là où je battais les estrades tandis qu'elle mourait à l'heure dite par elle.

« J'avais dix ans à peine, Bambino, c'était moi, je courais le jeudi voler ses 45-tours au Prisunic de la rue du Marché. Je faisais hurler le juke-box du bar-tabac de Bessines, où je passais mes vacances. C'est pour elle que j'ai quitté mon enfance si bien gardée dans le grenier de la maison de mes parents à Antony. Dalida a choisi mon appartement près de chez elle et m'a offert la bibliothèque et le bureau sur lequel je lui écrivais des chansons d'amour tristes. Elle était au hit-parade et François Mitterrand à l'Elysée, je ne pouvais pas être plus heureux, je savais bien que cela ne durerait pas. C'était au siècle dernier, elle attendait que son téléphone sonne et, quand il sonnait, c'était n'importe qui sauf celui qu'elle désirait. On a trop vite dit qu'elle portait malheur aux hommes. C'est exactement le contraire qui est vrai. Mais c'est elle qui se trompait en les choisissant.

« Nous avons ri et chanté comme des fous accrochés à ses robes que Balmain et Azzaro dessinaient à sa démesure. A Montmartre, nous avons cueilli les lilas de son jardin, joué aux cartes des nuits entières, mangé des spaghetti à la bolognaise avec des ministres en exercice, tandis que son fiancé de l'époque transformait du plomb en or et sa vie en un mensonge. Nous avons entendu le cher Claude Manceron nous annoncer que Giscard avait mis des micros dans sa chambre à coucher. Oui, nous avons ri souvent. Nous l'avons même crue heureuse parfois. Et puis nous l'avons suivie à Beyrouth sous les bombes et à New York sous la neige, au Caire dans la poussière où elle est née et, quand elle est apparue au balcon de son enfance, nous avons bien compris qu'il était trop tard.

« A l'angle du pont Caulaincourt et de la rue Joseph-de-Maistre, juste avant le bar de nuit où Irma la Douce venait retrouver Jo Attia, il y a l'entrée des artistes du cimetière Montmartre. Derrière le portail clos en permanence, Dalida dort.

« On doit apercevoir depuis les étages de l'hôtel Terrass l'horrible statue élevée à sa mémoire. Peut-être même que, à la fenêtre de la chambre où Jean Genet abrita ses amours clandestines, un gigolo d'autrefois vient se pencher vers celle devenue "Notre-Dame-des-Fleurs". Je n'y vais jamais, mais j'y pense tous les soirs en passant par là pour rentrer chez moi. Je lui dois ma plus belle chanson et le sourire charmant de quelques garçons qui viennent juste d'avoir dix-huit ans et la connaissent par cœur. »

Paris, 28 septembre

Trenet au téléphone depuis Aix-en-Provence :

— Je vais remonter à Paris pour le Salon de l'Automobile, les voitures que j'ai achetées cet été sont trop mastoc, ça ne va pas du tout. Je veux voir d'autres modèles, genre modernes.

Mais pour aller où ? Trenet ne serait pas Trenet s'il n'achetait pas des voitures pour aller nulle part.

— Sais-tu que ces gens des garages ont de drôles d'expressions ? Ils ne disent plus bleu, ils disent gris d'Islande...

Et il rit. Trenet rit au lieu d'être mort. Il ne fait rien comme tout le monde. Tant mieux.

Paris, 29 septembre

Ce sont des garçons de *Paris-Match* qui avaient arrangé le dîner quai Voltaire, une adresse qui sera peut-être la mienne un jour. J'ai chargé Jean-Christophe de s'occuper de me trouver un appartement qui donnerait sur la Seine dans ce quartier qui me paraît plus intelligent que les autres. Le rendez-vous était fixé à 21 h 15, ce qui est beaucoup trop tard. Pour tromper mon impatience j'ai voulu voir ce que voient les touristes la nuit sur le pont du Carrousel : les bateaux-mouches, le Louvre, des fenêtres éclairées dans le ciel et puis un très jeune homme blême, l'air buté, assis sur le parapet les jambes dans le vide...

— Il va sauter, dis-je à Michel qui ne m'a pas cru.

Et il a sauté bien sûr. Nous sommes tous des désespérés qui n'avons pas eu l'idée de nous jeter à l'eau.

Le fleuve de toute façon nous emportera bientôt.

Je suis arrivé à l'heure dite au restaurant, Patrick Besson au même instant que moi. Je le voyais moins grand, c'est un costaud plutôt souriant avec un petit genre étudiant effronté dont il ne saurait se défaire sans faillir à sa mauvaise réputation. Nous étions de connivence, lui et moi, bien avant de passer à table. L'exactitude n'est pas le seul de nos défauts communs. Je savais que tôt ou tard nous pourrions le vérifier.

Grâce à Jérôme Béglé et Gilles Martin-Chauffier, qui porte un joli nom, la soirée fut parisienne. Ces deux-là aiment comme nous la littérature et les potins. Sébastien Le Fol, le plus jeune d'entre nous, qui écrit au *Figaro littéraire* des choses sérieuses, n'était pas le moins informé. Quel régal de dîner avec des gens qui savent qui est qui, qui fait quoi et, bien plus intéressant encore, qui couche avec qui. Besson n'a pas raté son effet en m'apprenant que nous avions été « beaux-frères » il y a vingt-cinq ans.

— J'étais fiancé avec la sœur d'un fiancé à vous, c'est pas beau ça ?

La soirée ne pouvait pas commencer mieux. Le vin et la parenté aidant, je crois même que nous nous sommes tutoyés.

Je lui ai dit que j'avais lu tous ses livres, à l'exception de quelques romans, et ma préférence pour *Sonnets pour Florence Rey.*

— Celui-là est mon meilleur, j'en ai d'ailleurs vendu soixante exemplaires...

Patrick Besson est enchanté d'être Besson, je ne saurais le lui reprocher, moi qui ne suis pas désolé d'être moi. Il a l'œil qui frise.

— Les dîners de la collaboration devaient ressembler à celui-ci dans des lieux semblables, non ?

Nous étions bien, en effet. L'endroit est chic et feutré, à l'abri des commissariats de police et des fracas de la ville. Nous n'aurions pas été autrement surpris de voir entrer Maurice Sachs une fleur à la boutonnière, Violette Leduc sur ses talons.

Maître François Gibault aurait été commis d'office. L'avocat de Céline qui présidait la table nous a quand même précisé, goguenard, qu'en raison de son âge, il n'avait que huit ans sous l'Occupation. Cela dit sur un mode plaisant, comme il convient en si bonne compagnie.

Nous nous sommes bien amusés à dire du mal de

qui nous tombait sous la dent. La salade de crabes était succulente. Je reverrai François Gibault. On ne risque pas de s'ennuyer avec un homme qui dîne le dimanche soir chez la veuve de Céline avec Filip, le leader des 2 be 3, qui défend Kadhafi et beaucoup d'autres gens tout aussi recommandables. Le destin me rapproche toujours de ceux que je souhaite rencontrer. On m'avait annoncé Carla Bruni qui aime, paraît-il, mes chansons, et c'est Patrick Poivre d'Arvor qui est arrivé au dessert. Charmant, vraiment, cravate rouge, voix de velours. Et l'on se demande pourquoi il a tant de succès ? Il a parlé de lui mais nous ne faisons que cela : parler de nous. Je ne sais plus à quel moment ni pourquoi Patrick Besson a dit drôlement :

— Au fond, nous les garçons, nous sommes faits pour vivre avec nos mères...

Il a raison, sauf que c'est impossible. Alors nous sommes rentrés chez nous, où nos mères ne viennent plus depuis longtemps.

Morterolles, 2 octobre

Au-delà de trois semaines, je ne peux plus supporter Paris. Intenable ! Je n'ai pas écrit une ligne depuis six jours. Trop de sollicitations, de bruit, de projecteurs. Quand je me laisse emporter par mes obligations (si je le voulais, je n'en aurais plus), je me sens coupable de tromper Stéphane avec le vent. La tête me tourne. Il était temps que je revienne ici où je le retrouve plus sûrement. Je suis en manque de lui. L'an passé, le chagrin me tenait chaud, il comblait parfois le vide de l'absence. Il me glace aujourd'hui.

Morterolles, 3 octobre

Tout est parti de la couleur de l'abat-jour d'une petite lampe au Moulin chez Françoise : ocre. On ne pense jamais à cette teinte qui se traîne entre le jaune et l'orange, où l'on décèle aussi des traces de terre mouillée en automne. L'entrée de la maison, les chambres d'amis, la buanderie sont désormais en harmonie avec la couleur de mon âme : ocre. C'est beau. Nous serons bien, nous aurons moins mal que dans du gris, je vais mettre en place un décor de tabac blond, avec des nuances pain d'épice et des reflets de cognac, de ceux qu'il suffit de sentir pour s'enivrer, j'allumerai des bougies parfumées au pin, nous parlerons doucement du temps qui passe et peut-être Jean-Claude cessera-t-il enfin de claquer les portes et de brutaliser les placards de la cuisine.

À la fin de ce mois, un ébéniste viendra poser des portes en chêne faites sur mesure, elles seront plus lourdes, ne grinceront plus. Elles feront un bruit sourd, rassurant quand on les refermera sur nous pour ne plus rien entendre que nous, si fragiles depuis qu'il n'est plus là. Ceux qui viennent dormir près de moi à Morterolles doivent aimer le silence autant que moi et ne pas avoir peur de l'hiver qui arrive.

Morterolles, 4 octobre

C'est donc Michèle Cotta qui va mettre fin, le 22 décembre prochain, à La Chance aux Chansons. J'aurais parié sur n'importe lequel de ceux qui décident de notre sort à la télévision, sauf sur elle naturellement. « C'est une très mauvaise idée », lui avais-je dit avant l'été, et comme elle n'est pas bête du tout, elle le sait. Qui l'a poussée à se débarrasser de moi sans raison objective ?

Elle m'aura eu aux sentiments, en douceur. Je ne sais pas résister aux femmes qui me plaisent. Les jeux sont faits, mais je viens de lui écrire pour le plaisir.

« Chère Michèle,

Comme je sais bien (tout se sait) que ce n'est pas vous toute seule qui avez pris l'étonnante décision de supprimer en plein vol une émission qui n'a jamais démérité du service public, je ne ferai rien, je ne dirai rien qui puisse être désagréable pour vous.

Il va pourtant falloir que je réponde à la stupeur des téléspectateurs qui commencent à s'énerver,

252

m'accusant de les abandonner, et aux journalistes qui me pressent de questions pour savoir le pourquoi du comment.

Je vais faire de mon mieux. Tout aurait été plus simple si je n'avais pas de respect et d'admiration pour votre personne.

Je dirai que j'ai cédé à votre charme, ce qui est vrai, mais je n'avais pas le choix, ce qui est vrai aussi, sauf à partir. J'y pense parfois. Peut-être vaudrait-il mieux que je laisse quelques regrets ?

En vérité, la Balance que je suis hésite. Vous ne pouvez pas imaginer l'attachement des gens très divers à ce rendez-vous si particulier. Vous savez bien, chère Michèle, que le "jeunisme" est une vulgarité et un mauvais calcul. Si vous aviez une minute, je viendrais bien vous embrasser, en attendant je réfléchis. »

Morterolles, 8 octobre

Martine est-elle plus indulgente que Lulu ? Elle m'a trouvé bonne mine hier soir, lui prétend ce matin que j'ai l'air fatigué. Qui dit la vérité ? Qu'importe, l'essentiel est qu'ils me regardent. Lulu, qui vient de porter les journaux, m'annonce que quand il sera « star », il ne s'appellera pas Lulu, « sauf pour toi, Papou », ajoute-t-il comme pour se faire pardonner cette toquade. Qui a bien pu lui mettre en tête l'idée idiote que « Lulu, ça n'ira pas sur des affiches ». Je suis persuadé du contraire, ça ira très bien, encore faudrait-il qu'un jour il parvienne à mettre son nom sur une affiche. Ce ne sera pas le plus facile.

— On a choisi avec mes copains Alex Nery, ça te plaît ?

Je n'ai pas osé lui répondre qu'il sera Lulu ou qu'il

ne sera pas. Je ne veux pas l'attrister, il a bien le temps de perdre ses illusions.

Paris, 9 octobre

Ces débats hypocrites sur la prostitution me fatiguent. Je ne vois pas très bien pourquoi le sexe serait sacré, pourquoi ne pourrions-nous pas en disposer à notre guise, selon nos besoins, nos envies, nos fantasmes ?

Nous vendons nos bras pour construire des maisons, travailler la terre, nos mains pour vendanger, pour peindre, dessiner, nos jambes pour jouer au football, notre intelligence parfois pour inventer le monde et découvrir ce qui le guérira... nous vendons ce qu'il y a de meilleur en nous, nous le donnons aussi. Alors ?

Au nom de quelle morale refuse-t-on le droit d'offrir ou de vendre leur sexe à celles et ceux que la nature a dotés de dons particuliers pour les choses de l'amour physique ?

Chacun ses armes, ses charmes, la vie en société est fondée sur l'échange, le partage, il n'y a là rien de choquant. Depuis que le monde est monde, il fonctionne aussi sur le principe de l'offre et de la demande, nous n'y changerons rien. Cessons de bavarder, faisons l'amour. S'il n'y a pas contrainte naturellement, il s'agit d'abord de notre liberté. Qui veut y renoncer ?

Paris, 10 octobre

Ma sœur Christiane aimerait tant que je m'intéresse un peu à sa fille, une gentille personne de vingt ans, blonde et décidée. Quand elle était enfant, je lui offrais des accordéons, sa mère la rêvait musicienne. Aujourd'hui elle s'occupe de chevaux, sa passion, quelque part en Normandie, ce qui ne lui laisse, semble-t-il, pas beaucoup de temps pour s'intéresser à moi. Nous sommes quittes. Je crois qu'elle ne m'a jamais vu à la télévision et je suis certain qu'elle n'a pas lu une ligne de mes livres. Cela ne me fâche pas du tout, mais de quoi pourrions-nous bien parler tous les deux ? Ses parents et ses grands-parents l'adorent, elle ne manque de rien. Pourquoi irait-elle s'embarrasser d'un oncle qui ne comprend rien aux jeunes filles ?

Paris, 11 octobre

Stéphane chante cet après-midi à la télévision. Douze chansons joyeuses et tendres comme lui. C'est Marie-France et Valérie qui ont préparé et monté cette émission que je devais à ceux qui me la réclament depuis deux ans.

Il a fallu trier et choisir parmi deux cents documents, inoubliables pour nous qui étions près de lui quand il les a tournés.

— Faites pour le mieux, ai-je dit aux filles. Choisissez là où il est le plus beau.

Je ne le regarderais pas, pas encore. Quand ?

Ma mère non plus. Elle me l'a dit samedi dernier, elle ne veut pas souffrir. Mon père s'enfermera seul dans sa chambre, il n'est pas moins sensible que nous, mais il aura la force de soutenir le regard vert de Stéphane.

— J'aimais bien ses chansons et puis... je veux le voir.

Je le connais, il aura le cœur serré en pensant à nous.

Paris, 12 octobre

Nous nous sommes disputés, Jean-Claude et moi, pour la première fois en quinze ans hier au cours du dîner traditionnel qui suit généralement les tournages de l'émission. Au détour d'une conversation plaisante, j'ai souligné les qualités artistiques d'un musicien qu'il déteste. A bout d'arguments, dans l'impossibilité de nier l'évidence, il m'a dit : « Tu m'emmerdes avec ce connard », ce qui n'est pas grave.

— Si je t'emmerde, tu peux partir, lui ai-je répondu, ce qui n'est pas plus grave.

Mais il a quitté la table. Du théâtre en somme ! Devant Zinzin, Jacky, Jean-Christophe, Maria, une chanteuse de nos amies en guise de spectateurs. Jean-Claude n'a pas d'excuse, car il sait que je ne transige pas. De mon pire ennemi je ne laisserai pas dire qu'il est bête s'il est intelligent, voleur s'il est honnête. S'il a une vraie amitié pour moi, il reviendra avec sa guitare. Que vaut une amitié qui ne résiste pas à un emportement de circonstance ?

Paris, 13 octobre

Personne n'y croyait vraiment. Moi non plus, j'en parlais depuis plusieurs mois, c'était une tentation, un vague projet. Je n'en rêvais pas, mais je me tenais disponible. C'est fait, je vais déménager pour la première et sans doute la dernière fois. Je me suis décidé jeudi en dix minutes. Dans deux mois, j'habiterai quai d'Orléans face à Notre-Dame. Quinze fenêtres sur la

Seine. Mon chagrin au fil de l'eau. Je ne serai pas plus malheureux sur l'île Saint-Louis que je ne le suis à Montmartre ; bouger pour bouger ne sert à rien, il est possible aussi que je sois là-bas plus seul encore. L'angoisse me saisit ce matin où je réalise les risques que j'ai pris. Nous aussi, bientôt, le fleuve nous emportera, écrivais-je il y a quelques jours, et je cours vers lui comme s'il devait me sauver avant de m'engloutir.

Je n'ai pas dormi à l'idée que cet appartement pourrait m'échapper. Je suis sonné. Je veux partir d'ici. Vite. L'heure est incertaine. Le temps presse. Je me sens en état d'urgence. Il faut que j'allume des lumières douces sur ma vie, que je trace d'autres signes.

Je vais laisser sans regret Montmartre aux touristes.

Michel avait posé une publicité d'agence sur le tableau de bord de la voiture, à tout hasard pour me tenter. J'ai failli la jeter.

— Ça a l'air pas mal, monsieur, regardez quand même, on ne sait jamais...

La photo m'avait paru trop belle, le prix déraisonnable. J'ai voulu aller vérifier s'il était justifié. Je sais maintenant que la photo n'était pas trompeuse, je suis intimidé, tant de beauté pour moi tout seul ; Stéphane l'aurait mérité lui aussi. Privé de lui, je suis privé de tout, de l'idée même du bonheur. Mais non, je ne serai pas à plaindre sur l'île Saint-Louis, je regarderai les amoureux s'enlacer sur les berges et ce sera nous dans leurs baisers.

Maître D. vient de m'appeler, les vendeurs ont choisi le lundi 16 octobre à 13 h 30 pour la signature. Le 16 octobre ! Il ira bien sûr. Sans moi. Par chance, je ne suis pas mystique, le paranormal est une rigolade. Quel mauvais roman, pourtant, je pourrais faire autour de cette date, qui décidément me va si bien et si mal.

Paris, 15 octobre

Je n'avais pas marché dans Paris depuis quinze ans. Je ne savais pas que c'était encore possible de se promener dans Paris comme en province. Hier en fin d'après-midi avec Jean-Christophe, n'y tenant plus, nous avons fait le tour de ce quartier qui sera bientôt le mien. L'élégance même. Celle des boutiques et des gens qu'on y croise et qui flânent sans faire de bruit. Nous nous sommes émerveillés à chaque pas devant des crémeries et des galeries d'art qui se frôlent dans une harmonie si parfaite.

— Regarde, Tonton, regarde...

Des gamins ! La joie de Jean-Christophe. Sa fierté de m'accompagner sur les quais de la Seine, dans les jardins de Notre-Dame, était la mienne.

— Regarde, Tonton, c'est trop beau, je n'y crois pas...

Les rois du monde ! Nous nous sommes crus les rois du monde. Vraiment.

Jean-Christophe riait pour ne pas pleurer, et moi le ventre noué, le regard tourné vers ces fenêtres devant lesquelles je passerai un peu du reste de ma vie, je cherchais dans ma tête une ancienne chanson de Léo Ferré.

Lulu était chagriné sur mon épaule quand il a su que j'allais vendre Montmartre, et donc l'appartement qu'il occupe au troisième étage, puis il m'a offert des roses rouges pour mon anniversaire. Il aura sa chambre quai d'Orléans. Je vais la lui montrer, on la voit sur la carte postale que Jean-Christophe a dénichée dans une boutique rue Saint-Louis-en-l'Ile. La photo en noir et blanc date du printemps 1950. Elle est de Robert Doisneau. J'habiterai au début du siècle prochain sur une photo de Robert Doisneau !

Morterolles, 16 octobre

Ma capacité à encaisser les coups est-elle sans limites ?

C'est le silence de Martine ce matin qui m'est insupportable. Non. Pas insupportable. Il n'y a que l'absence de Stéphane qui me soit insupportable, et je la supporte pourtant. Disons, éprouvant. Voilà son silence m'éprouve, me choque. Elle devait être là avec Jean-Claude, serrée contre moi, elle le voulait absolument. Je l'entends encore samedi dernier, nous étions tous les trois, me répéter :

— Je veux aller à Morterolles, je suis bien là-bas, j'en ai besoin.

Elle voulait dire : je ne me force pas, ce n'est pas une contrainte, et je l'ai crue et je la crois. Elle ne peut pas ne pas penser à Stéphane à l'instant même où j'écris ces lignes. Elle l'aimait.

Pas un mot d'elle, pas une fleur pour lui, pas un signe d'émotion, rien depuis que son fiancé Jean-Claude a quitté ma table. J'étais certain que l'éclaircie viendrait d'elle pour qui j'ai tant d'indulgence, d'affection. Est-ce moi qui me trompe tout le temps ou les autres qui mentent ?

Ce silence n'est pas de Martine, ne ressemble pas à la femme réservée mais décidée que je croyais connaître si bien. Elle me fuit au jour et à l'heure exacte qu'elle avait fixée pour m'embrasser. J'avais couru vers elle il y a quelques années pour l'aider à surmonter une épreuve sentimentale, j'avais choisi des mots pour la convaincre de ne pas renoncer à l'amour pour des bêtises. J'avais menti un peu, elle m'avait écouté. Martine m'écoutait toujours. Aujourd'hui elle ne m'entend plus. Je n'élèverai pas la voix pour autant, j'attendrai qu'elle s'ennuie de moi. Je suis triste de penser qu'elle ne verra peut-être jamais ici la jolie chambre refaite à neuf pour elle.

Morterolles, 17 octobre

Nous devons pouvoir nous passer de ceux qui décident de se passer de nous.

Il faut se préparer à n'avoir besoin de personne, à nous suffire. Je m'entraîne à réduire chaque jour ma dépendance aux autres. L'amour ni l'amitié ne se mendient. Prendre les mains qui se tendent, ne pas courir après ceux qui s'en vont, il n'y a pas de meilleure attitude possible.

Morterolles, 18 octobre

— Merde alors ! Mais enfin qu'est-ce qu'ils foutent au gouvernement, qu'est-ce qu'ils attendent pour rouvrir les bordels ?

Lily est scandalisée. On parle encore de viols au journal télévisé.

— Tu devrais leur en causer à tes copains ministres, s'il y avait des bordels, « y aurait moins de viols ».

Lily m'amuse au-delà de tout, mais je crains que « mes copains ministres » n'y soient pas aussi sensibles que moi. La vie en société serait charmante si on prenait un peu plus souvent l'avis de Lily. Regarder la télévision avec elle est une distraction de chaque instant. Quand Bertrand Delanoë est apparu à l'écran, elle m'a dit : « On est déjà neuf dans mon immeuble qui vont voter pour lui. »

Je n'ose pas lui dire que Bertrand n'est certainement pas favorable à la réouverture des bordels, elle serait déçue, car elle le trouve bien, propre, aimable. C'est l'essentiel. Il suffit d'un rien parfois pour être élu maire de Paris.

En se pinçant le nez, François Mauriac évoque dans ses *Mémoires intérieurs* « les dégoûtants aveux de Gide ». Sont-ce les aveux vraiment qui sont dégoûtants ou les mensonges ?

On ne m'a pas attendu pour philosopher sur le thème de la vérité. J'ai quand même sur la question quelques idées simples. Sont-elles trop simples justement ? En les énonçant, je bute sur leurs limites. Si la vérité me réussit plutôt bien, le mensonge ne me va pas mal non plus. Au fond nous en sommes tous là, courageux et lâches, en tout cas misérables. Que nos aveux ou nos mensonges ne soient jamais dégoûtants, ce sera déjà bien.

Morterolles, 19 octobre

« L'automne est l'état naturel de ce pays. »

Jouhandeau, qui est né par ici, serait ébloui, s'il reprenait les chemins de son enfance, de voir le Limousin dans sa splendeur, comme il l'aimait, comme je l'ai retrouvé hier en traversant les prés, les bois et les étangs que l'on découvre sur le parcours qui conduit à Saint-Pardoux.

Je ne trouve pas octobre moins beau parce que Stéphane ne le voit plus, parce qu'il est mort dans la lumière de ces jours-là, non je l'attends toute l'année, je ne lui en veux pas d'avoir emporté mon amour sur l'or d'un tapis de feuilles de châtaigniers.

Je suis né et nous sommes morts en automne. Cela ne change rien.

— Sur quoi écrivez-vous maintenant ?

La question n'est pas indiscrète, elle est étonnante. Sur quoi veut-on que j'écrive, que veut-on que j'invente ?

Je vais continuer de dire ma vie sans lui, ma vie flamboyante comme un dessert norvégien : chaud et glacé. Si cela devait n'intéresser personne, je n'en serais pas meurtri.

Quand je chante, je m'arrange pour plaire, lorsque j'écris, je n'ai pas de ces obligations : il s'agit pour moi d'un besoin physique, sensuel, ce stylo que je tripote, à qui j'impose des postures compliquées, il est mon sexe, ma jouissance et ma douleur ; celui de Stéphane aussi, il est, il sera ma dernière arme.

Qui a pris la photo que j'ai fait agrandir et encadrer et que je viens d'accrocher devant moi dans ce bureau ? Elle est restée douze ans dans mon porte-feuille, c'est la plus bouleversante des photos de nous deux. Stéphane est assis droit sur un canapé de cuir noir, il a le regard perdu, sa chemise vert pâle est ouverte sur son cou, je suis allongé de tout mon long, abandonné, ma tête sur son ventre. Il a posé ses longs doigts sur ma bouche. Je suce son pouce. Nous sommes heureux et blessés comme il n'est pas permis de l'être, je regarde l'objectif sans le voir, je suis dans moi, dans lui.

J'ai un souvenir précis de ce soir-là. On aperçoit le goulot d'une bouteille de champagne au premier plan, il est environ dix-neuf heures un dimanche d'avril en

1988, nous venions de traverser Paris à pied de la place de Clichy à la rue Vergniaud dans le treizième arrondissement où habitait notre amie Anny G., chez qui nous allions dîner. Les chanteuses adorent le champagne. Stéphane venait d'avoir vingt-cinq ans, et nous savions, lui et moi, depuis quelques heures que le combat serait terrible et l'issue incertaine, nous savions, lui et moi, ce qu'on ne peut pas dire à table un soir de printemps, même à une bonne amie. Pas si vite, pas si brutalement. Il le lui dira bientôt, quand je n'écouterai pas, parce qu'il n'a honte de rien, Stéphane, et surtout pas d'être malade.

Avons-nous bu du champagne tandis qu'Anny G. nous préparait peut-être un poulet au curry, sa spécialité ? Avons-nous ri ? Lui sans doute, parce que le bonheur était son état le plus naturel.

Je porte un blue-jean et une veste légère en coton bleu assortie à mes yeux, comme sa chemise aux siens. Les dix ans qui viennent sont impossibles à envisager sans vomir de peur, alors nous nous blottissons sur le canapé et je suce son pouce. Un homme venait de nous siffler en nous croisant boulevard Sébastopol. Les amoureux dérangent celui qui n'est pas heureux. Nous l'étions comme il est interdit de l'être et de le dire. Sur cette photo, nous le resterons indéfiniment.

Morterolles, 20 octobre

Laurent, mon danseur de paso-doble, est maintenant taxi-boy à Paris. Des dames le payent vingt francs pour une danse. C'est un métier charmant, un peu démodé, que l'on exerce l'après-midi dans des endroits plutôt sombres qu'on appelle dancings. Laurent est né pour cela : faire danser des dames qui ont l'âge de sa mère. Il peut même les raccompagner chez elles et leur faire une mise en plis. Pour ce tarif-là, il ne sera jamais riche mais il sera content toujours. Il y a tant de veuves partout qu'il ne saura plus bientôt où donner de la jambe. Il m'appelle régulièrement pour prendre de mes nouvelles et me parler de lui, discrètement. La politesse est la première de ses bonnes manières.

Laurent voudrait revenir à Morterolles voir si les draps de mon lit sont bien assortis aux lampes que nous avons choisies ensemble. Ce bureau de chêne où j'écris, nous avons envisagé tous les deux sa forme, son épaisseur, sa couleur, la place de ses tiroirs, il en parlait déjà comme du sien, il était heureux, épanoui. C'était l'été : la saison de tous les mensonges.

Nous avons certainement été amoureux l'un de l'autre mais pas le même jour ni à la même heure, ce qui complique par trop l'existence. Ce petit jeu de cache-cache ne convient pas du tout à ma nature fébrile. Je le lui ai dit. A qui la faute ? A lui qui a commencé ? Ou à moi hésitant ?

Si par extraordinaire il y tient vraiment, il repassera par Morterolles. Françoise et Christiane seront ravies de danser avec lui...

Morterolles, 21 octobre

Des lettres par vagues chaque matin. Des lettres qui me parlent de lui depuis qu'il a chanté à la télévision. Des inconnus, des amis. Peu d'amis. Rien de quelques-unes qui pleuraient beaucoup pourtant le jour de son enterrement, il y a deux ans aujourd'hui. Je leur cherche des excuses, je n'en trouve pas. Leurs chagrins étaient de passage, de parade. Il faut tomber de la lune pour s'en étonner. Il m'arrive de tomber de la lune.

Morterolles, 22 octobre

Je n'ai pas vu les images du petit Palestinien tué dans les bras de son père, ni celles du lynchage des soldats israéliens. J'ai tourné les yeux vers la photo de Stéphane posée sur la cheminée du salon. En les diffusant, la télévision a fait ce qu'elle doit faire : informer. Mais je n'ai pas une très bonne opinion de ceux qui les ont regardées. Ça fait beaucoup de monde dans le monde. Suis-je meilleur ? Non. Moins disponible à l'horreur.

« Un voyage en automne », le titre est si joli, la proposition était plaisante, mais la ballade fut sombre. François Dufay raconte bien la fameuse équipée de quelques écrivains français à Weimar en octobre 1941 à l'invitation des autorités allemandes et de ce « bon docteur Goebbels ». Ils auraient mieux fait de rester tranquilles. C'est par vanité que les meilleurs d'entre eux ont accepté de se rendre à ces pince-fesses organisés par nos vainqueurs à un vol d'hirondelles de Buchenwald. Effarant ! Jouhandeau énamouré devant le bel officier, Chardonne enivré de sa gloire, ému aux larmes, Drieu nonchalant, Fraigneau enchanté et soumis, les autres comme chez eux, déjà... Le bonheur des vaincus en somme. On tremble à l'idée que si nous avions eu quelques dispositions pour la littérature, nous aurions pu nous aussi être invités à ces agapes. Nous n'étions pas nés, heureusement. Non-lieu !

265

J'ai fait le fou au cou de quelques jeunes gens avenants, je me suis diverti dans d'autres lits sans sa permission, mais je n'ai jamais vraiment aimé que lui. Jamais je ne l'ai trompé.

— Personne ne t'aimera jamais comme je t'aime, me disait-il.

Il avait raison. Je n'en doutais pas. Stéphane ne savait pas se passer de moi. On ne pouvait pas m'approcher sans prendre des risques, sa suspicion était insupportable par moments, il faisait mes poches, m'inventait des idylles phénoménales. Incontrôlable, il tombait malade. J'ai dû le conduire aux urgences du CHU de Limoges une nuit où il se tordait de douleur. La jalousie lui déchirait le ventre. J'avais mal aussi. Je n'en pouvais plus de le voir nous mettre dans des états pareils. Si Stéphane était un ange, ce n'était pas un saint. Il a payé de sa vie un abandon d'un soir, il m'a dit où, quand et avec qui, sans que je lui pose la question. Il me l'a dit simplement un après-midi de l'été 1996, celui de l'espoir revenu quand nous étions sûrs, presque sûrs d'avoir gagné.

Nous nous sommes aimés autant l'un que l'autre. Il a eu moins de chance que moi. Ce n'est pas juste.

Retour au CHU hier où je suis allé visiter le Duc qui va mieux. On le soigne avec du miel sur ses cicatrices, cela donne, paraît-il, d'excellents résultats. J'avais porté du champagne pour les infirmières. Une habitude. Combien d'infirmières et de médecins auront levé leurs verres à la santé de Stéphane ? C'est lui que je voyais avancer lentement vers moi dans les couloirs du CHU, lui, ombre parmi les ombres en pyjama. Reine, la femme du Duc, surveillant son mari, guettant ses gestes, épiant ses mots, c'était moi.

Morterolles, 24 octobre

Je ne peux plus voir de bleu. Il y en a partout dans la maison, des coussins, des lampes, des cendriers, des vases, des bougies. Le stylo avec lequel j'écris est bleu. Je ne garderai que lui. Ce qui n'était hier qu'un désir de changement tourne à la phobie. Je veux voir triompher dans la maison les couleurs qui dominent les publicités pour le Québec et les tavernes irlandaises, celles qui me bouleversent ici chaque matin à ma fenêtre. Les peintres ont leur période, la mienne sera fauve. Les couleurs autour de moi sont la grande affaire de cette fin d'automne, elles m'occupent autant que les mots, m'obsèdent. Je voudrais écrire acajou. Je cherche sur ma page des nuances qui m'échappent, je suis découragé de ne pouvoir rendre celles qui s'épousent si bien sur les feuilles des arbres. Le bleu ne me va plus du tout, je le traque dans les moindres recoins. Je vais acheter des panières en osier à Christiane pour remplacer celles en plastique bleu où elle range le linge à repasser. Les serviettes, les peignoirs, les draps, les nappes seront camel, vert bronze, bordeaux foncé, grenat, tête-de-nègre, ocre, jaune d'or. Nous avons dévalisé pour cela les Galeries Lafayette avec Françoise la semaine dernière, agitant à travers les rayons le moindre mouchoir en harmonie avec mon humeur de flammes et de feu. Je suis en devenir. Mon impatience fait plaisir à voir, je voudrais déjà que tout soit réglé, en place. Montmartre vendu, oublié ; Morterolles dans sa nouvelle splendeur.

— Vous avez raison, c'est bien, changez tout...

Les gens qui m'aiment sincèrement s'enthousiasment avec moi, même Christiane si prudente ne se fait pas prier pour sortir de la maison tout ce que je ne veux plus voir.

Lily brode en silence assise à la fenêtre devant mon bureau. Parfois elle lève les yeux vers moi qui la regarde faire avec application.

— Tu réfléchis ?

— J'essaie, ma petite Lily.

— Je ne te dérange pas ?

— Non pas du tout, ça avance ton travail ?

— Oui, mais pourquoi tu as « marqué » sur ton livre que je brodais des chats, alors que ce sont des coquelicots ?

Lily n'est pas très exigeante, un rien la fait « marrer ». De toute façon, elle est de bonne humeur.

— Si tu racontes que tu couchais avec moi quand t'avais dix-sept ans, on va dire que je les prenais au berceau, quelle salade dans mon quartier !

Comme elle vient d'avoir quatre-vingt-trois ans, il y a prescription. La dame bien pomponnée qui brode sagement n'a jamais eu froid aux yeux, il n'est pas né celui qui lui fera prendre des coquelicots pour des chats.

Morterolles, 25 octobre

Le lit de Stéphane est défait, les draps en boule chiffonnés, les oreillers renversés, il y a de l'eau partout dans la salle de bains, Zinzin n'ouvre pas les fenêtres après avoir pris sa douche. Les garçons ne s'embarrassent pas de ce genre de précautions. Comme Stéphane il saute du lit et prend la vie en marche. Il fonce et réfléchit après. J'aime qu'il éprouve le besoin de venir dormir là et qu'il oublie en partant sa mousse à raser sur le lavabo, Christiane trouvera sans doute une paire de chaussettes ou un maillot sous le lit. Zinzin laisse des traces quand il passe et c'est Stéphane qui passe irrésistiblement.

Nous ne pouvons pas parler de lui sans que le chagrin nous submerge. Chaque fois qu'il tente d'évoquer un souvenir de leur jeunesse qui date d'hier, je l'en empêche, car il pleure, il ne peut plus s'arrêter de pleurer et moi je serre les poings, les dents, pour ne pas ajouter mes larmes aux siennes. De quoi aurions-nous l'air à nous regarder pleurer ?

« Qu'elle est lourde à porter l'absence de l'ami », chantait Gilbert Bécaud autrefois. C'est sa présence cette nuit si forte entre nous qui pesait sur nos âmes. Stéphane était là, assis en tailleur sur la moquette, adossé à la colonne en miroir près du juke-box. Il était là où il préférait. J'ai embrassé Zinzin, sûr qu'il ne serait pas jaloux. Mais Stéphane est là partout dans la maison à ses places habituelles, quoi que je fasse, qui que j'embrasse, c'est devant lui.

On pourrait me croire moins meurtri. Un homme qui s'enthousiasme à l'idée de brûler ses photos, de vendre ses maisons et qui achète et reconstruit dans le même élan n'est peut-être pas un homme perdu. Je me dis cela en dirigeant l'armée des peintres, menuisiers, électriciens, tapissiers, qui s'affaire dans la maison, les jardiniers, les pépiniéristes qui taillent les haies et plantent des pensées pour l'hiver. Ces grandes manœuvres ici, demain dans l'île Saint-Louis, c'est la parade qu'il me fallait, maintenant. L'énergie ne m'a jamais manqué, elle m'a aidé à tenir debout. Je me sens d'attaque pour épuiser tous ces gaillards de trente ans s'ils veulent rester travailler là nuit et jour, samedi, dimanche et fêtes. Il y aura du travail et des fêtes autour de moi jusqu'à mon dernier souffle. Il me faut des artistes, des artisans et des maçons qui chantent. Je suis décidé à ne rien me refuser, à me laisser emporter par mes désirs, la passion reste le mot d'ordre de ma vie.

Les vrais pessimistes ne désespèrent jamais ou alors ils sont morts.

Morterolles, 26 octobre

Quand elle est dépassée par les événements, Lily dit :

— C'est pas pensable !

Elle veut dire : la guerre, l'amour, la mort.

On a beau être prévenu, sans illusions, ce qui nous arrive est fou. Chaque jour nous avons des raisons de nous exclamer avec Lily : c'est pas pensable !

Quand j'écris que la vie est inimaginable, je ne dis pas autre chose. Nous n'avons jamais tout vu ni tout entendu, le pire est à venir. On se laisse surprendre malgré tout. Les coups ne viennent pas du côté où on les attend. Dire : « c'est pas pensable » ne nous protège pas, ça nous soulage.

« Pouvez-vous s'il vous plaît ne pas trop nous passer d'émissions sur l'Alsace ? Un Alsacien a tué mon père dans mes bras. Je n'avais que lui. »

Quelle douleur contenue dans ces trois lignes extraites d'une lettre d'une vieille dame de Limoges qui ajoute :

« Mais je ne veux pas trop m'apitoyer sur mon sort, vous avez assez souffert vous aussi. J'ai la photo de Stéphane dans ma chambre. »

Tant d'amour ! Je n'ai décidément à me plaindre de rien, à qui d'ailleurs irais-je me plaindre ? J'ai mérité ma vie, mes échecs et mes larmes, la gloire de mes chansons, j'ai mérité l'amour de Stéphane. Pas sa mort. Faut-il vraiment que je le précise ? Nous ne méritons la mort de personne. La nôtre ?

J'ai déchiré hier en fin d'après-midi des centaines de photos, presque avec rage, vite pour ne pas m'attendrir sur certaines. Elles étaient en vrac dans des boîtes vides de biscuits belges. J'en ai sauvé une dizaine mais c'est encore trop, et j'ai rangé toutes celles où Stéphane figure. Quelques-unes sont datées au dos : Agadir août 85, Innsbruck octobre 97, Morterolles novembre 88. Ailleurs n'importe quand. Cheveux bouclés, cheveux très courts, fesses rondes ou joues creuses... j'aurais deviné. Que j'aie pu les toucher, en apercevoir quelques-unes à la volée m'a surpris. Un jour viendra où je pourrai les classer par époque, les rassembler dans un beau coffret de bois. Les autres à la poubelle en mille morceaux ! Moi aux sports d'hiver, sur le pont d'un bateau, dans les rues de New York ou de Sidi Bou Saïd, moi n'importe où avec n'importe qui. A la poubelle ! Ces visages qui ne me disent plus rien, ces sourires d'une seconde, des ricanements aujourd'hui, moi sûr de moi, dans le bonheur d'un moment, entouré, embrassé par ceux qui ne me voient plus, qui regardent ailleurs. Déchirées, à la poubelle.

La suite de nos vies rend dérisoire ces photos joyeuses que l'on prend en passant, qui nous figent alors que déjà nous ne nous aimons plus ou pas encore. Et puis nous avons trente ans, quarante ans et finalement cinquante. Que nous veulent tous ces gens qui soufflent les bougies derrière nous ? Où sont-ils ? Quel âge ont-ils ? Ah ! ces photos de mes anniversaires ! Insoutenables. Stéphane levant son verre à ce qui sera bientôt le jour de sa mort. Martine les bras autour de son cou et mon regard sur eux éperdu d'amour. À la poubelle ? Non pas celle-là, pas encore.

Ce soir toutes les portes en chêne de la maison seront posées, on livre la semaine prochaine la bibliothèque, dans le même temps le peintre aura refait le salon, les électriciens auront changé tous les luminaires. Je ne suis pas certain que le bureau de Stéphane résiste indéfiniment à mon irrésistible besoin de changer tout. Je sais maintenant que je peux supporter cela : changer tout. Je crois même qu'il le faut. Ce fut plus un pressentiment qu'une décision.

Morterolles, 28 octobre

« Dans l'armée allemande, les femmes auront le droit désormais d'avoir une arme et de s'en servir. Toutefois elles n'y seront pas obligées. »

Cette bien bonne nouvelle entendue sur Arte est une formidable avancée démocratique et une gifle pour les types qui comme moi croient que les femmes sont des saintes. De quoi vont-elles bien pouvoir se plaindre maintenant qu'elles peuvent tuer sans permission ? « Elles n'y seront pas obligées », cette délicate précision, je crains qu'elle ne les vexe. Bientôt elles voudront qu'on les oblige à faire la guerre comme nous. L'égalité ne se marchande pas. Il faut être borné comme je le suis pour ne pas comprendre ces choses-là.

Nous nous entichons de gens impossibles, après quoi nous nous étonnons de leur comportement. C'est notre aveuglement qui devrait nous désoler. Toutes ces ruptures quand même, quel gâchis ! Mais sans doute sont-elles nécessaires. Que serait notre vie si nous devions la dissiper avec toutes sortes d'hommes et de femmes qui nous veulent quand ça leur chante et nous malmènent à leur convenance ? Peut-on accepter n'importe quelle promiscuité parce que nous redoutons la solitude ? Non.

Je rentre à Paris pour deux nuits. Dimanche je chante près de Soissons et j'ai rendez-vous lundi quai d'Orléans avec un monsieur décorateur que Jean-Claude Brialy m'a recommandé. Je n'attends plus que cela : voir de près à quoi ressemble exactement dans le détail l'appartement que je viens d'acheter. Je le raconte beaucoup mais j'ai l'impression d'enjoliver.

Françoise et Prudy me guetteront à midi au bord de la Seine, leur impatience est touchante. Elles partagent si tendrement ma joie enfantine que je les veux à mes côtés ce jour-là où je vais franchir le seuil en propriétaire.

Paris, 29 octobre

Je m'étais promis de ne rien dire à mes parents, d'attendre que tout soit en place quai d'Orléans, de les conduire un soir de l'hiver prochain devant Notre-Dame éclairée. Je n'ai pas tenu. L'histoire est trop belle. Mon père m'a demandé s'il pouvait la raconter et ma mère s'est inquiétée de savoir si je n'allais pas « m'ennuyer là-bas », supporter un changement d'habitudes aussi radical. Ma mère s'inquiète toujours des mêmes choses que moi. Elle a gardé la photo de Dois-neau. Mon père, lui, se souvient très bien du Paris de ces années-là qu'il parcourut dix heures par jour au volant de son taxi pendant trente ans.

— L'île Saint-Louis, je ne vois pas mieux à Paris. J'avais conduit Michèle Morgan chez elle...

Mon père, qui n'a jamais eu de goûts de luxe, considère que rien n'est trop beau pour nous ses enfants. Il a évidemment voulu savoir le prix de toutes ces fenêtres. Je m'y attendais. Cela m'a amusé de lui faire peur. Ce ne fut pas difficile.

— Bon, ça va, lui a dit ma mère, t'affole pas, c'est pas toi qui paies.

Ma mère n'aime pas l'argent, ce qui l'intéresse, ce sont les placards de rangement, si je vais pouvoir emmener tous mes livres et si elle devra me rendre ceux que je lui offre et qui dévorent sa chambre.

— A propos de livre, me dit-elle, ton Chardonne, il était pas un peu de droite quand même ?

— Oui, Maman, un peu beaucoup...

— Remarque je m'en moque, c'est tellement bien ce qu'il écrit, je ne comprends pas tout mais je le relis et je note des idées.

Ma mère, qui pense que Staline n'était pas aussi méchant qu'on le dit et qui vote communiste par principe, a posé sur sa table de chevet *Le Ciel dans la fenêtre,* où elle trouve des mots pour distraire ses insomnies, pour le plaisir d'apprendre aussi.

— Il y a des phrases qui disent ce que je pense...

Elle est émue par celle-ci qu'elle me lit : « Vivre dignement dans l'incertain. »

Elle a le sentiment de s'être conformée toute sa vie à cette ferme recommandation.

— Vous vous trompez, cher Pascal, c'est moi seule qui ai pris la décision d'arrêter La Chance aux Chansons. Vous avez derrière vous une émission qui a dix-sept ans, je vous en propose à sa place une autre qui a dix ans devant elle, le dimanche !

Bien joué ! Michèle Cotta, fine mouche, veut me convaincre d'accepter gaiement de quitter ma belle équipe d'artistes qui devra désormais aller chanter dans les cours. Nous allons nous faire engueuler. Elle le sait. Les téléspectateurs prennent très mal cette punition qu'ils ne s'expliquent pas. De leur point de vue, il n'y a aucune raison au monde pour qu'on les prive de ce modeste bonheur. Ils me le disent, me l'écrivent. Il n'y aura pas la révolution en France, juste un peu moins de chansons, ce n'était pas urgent.

Paris, 30 octobre

J'ai tenu ma promesse faite à Lulu à Saint-Lô. Il a chanté en duo avec moi hier après-midi. Je ne sais pas lequel de nous deux était le plus fier mais nous l'étions. Etre fier de l'autre, c'est l'amour même.

Je les avais vus s'embrasser, je les croyais donc réconciliés, eh bien non. Clément, qui aime les filles et tient à ce qu'on le sache, considère que cette supériorité l'autorise à regarder de haut ceux qui ont des goûts plus originaux que les siens. En vertu de quoi, Laurent K. lui a mis son poing sur la figure, ce qui est un peu expéditif mais efficace. Naturellement je ne m'en mêlerai pas. Ils ont chacun une version du drame. Elle est fausse. Ces jeunes gens manquent d'humour, Clément surtout. Quant à l'autre, c'est un petit coq, ce n'est pas une poule mouillée. Clément, que j'aime aussi, le sait maintenant.

Au printemps prochain, quand Bertrand sera maire de Paris, il viendra boire un verre à la maison après les séances de nuit du conseil municipal. Je viens de le lui promettre à l'instant au téléphone, ça l'a amusé.

— Nous n'en sommes pas là, m'a-t-il dit, mais bon, on ne peut pas l'exclure.

Nous parlerons de nos trente ans quand il avait les mêmes chagrins d'amour que moi, qu'il était député de Montmartre et que nous dînions chez Dalida.

Je vais voir plus souvent Jean-Claude Brialy, que j'avais marié à Barbara sur l'injonction de mon rédacteur en chef quand j'étais journaliste à *Ici-Paris*. J'irai moi-même acheter mes journaux et mon thé rue Saint-Louis-en-l'Ile. Je donnerai rendez-vous dans les jardins de Notre-Dame à des garçons gentils qui me prendront pour le Bon Dieu.

Morterolles, 1ᵉʳ novembre

L'an passé je m'impatientais à New York de ne pas être à Morterolles pour la Toussaint. J'y suis cette année, seul. Il y avait des volontaires pour me garder, me bercer, me border, mais je préfère rester seul. Terminer ce journal dans le silence de Stéphane, je veux m'éprouver, me mettre au défi de rester seul jour et nuit en prévision d'un temps qui viendra où peut-être je n'aurai plus le choix. Je n'ai pas l'angoisse de ces jours à venir. Suis-je inconscient ou prêt tout simplement à me faire face sans mourir aussitôt ? Prêt, je me crois prêt, c'est ce qui me donne tant d'allant depuis quelques semaines, tant d'empressement à chambouler mon décor, à chercher d'autres repères.

Je suis seul à Morterolles et content de l'être.

Ce n'est pas triste la Toussaint, le calendrier n'oblige que ceux qui ont la mémoire courte, je n'ai jamais su être mélancolique à date fixe, ni gai d'ailleurs quand il convient d'être gai.

Je n'ai ni l'esprit de contradiction ni celui de la soumission. Les chrysanthèmes ne me font pas peur. Stéphane les aimait beaucoup. Des amies à lui parmi celles qu'il préférait ont dû l'oublier. Je pense à trois femmes en particulier. S'il savait, mon pauvre amour, comment elles se comportent avec moi aujourd'hui qu'il ne peut plus me défendre, comme elles se défilent devant sa tombe.

« Tu avais raison, me dirait-il, elles ne valaient pas qu'on se déchire pour elles. » Mais s'il n'a plus besoin d'elles, moi non plus ; je les renvoie à leurs mauvais penchants. Ce sont des anonymes, des inconnus de nous qui déposent à Saint-Pardoux des fleurs et des baisers.

J'irai demain, ou un peu plus tard, joindre les miens à ceux-là. Les plus purs.

Morterolles, 3 novembre

On ne peut pas écrire et dans le même temps courir acheter des lavabos, des baignoires, discuter avec des antiquaires et des agents immobiliers. Dans quelques jours, je vais provisoirement interrompre ce journal pour répondre aux questions des peintres et des électriciens qui voudraient que je leur donne des directives plus précises. J'ai moi-même envie de parler au jeune ébéniste que Prudy a trouvé sur la route de Guéret et qui me paraît assez subtil pour comprendre vite ce que je veux. Cette frénésie que je mets à parfaire le décor du troisième acte de ma vie (qui pourrait en compter quatre si les gens de l'INSEE ne se trompent pas dans leurs statistiques) m'emporte et m'effraie, mais ma détermination fait « plaisir à voir ». Ils me le disent, ceux qui me suivent dans cette course effrénée, commencée l'été dernier dans un magasin de luminaires à Limoges et qui m'a conduit sur l'île Saint-Louis où je me vois déjà. Je ne suis pas heureux, ce mot-là est trop fort, j'en connais le prix, je suis content. Ce n'est pas si mal.

Morterolles, 6 novembre

Je n'ai jamais demandé à personne de venir à Morterolles, je ne vais pas commencer. Nous avions décidé Stéphane et moi que ceux qui avaient envie de nous retrouver ici le feraient d'eux-mêmes, ce qu'ils font. C'est un grand luxe que de n'attendre personne. Je me l'offre avec une certaine délectation cette semaine.

Tant de gens se regardent languir, ne sont bien nulle part, que je préfère les savoir ailleurs. Ceux-là ont une mentalité de laissés-pour-compte, ils nous en veulent de les négliger, sans voir qu'ils sont négligeables. Ma singulière faculté de détachement n'est compréhensible que si on la mesure à mes dispositions à l'amour. Les ruptures que la vie m'impose, je ne les ai pas voulues, elles me surprennent toujours, mais je prends la part qui me revient.

Morterolles, 7 novembre

Je suis bien obligé d'admettre que Prudy me comprend mieux que beaucoup. Elle sait que mes colères de plus en plus rares ne visent pas n'importe qui. Quand elles tombent sur elle, elle les juge injustifiées mais elle retient l'hommage, même s'il est violent. L'orage porte en lui l'embellie. Elle l'attend. J'ai hurlé la semaine dernière à m'en casser la voix, sa réaction fut la bonne : elle a fait comme si elle ne m'avait pas entendu.

Je lui ai fait porter des fleurs. Sa surdité valait bien quelques marguerites, sa loyauté surtout. Elle pourra être très fâchée après moi, elle ne me salira pas. De combien d'hommes et de femmes puis-je écrire cela sans crainte d'être démenti ?

C'est le défilé des visiteurs à Montmartre. Cela me laisse indifférent. Depuis le 16 octobre dernier, ce n'est plus chez moi là-bas, où je fus si heureux pourtant.

« Vous avez changé », me dit Marie, ma secrétaire qui dactylographie ces pages à mesure que je les écris. « Vous avez changé », me répète Françoise, qui me regarde si bien. Elles ne sont sans doute pas les seules à penser cela.

Lulu au téléphone :
— Papou, je voudrais que tu me vendes la bibliothèque que Dalida t'avait donnée.

Il sait très bien, le voyou, que je ne lui vendrais pas mais il ne doute pas une seconde qu'elle lui reviendra. Je vais le faire attendre un peu.

Carnaval désolant que le monde d'aujourd'hui ! On ne reconnaît plus les curés dans les rues. Ils passent déguisés en n'importe qui. Si Dieu les voyait, il aurait honte d'eux.

Comme il a l'air triste, le monsieur qui vient de recevoir le prix Goncourt ! Est-ce possible de s'ennuyer tellement quand on a une femme superbe, genre Marlène, et qui chante si bien ? Nous ne comprenons rien à la souffrance des autres mais nous sommes désolés pour lui.

Gide pour l'enterrement de Gorki à Moscou, Sartre et Simone de Beauvoir prenant le thé avec Mao et une sangria avec Castro, Romain Rolland et Aragon au garde-à-vous devant Staline, les écrivains ont-ils un goût immodéré pour les dictateurs ? Non, ce sont d'incorrigibles gamins, un peu distraits certes mais gentils au fond. *Le Figaro Magazine* nous le rappelle opportunément cette semaine avec des photos qui répondent à celle prise gare de l'Est en novembre 1941 où l'on voit Drieu et ses collègues rentrant de cet étrange voyage en Allemagne.

Gentil Drieu ? Berl me disait que oui. Ce n'est pas une excuse valable. Jouhandeau, lui, était amoureux d'un lieutenant. Ce n'est pas une excuse convenable. De qui Gide était-il amoureux ? Tout cela est bien compliqué pour nous qui ne sommes pas invités à l'anniversaire de Saddam Hussein.

Morterolles, 8 novembre

Ma sœur Jacqueline subira aujourd'hui une opération chirurgicale sérieuse, mes parents ne savent rien, à quoi bon ! Prudy sera près d'elle, empressée à la soutenir. Michel, lui aussi, devra être opéré, les médecins hésitent encore. Mon amie Christiane F. qui sort de l'hôpital traîne une fièvre lancinante. Il faut marcher quand on le peut et ne se plaindre de rien. Nous aurons bientôt l'occasion de pleurer sur nous pour de bon.

Je vais aller rendre visite au Duc, alité au CHU de Limoges depuis plus d'un mois, j'en profiterai pour me divertir dans quelques magasins chics de décoration et d'ameublement. Je demanderai à Françoise de m'accompagner, elle est parfaite puisqu'elle s'émerveille des mêmes choses et des mêmes gens que moi. C'est une femme sans jalousie, je veux dire qu'elle ne feint pas d'être contente pour moi. Elle l'est. J'aime qu'elle s'enthousiasme pour ce nouvel appartement comme s'il s'agissait du sien. Lorsque je suis arrivé pour dîner au Moulin, tandis que l'Amiral dressait la table, elle terminait un collage de photos prises à mon insu sur l'île Saint-Louis, pour m'en faire la surprise. Nous avons pu ainsi montrer à son mari les fenêtres et les boiseries qui justifient notre emballement. Cela dit, si belle que soit la Seine à Paris, nous ne serons pas infidèles à la Gartempe dans sa splendeur. Quant à l'église romane qui domine la vallée, elle pourrait faire oublier Notre-Dame certaines nuits. La pureté de ses lignes, la force qu'elle dégage nous saisit chaque fois que nous quittons le Moulin pour remonter chez nous où nous avons de bonnes raisons d'être bien. Quand l'Amiral aura repris la mer, Françoise reviendra quai d'Orléans prendre d'autres photos.

— Regardez celle-là, c'est la plus belle avec Lulu, je suis encore sous l'émotion de l'avoir entendu vous demander : Elle est où ma chambre, Papou ?

— Moi aussi il me plaît bien, ce garçon, m'avoue l'Amiral curieusement attendri.

Qu'il soit touché à son tour par la grâce de Lulu confirme mon sentiment : le mari de Françoise est un homme normal.

Quel tour pendable devrons-nous un jour lui pardonner, à ce Lulu, pour ne pas admettre que nous nous étions trompés ?

Morterolles, 10 novembre

Si je voulais renverser la maison, Stéphane surgirait de ses ruines, la lippe gourmande et le sourire vainqueur d'un qui revient de loin. Je l'entends encore :

— Coucou je suis là, fallait pas t'inquiéter !

L'aurai-je entendu bien des fois ce conseil : « fallait pas t'inquiéter ».

Imprudent par principe, je le regardais s'élancer

sous la pluie avec la certitude de passer entre les gouttes. Il n'y parvenait pas mais je l'aimais ainsi : trempé de la tête aux pieds, nu devant la cheminée, offert au feu et à ma bouche. Stéphane était disponible au bonheur. Il était là tendu vers moi sans autre désir que moi. Il est là qui se faufile entre les placards que je bouscule et les lits que je prépare pour nous. Il tourne autour des objets, des tableaux, des bougies, des rideaux que nous avions disposés ensemble, je les frôle, je les déplace un peu, je les range pour les ressortir aussitôt, j'hésite encore et puis je fonce sur l'un ou l'autre et sans plus réfléchir, je les jette ou je les donne. Bien peu échappent à mon impatience de tout défaire. Si je m'abandonnais à l'allégresse qui m'habite, je casserais la vaisselle, les vases bleus, et les armoires à pharmacie.

Que les psychiatres se dispensent d'en tirer des conclusions, je n'ai pas besoin d'explication. Je la connais, Stéphane est là, il est guéri et c'est lui qui aidera les jardiniers à déménager son bureau noir dans une grange et les tapissiers à dépendre les tentures de sa chambre. L'escalier qui montera chez lui bientôt sera en bois exotique rouge, je l'ai commandé hier. Stéphane l'enjambera aussi facilement que celui-là.

— Avant Noël, mon amour, je te le promets, nous serons à Morterolles, avant Noël.

Je lui avais dit cela à l'oreille, j'étais assis au bord de son lit à l'hôpital. Il m'avait cru. Je le croyais aussi. De toutes ses dernières forces, il a serré ma main posée sur sa cuisse.

— Oui, tous les deux. Seuls ?

— Oui, mon amour, seuls tous les deux.

— Alors ce sera bien !

Du même auteur :

AUX ÉDITIONS ALBIN MICHEL

Vichy Dancing

Tous les bonheurs sont provisoires

Je me souviens aussi

Mitterrand, les autres jours

La Vie sans lui

Le Passé supplémentaire
Prix Roger Nimier, 1979

Un garçon de France

CHEZ D'AUTRES ÉDITEURS

Souvenirs particuliers
Jean-Claude Lattès

Le Music-hall français de Mayol à Julien Clerc
Olivier Orban

Le Dictionnaire de la chanson française
Michel Lafon

Œuvres romanesques
Images

Composition réalisée par NORD COMPO

Imprimé en France sur Presse Offset par

BRODARD & TAUPIN

GROUPE CPI

La Flèche (Sarthe).
N° d'imprimeur : 17825 – Dépôt légal Éditeur 31166-04/2003
Édition 01
LIBRAIRIE GÉNÉRALE FRANÇAISE - 43, quai de Grenelle - 75015 Paris.
ISBN : 2 - 253 - 15459 - 8

fV53   PLN